도로시 L. 세이어즈

20세기를 대표하는 추리소설 작가이자 저술가이며 번역가 그리고 신학자이다.

도로시 L. 세이어즈는 목사이자 교구 성당 학교의 교장이었던 아버지의 영향으로 어릴 때부터 학구적인 환경에서 자랐다. 1912년 옥스퍼드 대학교에 입학, 현대 언어와 중세 문학을 공부하였고 1920년에는 옥스퍼드 대학교 문학 석사 학위를 취득하였다. 그녀는 당시 옥스퍼드의 학위를 취득한 최초의 여성이었다.

도로시 L. 세이어즈는 대학 졸업 후 교사 등을 거쳐 광고 회사의 카피라이터로 일하면서 1923년 첫 소설《시체는 누구?》를 발표하였다. 그녀의 페르소나 피터 윔지 경이 탐정으로 등장하는 첫 작품으로, 이 시리즈는 장·단편을 비롯해 마지막 작품《In The Teeth of The Evidence》까지 향후 15년 동안이나 계속된다. 피터 윔지 경 시리즈는 추리소설의 황금기(제1차 세계 대전과 제2차 세계 대전 사이의 기간)를 대표하는 걸작으로 훗날 평단의 높은 평가를 받으며, 그녀는 애거서 크리스티와 견줄 만한 명성을 얻게 된다.

도로시 L. 세이어즈는 죽기 직전까지 추리소설은 물론 시, 희곡, 문학 비평, 번역, 에세이에 이르기까지 실로 넓은 영역에서 저술 활동을 하였다. C. S. 루이스와 J. R. R. 톨킨, T. S. 엘리엇 등 당대 대표 작가들과 친분을 쌓았으며 1929년에는 G. K. 체스터튼, 애거서 크리스티, 로널드 녹스 등과 더불어 영국 탐정소설 작가 클럽을 결성하기도 했다.

《The devil to Pay》《He That Should Come》과 같은 종교 희곡과《Begin Here》같은 기독교 에세이를 틈틈이 써오던 도로시 L. 세이어즈는 제2차 세계 대전 이후 오직 기독교 연구에 매진하였는데, 그녀가 말년에 영역한 단테의《신곡》은 현재까지도 탁월한 학문적 성취로 남아 있다.

SIGONGSA *design* 이희영

시체는
누구?

귀족 탐정 피터 윔지 Ⅰ

WHOSE BODY?

도로시 L. 세이어즈 지음
박현주 옮김

시공사

M. J.에게

친애하는 짐,
이 책이 나온 건 다 당신 덕이에요. 당신이 끈덕지게 권하지만
않았더라도, 피터 경이 이 수사에 뛰어들어 해결을 볼 일도 없
었겠죠. 피터 경이 그 특유의 말투로 감사의 말씀 보낸답니다.

D. L. S

1장

"이런, 젠장!"

피커딜리 광장에 거의 다 와서, 피터 윔지 경은 욕설을 내뱉었다.

"저기, 운전기사 양반!"

택시 운전수는 19번 버스와 38-B 버스, 자전거 한 대가 엇갈리는 도로를 가로질러 리젠트 가 아래쪽으로 어렵게 진입하려다가 갑자기 손님이 뒤에서 부르자, 기분이 팍 상해서 내키지 않는 표정으로 돌아봤다.

"카탈로그를 놓고 왔군요."

피터 경은 자책하듯 말했다.

"평소에는 이렇게 정신을 놓고 다니지 않는데. 왔던 곳으로 도로 돌아갈 수 있을까요?"

"사빌 클럽으로 도로 가잔 말씀입니까요?"

"아니, 피커딜리 가 110번지로 갑시다. 바로 저기 위예요. 미안합니다."

"급하게 가야 하시는 줄 알았는뎁쇼."

운전수는 언짢아서 맥이 탁 풀린 어조였다.

"여기서 차를 돌리려면 꽤 복잡하긴 하겠군요."

피터 경은 운전수의 속마음을 들여다본 양 대답했다. 피터 경의 길고 붙임성 있는 얼굴은 마치 고르곤졸라 치즈에서 피어난 하얀 구더기처럼 탑햇[*]에서 아래로 자라난 것 같았다.

택시 운전수는 경찰관의 매서운 눈길을 피해 천천히 차를 틀었다. 차가 돌아가면서 이를 득득 가는 것처럼 시끄러운 소리가 났다.

아파트 단지는 그린파크 바로 건너편이었다.

피터 경은 상가 건물의 철골이 수년 동안 차지하고 있다가 철거된 자리에 새로 지은 근사하고 값비싼 아파트 2층에 살고 있었다.

피터 경이 아파트에 들어서자, 하인의 목소리가 서재에서 들렸다. 그는 잘 훈련받은 하인이 전화를 받는 특유의 목소리로

---

[*] 위가 평평하고 높은 신사용 모자.

크게 외치고 있었다.

"지금 막 돌아오셨나 봅니다. 잠깐만 끊지 말고 기다려 주십시오, 마님."

"누군가, 번터?"

"공작부인께서 덴버에서 막 전화를 거셨습니다. 조금 전에 경매에 가셨다고 말씀드리던 참에 주인님이 문을 여시는 소리가 들리지 뭡니까."

"고맙네. 참, 내 카탈로그 좀 찾아 줄 수 있겠나? 침실이나 책상 위에 놔 둔 것 같네만."

피터 경은 마치 잠깐 담소를 나누러 온 지인을 맞는 사람처럼 여유롭고 정중한 태도로 전화기 옆에 앉았다.

"여보세요, 어머니? 어머니세요?"

"어머, 너 들어왔구나."

공작부인의 목소리가 전화선 너머로 들려왔다.

"네가 막 나갔다고 해서 통화 못 하는 줄 알았단다."

"네, 그러실 뻔했죠. 사실은 책이나 한두 권 살까 해서 브로클버리 경매에 가던 참이었는데 카탈로그를 두고 간 게 생각나서 돌아온 겁니다. 무슨 일이세요?"

"정말 별 일도 다 있지 뭐니. 그래서 내게 꼭 말해 줘야겠다 싶더구나. 체구가 자그마한 팁스 씨라고 있는데, 너도 알지?"

공작부인이 말했다.

"팁스 씨요? 아, 교회 지붕 수리를 맡았다는 키 작은 건축가 말씀이시죠? 네. 그런데 그 사람이 어쨌는데요?"

"스로그모튼 부인이 지금 막 왔다 갔단다. 아주 정신이 없으시더라."

"죄송해요, 어머니. 잘 안 들려서요. 무슨 부인이요?"

"스로그모튼. 스로그모튼 말이야. 주교님 사모님 되시는."

"아, 스로그모튼이요. 그런데요?"

"오늘 아침에 팁스 씨가 그 집에 전화를 했다는구나. 오늘 오기로 한 날이었대."

"그래서요?"

"전화를 해서는 올 수가 없다고 그랬다는구나. 아주 심란한 목소리였다지, 불쌍한 사람 같으니. 글쎄, 욕조에서 시체를 봤다지 뭐니."

"죄송해요, 어머니. 잘 안 들려요. 뭘 봐요? 어디서요?"

"시체라니까, 얘도 참. 욕조에서 말이야."

"뭐라고요? 아니, 아니. 아직 통화 안 끝났어요. 전화 끊지 말아요. 여보세요! 여보세요! 어머니, 들리세요? 여보세요! 어머니! 아, 네. 죄송해요. 전화 교환수가 전화를 끊으려고 해서요. 무슨 시체인데요?"

"남자 시체래. 코안경 말고는 아무것도 걸친 게 없었다고 하더라. 스로그모튼 부인이 이 얘기를 하면서 어찌나 얼굴이 빨개지던지. 시골 주교관에서 살면 사람들이 그렇게 소심해지나 봐."

"거, 약간 특이한 얘기긴 하네요. 팁스 씨가 아는 사람이랍니까?"

"아니, 그런 것 같진 않더라. 하지만 물론 팁스 씨가 스로그모튼 부인에게 그렇게 자세한 얘기까진 하지 않았겠지. 부인 말로는 팁스 씨도 당황해서 정신이 없는 것 같더래. 그 사람, 참 점잖은 사람인데. 경찰들이 집에 들이닥치고 그러니 정말 걱정이 되기도 하겠지."

"참 안됐습니다! 참 곤란하겠어요. 어디 볼까, 그 사람 배터시 구에 살죠?"

"그래. 퀸 캐롤라인 맨션 단지 59번지에 살지. 바로 공원 건너편이야. 병원 모퉁이 돌면 바로 나오는 큰 동네란다. 사실 네가 괜찮으면 거기 좀 들러서 우리가 뭐 도와 줄 일 없냐고 물어보면 어떨까 싶어서 전화했단다. 전부터 봤는데 그 청년 참 착한 젊은이거든."

"아, 그럼요."

피터 경은 전화를 향해 싱긋 웃었다.

공작부인은 언제나 피터 경의 취미인 범죄 수사에 큰 도움을 주고 있었다. 물론 부인은 드러내 놓고 말하기는커녕 그런 일은 꿈에도 생각 못한다는 척 줄곧 점잖게 시치미를 떼고 계시기는 하지만.

"일이 언제 일어났답니까?"

"오늘 아침 일찍 발견한 모양이야. 하지만, 물론 일이 나자

마자 팁스 씨가 스로그모튼 부부에게 말한 건 아니겠지. 부인이 우리 집에 온 건 점심 직전이야. 꽤 지루한 분이지만 좀 더 있다가 가라고 권할 수밖에 없었단다. 다른 손님이 없었기에 망정이지. 나 혼자서 지루한 건 괜찮은데, 손님을 지루하게 만들기는 싫거든."

"어머니도 참 안 되셨네요. 아무튼 저한테 말씀해 주셔서 정말 고맙습니다. 경매에는 번터를 보내고 저는 배터시로 슬렁슬렁 가서 불쌍한 팁스 씨나 위로해 줘야겠어요. 그럼 안녕히 계세요."

"몸조심하렴."

"번터!"

"네, 주인님!"

"어머님이 그러시는데 배터시에 사는 점잖은 건축가가 자기 욕조에서 시체를 발견했다는군."

"참말입니까, 주인님? 정말 신명나는 일이군요."

"그렇고말고, 번터. 자네의 어휘 선택은 정말 절묘하다니까. 이튼§과 발리올§§에서 내가 그런 재주만 배웠어도 참 좋았을 텐데. 카탈로그는 찾았나?"

"여기 있습니다, 주인님."

"고맙네. 즉시 배터시로 가 봐야겠어. 경매에는 자네가 나

---

§ 영국의 상류층을 위한 유명한 사립 중등학교.

§§ 옥스퍼드 대학교 내의 대학.

대신 가 주게나. 한시라도 지체하지 말게. 단테 2절판*이나 데 보라지네**를 놓치면 안 되지. 여기 있군, 보이나? '황금 전설' 빈킨 데 보르데*** 1493년 판, 알았나? 그래, '아이몬의 네 아들' 캑스턴**** 2절판을 구하려고 꽤나 공을 들이고 있어. 이건 1489년 판본이고 희귀한 거지. 이거 봐! 여기 내가 원하는 품목에 표시를 해 놓았고 각각의 품목에 얼마나 걸 수 있는지도 적어 놓았어. 그럼 나를 위해 최선을 다해 주게나. 난 저녁 식사 즈음에 돌아오겠네."

"잘 알았습니다, 주인님."

"밖에 대기시켜 놓은 택시를 타고 가. 기사에게 서두르라고 하게. 자네가 타면 빨리 가 줄 거야. 기사가 나는 별로 좋아하지 않더군."

피터 경은 자신의 모습을 벽난로 위에 걸린 18세기 거울에 비춰 보았다.

---

* (원주) 1941년 니콜로 디 로렌조가 발간한 피렌체 초판을 말한다. 피터 경의 단테 판본 수집품은 자세히 살펴볼 가치가 있다. 이 수집품들 중에는 1502년에 발간된 유명한 알디네 8판(왼쪽에 인쇄되어 있는 판본) 외에도, 콜럼이 '희귀본'이라고 한 1477년 간 나폴리 판본이 있다. 나폴리 판본의 전력은 알려지지 않아서 파커 씨는 개인적으로 이전 소유주에게서 도난당한 물품이 아닌가 하고 의심을 품고 있지만, 피터 경은 이탈리아를 도보여행 하던 중에 "언덕에 있는 작은 마을에서 주워 왔다"고 설명하고 있다.

** Jacobus De Voragine(Giacomo (jacopo) Da Vorazze): 야코버스 데 보라지네, 13세기에 살았던 이탈리아의 사가이자 제노아의 대주교.

*** 이텔릭체 및 인쇄술에 여러 혁신을 일으켰다고 하는 출판업자.

**** William Caxton: 윌리엄 캑스턴, 15세기 영국의 상인이자 인쇄업자, 작가.

"이렇게 탑햇에 프록코트 차림으로 가면 그렇지 않아도 심란한 팁스의 마음을 더 심란하게 하려나. 그 참 빨리 발음하기 어렵군. 그럴 것 같진 않은데. 십중팔구, 그 친구는 내 바지는 보지도 않고 나를 장의사라고 오해하겠지. 회색 양복이 낫겠어. 깔끔하지만 화려하진 않으니. 거기에 색을 맞춰서 모자를 쓰면 나의 또 다른 정체와 더 잘 어울리겠지. 아마추어 초판본 수집가의 옷은 이제 벗어 던지세. 이제 바순이 솔로로 새 음악의 주제를 연주하기 시작한다네. 자, 산책 가는 신사의 모습으로 변장한 셜록 홈스 등장이오. 저기 번터가 가는군. 저 친군 정말 세상에 둘도 없는 보물이야. 하던 일 말고 다른 일을 시켜도 결코 자기 일만 하겠다고 우기지 않지. 부디 번터가 《아이몬의 네 아들》을 놓치지 말아야 할 텐데. 하지만 그 판본은 하나 더 있지. 물론 바티칸에 있기는 하지만.⁸ 그 책이 시장에 풀릴 수도 있겠지, 있을 수도 있는 일이야. 로마 교황청이 영락하거나, 스위스가 이태리를 침범하거나 하면. 반면, 교외에 있는 집 욕실에서 낯선 시체가 나타나는 일은 평생 한 번 보기도 드물지. 적어도 내가 생각하기에는 그래. 게다가 코안경을 끼고 나타나다니 그것도 한 손가락 안에 드는 드문 일 아닐까. 나도 참! 취미생활 두 개를 동시에 하다니 정말 끔찍한 실수를 저질

---

⁸　(원주) 피터 경의 농담은 방심한 데서 나온 오류로 보인다. 이 책은 현재 스펜서 자작의 소유이다. 브로클버리 판본은 미완성판으로서, 마지막에 나와야 하는 다섯 개의 서명이 빠져 있다. 하지만, 책 말미에 장식 페이지가 있다는 점에서는 독특하다.

렸어."

피터 경은 복도를 가로질러 침실로 들어가서는, 보통 그와 같은 특징을 가진 사람에게서는 쉽게 기대할 수 없는 속도로 눈 깜짝할 새 옷을 갈아입었다. 피터 경은 양말에 어울리는 진녹색 타이를 골라서 일말의 망설임도 없이, 입술 하나 일그러뜨리지 않고 정확하게 넥타이를 맸다. 그러고는 검은 신발 대신에 갈색 구두를 신고, 윗주머니에 외알 안경을 넣고는 무거운 은제 손잡이가 달린 멋진 등나무 지팡이를 손에 들었다.

"이제 다 된 것 같군."

그는 혼잣말로 중얼거렸다.

"잠깐. 이것도 가지고 가는 편이 좋겠지. 필요할지 모르니 말이야. 혹시 모르잖아?"

피터 경은 납작한 은제 성냥갑을 챙기고서는 시계를 슬쩍 들여다보았다. 벌써 세 시 십오 분 전이었다. 그는 서둘러 아래층으로 내려가서 택시를 잡아타고 배터시 공원으로 갔다.

앨프리드 팁스는 덩치가 작고 신경질적인 남자였다. 그의 아마빛 머리카락은 거침없는 세월의 침략에 대항해 싸우다 부질없이 포기하고 후퇴하는 패잔병처럼 점점 이마 위로 물러나는 중이었다. 그의 외모에서 눈에 띄는 점이라고는 오로지 왼쪽 눈썹 위에 든 커다란 멍뿐이었다. 그 멍 때문에 팁스 씨는 희미하게나마 난봉꾼 같은 기운을 풍기게 되어, 외모의 다른 부분과는 이질적인 느낌을 주고 있었다. 그는 첫인사를 내뱉자마자, 본인도 멍 자국을 의식하고 있었는지 어둠 속에서 식당 문에 부딪쳤다는 변명을 늘어놓으며 사과를 했다. 팁스는 피터 경이 사려 깊게도 집까지 친히 방문해 주신 것에 감동해 눈물까지 글썽일 지경이었다.

"나리께서 이렇게까지 친절을 베풀어 주시다니요."

팁스는 연약하고 작은 눈꺼풀을 연신 깜박거리며, 감사의 말을 열 번도 넘게 되풀이했다.

"정말 깊이, 진짜 깊이 감사드립니다. 저희 어머니도 그러시고요. 하지만 어머니는 귀가 안 들리셔서요. 굳이 수고스럽게 어머니와 말씀을 나누실 필요는 없으십니다. 정말 힘든 하루였지요."

팁스는 덧붙였다.

"집 안에 경찰들이 들어와 이 난리를 벌였어요. 어머니와 저는 이런 데에는 익숙하지 않아서요. 여태 조용히 살아 왔는데. 진짜 저처럼 규칙적으로 살던 사람에게는 괴롭기 짝이 없어요, 나리. 어머니가 귀가 안 좋으신 게 정말로 고마울 지경이지 뭡니까. 어머니가 사실을 알게 되면 얼마나 걱정을 하시겠어요! 어머니도 처음에는 불안해하셨지만, 이제는 상황을 당신 편하신 대로 이해하고 계신가 봐요. 그게 차라리 잘된 일 같습니다."

노부인은 불가에 앉아서 뜨개질을 하며, 아들이 쳐다보는 눈길을 깨닫고 대답하듯 엄하게 고개를 끄덕였다.

"욕조 좀 고쳐 달라고 하라고 내가 항상 그랬잖니, 앨프리드."

갑작스레 부인은 귀를 먹은 사람 특유의 높고 새된 목소리로 따졌다.

"집주인이 지금이라도 와서 봤으면 좋겠다. 하지만 경찰은 부르지 말고 해결했어야지, 거 봐라! 넌 언제나 사소한 일로 크게 소란을 피우는 애였지. 수두 걸렸을 때부터 줄곧 그랬어."

"자, 보셨지요."

팁스는 사과하듯 말했다.

"저렇게 생각하고 계시는 게 차라리 낫지만 말입니다. 우리가 욕실 문을 잠그고 들어가지 않으려 하고 있으니까 저렇게 생각하시나 봐요. 하지만 전 정말 충격이 컸답니다, 나리. 정말 그랬고말고요! 거의 신경쇠약 직전이에요. 이런 일은 한 번도, 제가 태어난 이래로 한 번도 생긴 일이 없었으니까요. 오늘 아침에 전 정말이지 똑바로 서 있는지, 물구나무서기를 하고 있는지 알 수가 없을 정도였어요. 진짜 정신이 없더라고요. 게다가 전 심장이 별로 튼튼하지가 않아서, 어떻게 그 끔찍한 욕실에서 뛰쳐나와 경찰에 전화를 걸었는지도 모르겠습니다. 진짜 충격을 받았지요, 충격이었어요. 아침도 한 숟갈도 먹지 못했고, 점심도 걸렀어요. 게다가 아침 내내 전화를 걸어서 고객들과 약속을 미루고 경찰들과 씨름을 하느라, 도대체 제 자신을 어떻게 추슬러야 할지 모르겠더군요."

"정말 끔찍이 괴로운 심경이시리라는 건 익히 짐작이 가고도 남습니다."

피터 경은 동정하듯 말했다.

"특히 이런 사건이 아침 식사 전에 생기면 더 그렇지요. 아침 식사 전에 피곤한 일이 생기면 정말 싫다니까요. 이렇게 터무니없이 괴로운 일이 생기면 사람이 아주 진이 빠지지요."

"바로 그겁니다, 그거."

팁스는 고개를 몇 번이나 끄덕였다.

"그 끔찍한 게 제 욕조 안에 들어 있는 걸 봤을 때 제가 바로 그랬습니다. 안경만 낀 채 홀딱 벗고 있었어요. 전 원래 평소에도 속이 잘 뒤집힙니다. 제 경망한 표현을 용서해 주십시오, 나리. 저는 별로 강한 사람이 못 되어서요. 아침에는 가끔 그렇게 속이 버거운 느낌을 받을 때가 있습니다. 하지만 그것과 제가 하녀에게 독한 브랜디 한 잔을 가지고 오게 한 것과는 다른 얘기지요. 그러지 않았으면 무슨 일이 일어났을지 모르겠습니다. 정말 기분이 이상했어요. 저는 절대로 술을 습관적으로 마시는 사람은 아니지만요. 그래도 집에 항상 브랜디를 비치해 두는 걸 규칙으로 삼고 있습니다. 비상사태라는 게 있으니까요."

"현명한 행동입니다."

피터 경은 명랑하게 말했다.

"팁스 씨는 정말 선견지명이 있으시군요. 힘들 때 술을 한 모금 들이키면 참 도움이 되지요. 술에 익숙지 않으면 않을수록 더 효과가 좋고요. 댁의 하녀는 지각 있는 아가씨 같은데요, 그렇지 않습니까? 여자들이 기절하거나 비명을 지르면서 여기

저기 돌아다니기라도 하면 정말 감당이 안 되지요."

"아, 글래디스는 좋은 아이입니다."

팁스 씨가 대답했다.

"아주 사리분별이 있는 처녀죠. 물론 그 아이도 충격은 받았답니다. 그럴 만하지요. 저도 충격을 받았는데요. 그리고 또 그런 상황에서 젊은 처녀가 안 놀란다는 것도 별로 점잖지는 못한 일 아닙니까. 하지만 글래디스는 이런 위기 상황에서 진짜 큰 힘이 되어 주었고 행동력도 뛰어났답니다. 제 말 아시겠지요. 요즘 같은 세상에 그 애처럼 어머니와 저를 위해서 이래저래 잘해 주는 착하고 조신한 처녀를 구할 수 있다니, 참 운이 좋다고 생각하고 있습니다. 물론 그 애가 약간 주의가 산만하고 건망증이 있어서 사소한 일을 잘 잊어버리기도 하지만, 그럴 수도 있는 거죠. 글래디스는 창문을 열어 두고 잠그는 걸 잊었다고 정말로 죄송해하더군요. 진짜 미안해했죠. 저도 그 바람에 무슨 일이 생겼는지 알자 처음에는 화가 좀 나기는 했지만, 평상시대로라면 별로 이러쿵저러쿵할 만한 얘기는 아니죠. 나리도 아시겠지만 여자애들은 잘 까먹지 않습니까. 그리고 본인이 진짜로 괴로워하기에 저도 심한 말을 하고 싶지는 않았어요. 저는 고작 '강도가 들어오지 않은 게 다행이군. 명심해라. 다음번에 창문을 밤새 열어 두면 어떻게 될지 몰라. 이번에야 시체였지만 다음에는 강도가 들 수도 있으니까. 그랬다간 우리모두 자는 동안에 쥐도 새도 모르게 죽을지도 몰라'라고만 말했죠. 하지만 경시청에서 나온 형사님은, 다들 서그 경위님이라고 부르던데, 그 불쌍한 애를 아주 다그치시더군요. 애를 얼마나 겁주시던지, 글래디스는 경위님이 자기를 의심하고 있다고 생각하게 됐어요. 그렇지만 시체를 끌어들여 봤자 걔한테무슨 득이 있겠어요. 불쌍한 것. 그래서 저는 그 형사님에게 그렇게 말했지요. 그런데 그 형사가 저한테 꽤나 건방지게 굴더군요. 이런 말은 어떨지 모르지만, 그 사람 태도가 정말 마음에들지 않았어요. 그래서 저는 이렇게 말했지요. '형사님이 글래디스나 나를 고발할 만한 확실한 증거가 있으면, 내놓으쇼. 그게 형사님이 할 일 아닙니까. 신사의 집을 찾아와서 버릇없게굴라고 나라에서 형사 월급을 주는 건 아닐 텐데'라고요. 정말입니다."

팁스 씨는 머리끝까지 벌겋게 되어서 분통을 터뜨렸다.

"그 형사는 계속 제 성질을 돋우시더군요. 계속 성질을 건드렸지요. 저는 보통 때는 참 온순한 사람이거든요."

"서그는 끼지 않는 데가 없군."

피터 경이 말했다.

"나도 그 사람을 알죠. 그 친군 할 말이 없으면 건방지게 굴어요. 이치상 팁스 씨나 하녀가 시체를 모으러 다닐 이유가 어디 있겠습니까. 도대체 누가 시체를 지고 다니고 싶겠어요? 치우는 것도 꽤 힘들 텐데. 참, 그 시체 아직 치우지는 않았겠죠?"

"아직 욕실에 있습니다."

팁스 씨가 대답했다.

"서그 경위님이 사람들이 와서 가져 갈 때까지는 아무것도 건드리지 말라더군요. 빨리 와서 가져갔으면 좋겠습니다. 나리께서 관심이 있으시면 한번 봐 주셨으면……."

"감사합니다. 진심으로 보고 싶군요. 혹시 팁스 씨에게 폐만 되지 않는다면요."

피터 경은 얼른 대답했다.

"무슨 말씀을요."

복도를 지나 욕실로 안내하는 팁스 씨의 태도를 보고 피터 경은 두 가지를 확신할 수 있었다. 하나는 앞으로 보여줄 광경이 비록 섬뜩하기는 하지만, 팁스 씨는 사건 때문에 자신과 자신의 아파트가 집중 조명을 받게 되었다는 사실을 즐기고 있다는 것이고, 둘은 서그 경위가 팁스 씨에게 시체를 아무에게도 보여 주지 말라고 했다는 것이었다. 두 번째 추측은 곧 사실로 밝혀졌다. 열쇠를 가지러 침실로 가면서 팁스 씨가, 경찰이 열쇠를 가지고 가긴 했지만 자기는 항상 만약에 대비해 모든 문에 예비 열쇠를 만들어 놓는다고 말한 것이다.

별로 특이할 것 없는 욕실이었다. 길고 좁았고, 창문이 욕조 바로 위에 나 있었다. 유리창에는 젖빛 유리판이 끼워져 있었고, 창틀은 사람 한 명 정도는 너끈히 들어올 수 있을 정도로 넓었다. 피터 경은 재빨리 욕실 건너편으로 가서는 창문을 열고 내다보았다.

팁스 씨의 아파트는 건물 최고층이었고 아파트 건물이 있는 블록의 한가운데에 있었다. 욕실 창문으로는 아파트 뒷마당이 내려다보였는데, 뒷마당에는 작은 창고라든가 석탄 투입구, 차고 같은 것들이 들어차 있었다. 그 너머에는 집들과 나란하게 뒤쪽 정원이 있었다. 오른쪽으로는 거대한 성 류크 병원 배터시 분원과 그 건물에 딸린 부지가 있고, 거기서부터 지붕 덮인 통로를 따라가면 유명한 외과의사 줄리언 프레크 경의 사택으로 연결되었다. 프레크 경은 거대한 새 병원의 외과과장인 데다가 병원 거리로 유명한 할리 가에서는 아주 독창적인 견해를 가지고 있는 저명한 신경학자로 알려져 있었다.

이런 정보들은 팁스 씨의 입에서 피터 경의 귀로 물밀듯 쏟아져 들어왔다. 이웃에 이렇게 유명한 사람이 살면서 퀸 캐롤라인 맨션 단지에 영예로운 후광을 비추고 있다는 데 팁스 씨는 상당한 자부심을 느끼는 듯했다.

"오늘 아침에 제가 직접 여기로 줄리언 경을 모셨지요."

팁스 씨가 말했다.

"이 끔찍한 사건 때문에요. 서그 경위는 병원에 있는 애송이 의사가 장난으로 시체를 가져다놨을지도 모른다고 생각했나 봅니다. 병원 해부실에는 시체가 널렸으니까요. 그래서 서그 경위가 혹시 없어진 시체 있냐고 물어보러 아침에 줄리언 경을 뵈러 갔습니다. 아주 친절하셨죠. 줄리언 경이요. 정말 친절하게 대해 주셨어요. 경찰들이 갔을 때는 해부실에서 업무를 보시던 중이었는데 말이죠. 경께서는 시체가 다 있는지 장부를 뒤져 보시고는 몸소 여기까지 오셔서 이걸 보고 가셨죠."

팁스 씨는 욕조를 가리켰다.

"그러시더니 모르는 일이라고 하시더군요. 병원에는 없어진 시체도 없고 장부에 적힌 시체 설명 중에서 이것과 비슷한 것도 없다고 하시고요."

"환자 중에서도 비슷한 사람은 없길 바랍니다."

피터 경은 불쑥 말을 던졌다. 이 소름끼치는 암시에 팁스 씨는 얼굴이 창백해졌다.

"서그 경위가 거기까지 알아봤다는 말은 못 들었는데요."

팁스 씨는 심란한 기색을 내비치며 말했다.

"그렇다면 얼마나 끔찍한 일이겠습니까요. 하느님 맙소사. 저는 거기까지는 생각도 못 해 봤네요."

"글쎄, 환자가 없어졌다면야, 지금쯤은 병원에서 벌써 알아차렸겠죠. 이 시체나 살펴봅시다."

피터 경이 말했다.

피터 경은 외알 안경을 눈에 끼웠다.

"창문 밖에서 그을음이 들어오면 골치깨나 썩겠습니다. 정말로 민폐군요, 그렇죠? 우리 집도 그런데, 책이 다 엉망이 되죠. 자, 굳이 저와 함께 시체를 또 보셔야 할 필요는 없습니다."

팁스 씨가 욕조 위에 걸쳐 두었던 침대시트를 손에 쥔 채 주저하는 것을 보고 피터 경은 시트를 낚아채 휙 젖혔다.

욕조 속에 누워 있는 시체는 키가 크고 체격이 건장한 50대의 남자였다. 숱 많고 곱슬곱슬한 검은 머리는 전문가가 다듬은 솜씨였고, 욕실의 밀폐된 공기 속에 제비꽃 향수 냄새가 은은하지만 분명히 풍겼다. 얼굴은 선이 굵고 살이 찐 편이었으며, 튀어나온 검은 눈과 두터운 턱으로 이어지는 구불구불한 긴 코가 특히 눈에 띄었다. 말끔하게 면도해서 드러난 입술은 두툼하고 육감적이었으며, 입이 벌어져서 담배로 누레진 이가 그대로 보였다. 죽은 자의 얼굴에는 세련된 황금 코안경이 마치 사신死神을 비웃듯 그로테스크하면서도 우아하게 걸쳐져 있었다. 섬세한 황금 사슬이 실오라기 하나 걸치지 않은 맨가슴 위에 늘어진 채였다. 다리는 뻣뻣하게 굳어 나란히 밖으로 뻗어 있었다. 팔은 몸 가까이에 놓여 있었다. 손가락은 자연스럽게 굽어진 상태였다. 피터 경은 한 팔을 들어 올리더니 얼굴을 살짝 찡그리며 손을 쳐다보았다.

　"말쑥하신 분이군요, 이 댁의 손님은요, 그렇죠?"

　피터 경은 웅얼거렸다.

　"제비꽃 향수에 손톱 손질까지."

　피터 경은 다시 몸을 숙이고 머리 밑으로 손을 넣었다. 기묘한 안경이 미끄러져 욕조 바닥으로 뚝 떨어지며 쩅그랑 소리를 냈다. 이 소리에, 그렇지 않아도 안절부절못하고 있던 팁스 씨는 드디어 자제심이 무너져 내렸다.

　"실례하겠습니다. 기절할 것 같아요. 정말 현기증이 나네요."

팁스 씨는 이렇게 웅얼거리며 욕실 밖으로 잽싸게 나갔다. 팁스 씨가 밖으로 나가자마자 피터 경은 시체를 재빨리 들어 올리더니 조심스럽게 뒤집어서 머리를 한쪽으로 기울이고 꼼꼼히 검사했다. 외알 안경을 끼고 살피는 피터 경의 태도는 진귀한 난초를 감상하는 고ㅗ 조지프 체임벌[S] 같은 분위기를 풍겼다. 피터 경은 시체의 머리를 팔 위에 얹고는 은제 성냥갑을 주머니에서 꺼내서 열린 입 속에 집어넣었다. 그러고는 "쯧쯧" 하고 혀를 차더니 시체를 눕혀 놓고 수수께끼의 코안경을 집었다. 피터 경은 안경을 자기 코 위에 올려놓고 안경으로 한 번 내다보고는 또 한 번 혀를 차며 코안경을 다시 시체의 코 위에 원래대로 올려놓았다. 서그 경위의 심기를 건드리지 않기 위해서는 손댄 흔적을 없애야 했다. 피터 경은 시체를 원래대로 눕혀 놓고 창문으로 갔다. 그러고는 몸을 밖으로 내밀고, 별로 어울리지 않지만 가지고 다니는 지팡이로 위와 옆을 휘저어 보았다. 여기서 아무것도 건지지 못하자, 피터 경은 머리를 빼고 창문을 닫은 후 팁스 씨가 기다리고 있는 복도로 다시 나갔다.

팁스 씨는 공작가의 막내아들이 자신을 이처럼 동정해 주고 관심을 가져 주는 데 깊이 감동을 받아, 응접실에서 차나 한 잔 들고 가시라고 청했다. 창문 쪽으로 천천히 향하며 배터시 공원의 아름다운 경치를 찬탄하던 피터 경은 이 초대를 받아들이

[S]   Joseph Chamberlain (1836~1914): 영국의 정치가 겸 사업가.

려고 했으나, 그때 구급차 한 대가 프린스오브웨일스 길에 들어서는 게 보였다. 피터 경은 구급차를 보더니 갑자기 중요한 약속이 있었음을 떠올렸다. 그는 "아뿔싸!" 하고 다급한 목소리로 외치며 그만 가 봐야겠다고 말했다.

"어머님께서 안부 전해 달라고 하셨습니다."

피터 경은 힘차게 악수하며 말했다.

"그럼 빠른 시일 내에 덴버에 들러 주세요. 안녕히 계십시오, 팁스 부인."

피터 경은 친절하게도 노부인의 귀에다 대고 큰 소리로 외쳤다.

"아, 아닙니다. 아래층까지 배웅해 줄 필요는 없습니다."

피터 경은 딱 알맞은 때에 나왔다. 그가 막 문밖에 나서서 역을 향할 때, 구급차가 다른 방향에서 달려와 멈춰 섰고 서그 경위가 경관 두 명과 함께 차에서 내렸다. 경위는 맨션 단지에서 보초를 서고 있던 경관과 이야기를 나누더니 의심을 잔뜩 머금은 눈길로 멀어져 가는 피터 경의 뒷모습을 노려보았다.

"서그, 저 친구도 참."

귀족 나리는 귀여워 죽겠다는 투로 말했다.

"참 귀여운 친구야. 내가 진저리나도록 싫을 거야. 아무렴, 그렇고말고."

2 장

"정말 잘 했네, 번터."

피터 경은 한숨을 내뱉으며 호화로운 안락의자에 털썩 주저
앉았다.

"내가 직접 갔어도 자네보다 잘하지는 못했을 거야. 단테 생
각만 해도 입에 군침이 도는군. 거기다 《아이몬의 네 아들》까
지. 게다가 예산보다 육십 파운드나 적게 쓰다니. 정말 대단하
네. 그 돈을 어디에다 쓸까, 번터? 생각 좀 해 보게. 모두 우리
거니 원하는 대로 쓸 수 있지. 해롤드 스킴폴[§] 말처럼, 정말이

[§]   찰스 디킨스의 《황량한 집》에 나오는 인물.

지 육십 파운드 아낀 것은 육십 파운드 번 것이나 진배없네. 그리고 난 그 돈을 모두 쓸 작정이었거든. 번터, 자네가 아낀 돈이니, 따지고 보면 이 육십 파운드는 자네 돈이야. 뭘 하고 싶나? 자네 일하는 데 필요한 물건을 살까? 이 아파트 물건 중에 뭐 바꾸고 싶은 거라도 있나?"

"글쎄요, 주인님. 주인님께서 그런 친절을 다 베풀어 주시니……."

하인은 술잔에 숙성된 브랜디를 따르려고 말을 멈췄다.

"솔직히 털어놓게, 번터. 얌전 뺄 필요 없어. 저녁 식사 준비가 다 되었다고 알릴 때와 똑같은 투로 말해 봤자 소용없어. 이런, 브랜디를 좀 흘렸군. 목소리는 야곱의 것이로되, 손은 에서의 손이로다. 자네의 근사한 암실에 필요한 게 대체 뭔가?"

"보조 렌즈가 달린 이중 비점수차 보정렌즈라는 게 있습니다, 주인님."

번터는 거의 종교적인 열정이 담긴 어조로 말했다.

"만약 위조품이나 발자국 감식이 필요한 사건이 있다면, 대물대에 견본을 올려놓고 볼 때 확대해서 볼 수가 있는 거죠. 아니면 광각렌즈도 쓸 만할 겁니다. 마치 카메라가 뒤에도 눈이 달린 것처럼 넓게 찍을 수 있는 겁니다. 주인님, 여기 제가 가지고 온 것 좀 보십시오."

번터는 주머니에서 카탈로그를 꺼내서 떨리는 손으로 주인의 눈앞에 내밀었다.

피터 경은 제품 설명을 천천히 살펴보았다. 그의 긴 입술 한 쪽이 슬쩍 올라가며 희미한 미소가 감돌았다.

"나는 무슨 소리인지 도무지 모르겠군. 내가 볼 때는 이런 유리 조각에 오십 파운드라니 터무니없는 가격 같은데, 번터. 하지만 자네는 사어死語로 쓰인 지저분한 옛날 책 한 권에 칠백오십 파운드를 쓰다니 그야말로 허황된 짓이라고 할지도 모르지, 그렇지 않나?"

"저는 주인님께 감히 그런 말씀을 드릴 입장이 아닙니다."

"아니긴 하지, 번터. 자네 생각은 입 밖에 내지 말고 혼자만 알고 있으라고 자네에게 일 년에 이백 파운드씩 주고 있으니까. 하지만 우리는 민주 사회에 살고 있으니 말이네, 번터. 말해 봐. 자네는 이게 불공평하다고 생각하지 않아?"

"아닙니다, 주인님."

"아니라 이거지. 왜 불공평하지 않은지 솔직히 말해 줄 수 있겠나?"

"솔직히 말씀드리자면, 주인님께서는 워딩턴 부인을 저녁 식사에 데리고 가시거나 재치 있는 입담을 늘어놓을 수 있는 뛰어난 말재간을 살짝 억누르심으로써 귀족으로서의 수입을 얻는 것이기 때문이죠."

피터 경은 이 말에 대해 생각해 보았다.

"그게 자네 생각이로군, 번터. 노블리스 오블리제라 이거지. 당연한 귀족의 대가라는 거지. 자네 말이 옳다고 인정할 수밖에 없겠어. 그러니 자네가 나보다 처지가 낫지. 나는 땡전 한 푼 없다면 워딩턴 부인 앞에서 아양을 떨어야 하니까. 번터, 내가 지금 당장 자네를 해고하면, 자네는 나를 어떻게 생각하고 있는지 솔직히 말할 텐가?"

"아닙니다, 주인님."

"자넨 그럴 권리가 있어, 번터. 자네가 만들어 주는 커피를 마시면서도 자네를 해고한다면, 나는 무슨 말을 들어도 싸지. 자네는 커피의 악마야, 번터. 자네가 어떻게 하는지 알고 싶진 않아. 분명 마녀의 술수를 부렸을 테지. 나는 영원한 불길 속에 떨어지고 싶진 않다고. 그러니 자네 원하는 대로 사팔뜨기 렌즈를 사게나."

"고맙습니다, 주인님."

"식당 일은 끝났나?"

"아직 아닙니다."

"그래, 그럼 끝나면 돌아오게나. 자네에게 할 얘기가 많으니까. 이런, 누구지?"

초인종이 날카로운 소리로 울리고 있었다.

"재미있는 사람이 아니면, 난 집에 없다고 하게."

"잘 알겠습니다, 주인님."

피터 경의 서재는 런던에 있는 독신 남성의 방 중에서는 가장 유쾌한 곳이라 할 수 있었다. 방 안은 주로 검은색과 옅은 노란색으로 꾸며져 있었다. 벽에는 희귀본들이 죽 꽂혀 있었고, 의자와 체스터필드 소파는 요염한 미녀들의 포옹처럼 편안해 보였다. 한쪽 구석에는 작은 검은색 그랜드 피아노가 놓여 있고, 널찍한 구식 벽난로에서는 장작불이 타닥타닥 타올랐다. 난로 위 장식 선반에 놓인 세브레 도자기 꽃병 속에는 붉은색과 황금색의 국화가 가득 꽂혀 있었다. 짙은 십일월의 안개 속을 뚫고 들어와 안으로 안내받은 젊은이의 눈에 피터 경의 서재는 마치 중세 시대 그림에 나와 있는 다채롭고 화려한 낙원처럼, 희귀하고 차마 닿기 어려운 장소처럼 보이기도 했지만, 또한 정답고 익숙한 곳이기도 했다.

"아니, 이게 누구야, 파커."

피터 경은 진심으로 반가워하며 벌떡 일어섰다.

"친구, 이렇게 와 주다니 정말 기쁘네. 정말 안개가 지독한 날이지? 번터, 자네의 훌륭한 커피를 한 잔 더 내오고 유리잔 하나하고 담배도 가져오게. 파커, 자네가 사건을 잔뜩 가지고 온 것이라면 좋겠는데. 적어도 방화사건 이상은 되어야지. 아니, 오늘밤에는 살인사건이 딱 좋겠군. '이런 밤에는……' 번터와 나는 잠깐 앉아서 술이나 실컷 마시려던 참이네. 내가 랄프 브로클버리 경의 경매에서 희귀한 단테 판본과 캑스턴 판본을 얻었지 뭔가. 번터가 좋은 가격에 낙찰을 해 와서, 상으로 눈을 감고도 온갖 경이로운 일들을 해 낼 수 있다는 렌즈를 사 주기로 했지. 게다가,

우리 둘은 욕조 안에서 시체 하나를 발견했다네.
우리 둘은 욕조 안에서 시체 하나를 발견했다네.
싸구려 소동을 일으키고 싶은
온갖 유혹이 마음속에 밀려들었어도
우리는 욕조 안에 시체가 있다고 분명히 말할 수 있지.

이보다 우리에게 더 적합한 얘깃거리가 뭐가 있겠나, 파커. 현재 내가 맡고 있는 사건이라네. 하지만 서로 의견을 나눠 보자고. 합작회사처럼 말이지. 자네도 끼겠나? 자네가 대박을 칠 수도 있어. 어쩌면 자네도 시체를 하나 맡고 있는지 모르겠군. 오, 시체를 하나씩 맡자고. 모두들 환영한다네.

누군가 시체를 만난다면,
재판정에 서야 한다네
누군가 살인을 저지른 자를 알아내려면
멍청한 서그가 잘못 짚고 있다는 걸 알아내려면
시체가 입을 열어야 할까?[§]

절대 그럴 필요는 없지. 단지 그 멍한 눈으로 자네의 절친한 친구에게 눈을 살짝 한 번 깜박거려 주기만 하면, 그 친구가 진

---

§　피터 경은 여기에서 로버트 번즈의 시 〈호밀밭에서〉를 패러디해서 말하고 있다.

실을 읽어 낼 테니까."

"아, 그래."

파커가 대답했다.

"자네가 퀸 캐롤라인 맨션 단지에 갔었다는 건 나도 알고 있
네. 나도 갔다가 서그를 만났지. 서그도 자네를 봤다고 하던데.
화도 많이 났고. 권한 없는 공무집행 방해라고 하더군."

"그럴 줄 알았어. 나는 서그를 골려 먹는 게 왜 이리 재미있
는지 몰라. 그 친구는 항상 너무 건방지거든. 스타 지에서 서그
가 과하게도 그 하녀, 글래디스 뭐라나 하는 여자애의 신병을
확보했다는 기사를 보았네. 저녁의 서그, 멋진 서그 같으니!§
그런데 자네는 거기서 뭘 했던 건가?"

"사실대로 말하면, 팁스 씨의 욕조에서 발견된 유태인처럼
생긴 신원 미상의 시체가, 만의 하나라도 루벤 레비 경이 아닌
가 알아보려고 들렀네. 하지만 아니더군."

파커가 대답했다.

"루벤 레비 경이라고! 잠깐만. 그런 기사를 본 것 같은데! 그
럴 줄 알았지. 여기 머리기사가 났군. '유명 사업가, 의문의 실
종'이라. 이게 다 무슨 일인가? 자세하게 기사를 읽어 보지 않
아서."

---

§ 《이상한 나라의 앨리스》에 나오는 가짜 거북의 대사 '저녁의 수프, 멋진 수프'를 패
   러디한 것 같다.

"그게, 약간 기묘한 일일세. 난 감히 별일 아닐 수도 있다고 말하고 있긴 하지만. 노인이 자기만 아는 어떤 이유로 사라졌을 수도 있겠지. 사건은 바로 오늘 아침에 일어났네. 아직 아무도 어떻게 된 건지 추측도 못하고 있고. 다만, 사건이 수백만 파운드의 거래가 걸려 있는 중요한 회의를 잡아 놓은 날에 일어난 거라서. 나도 자세한 사항은 모르네. 그렇지만 거래가 성사되지 않기를 바라는 적대 세력이 있었다는 정도는 알지. 그래서 이 욕조 속에서 사람을 발견했다는 소식을 들었을 때, 서둘러서 달려간 거네. 물론 별로 그럴 법하지는 않은 일이지만, 우리 같은 직종에서는 생각지도 못한 일이 흔하게 일어나니까. 재미있는 건 이 시체가 루벤 경일지도 모른다는 생각에 서그가 홀딱 빠져들더니, 미친 듯이 레비 부인에게 전보를 쳐서 와서 시체의 신원을 확인해 보라고 했다는 거야. 하지만 사실 욕조 안의 남자는, 가련한 아돌프 벡이 존 스미스가 아니었던 것처럼[A] 루벤 경이 아니었지. 그렇지만 참 이상하게도 이 시체는 턱수염만 있었다면 루벤 경하고 똑같이 닮았을 것 같더군. 게다가, 레비 부인은 가족과 함께 해외여행 중이라, 다른 사람은

[A]   신원 확인이 잘못되어 벌어진 사건 중 당시에 가장 유명했던 사건. 1895년 당시 54세의 아돌프 벡은 강도인 존 스미스로 오인되어 7년 동안이나 억울한 옥살이를 했다. 십몇 건에 가까운 존 스미스의 피해자들이 거의 모두 아돌프 벡을 범인으로 지목했으며, 존 스미스를 체포했던 경찰마저도 두 사람을 혼동했다고 한다. 1904년에서야 아돌프 벡은 누명을 벗고 보상을 받을 수 있게 되었다. 2004년 10월 17일자《인디펜던트》지 참조.

경으로 오인할 수도 있었어. 그랬다면 서그는 마치 바벨탑처럼 환상적인 이론을 높이 쌓아올렸다가 파멸하는 운명을 맞이했겠지."

"서그는 정말 대단하고 시끄러운 자식이야."

피터 경이 말했다.

"소설책에 나오는 형사 같지. 글쎄, 난 레비에 대해서는 아는 게 없네. 시체를 보기는 했지만. 내가 본 바로는 분명히 어불성설 같은데. 브랜디는 어떤가?"

"대단하네, 윔지. 마치 천국에 온 기분이 들게 하는군. 하지만 자네의 모험담을 듣고 싶네."

"번터가 같이 들어도 괜찮겠지? 이 친구는 보물이야. 카메라 솜씨가 끝내 주지. 그리고 정말 이상한 건 내가 목욕을 하고 싶을 때나 부츠를 찾고 있을 때나 번터는 언제나 그 자리에 대기하고 있다가 해결해 준다는 거야. 언제 사진들을 현상하는지 모르겠어. 자면서 하나 보지. 번터!"

"네, 주인님."

"거기서 어물대지 말고 자네도 마실 것을 들고 와서 이 명랑한 모임에 끼게나."

"그러겠습니다, 주인님."

"파커 씨가 새 마술 기술을 가지고 왔다네. 사라진 사업가. 속임수는 전혀 없습니다. 수리수리 빨리 사라져라! 앗, 어디로 사라진 걸까요? 관중석에 계신 손님 가운데 단상으로 올라와서 이 캐비닛을 확인해 보실 분이 계십니까? 고맙습니다, 선생님. 관중들을 감쪽같이 속이는 빠른 손놀림, 경탄할 만하지."

"내가 맡은 사건은 별로 대단한 얘깃거리는 못 될 것 같은데."

파커가 말했다.

"실마리가 전혀 없는 단순한 사건 중 하나일세. 루벤 레비 경은 지난 밤 리츠 호텔에서 친구 세 분과 함께 저녁 식사를 했다고 하네. 저녁 식사 후에, 친구분들은 극장에 갔고. 루벤 경은 약속이 있다면서 같이 안 갔다는군. 이 약속이 뭔지는 아직 알아내지 못했지만, 어쨌거나 루벤 경은 파크레인 9A번지에 있는 자택에 돌아오긴 했다네. 열두 시경이었어."

"누가 경을 봤나?"

"요리사가 막 잠자리에 들려다가 루벤 경이 문간에 서 있는 걸 보았다네. 들어오는 소리도 들었고. 루벤 경은 위층으로 올라가서 외투를 홀에 있는 옷걸이 못에 걸어 두고 우산은 우산 꽂이에 넣어 두었다는군. 어젯밤 얼마나 비가 많이 왔는지 기억하지? 그런 후에 옷을 벗고 잠자리에 들었다네. 그런데 아침에는 침대에 없었다는 거야. 그게 다일세."

파커는 퉁명스럽게 손을 내저으며 말했다.

"그게 다가 아니겠지, 다가 아니야. 이보게, 계속해 봐. 얘기 반도 안 했잖아."

피터 경이 졸랐다.

"그렇지만 그게 진짜 다야. 하인이 루벤 경을 깨우러 와 보니까 없더라는 거지. 침대에 잔 흔적은 있었어. 파자마며 옷가지도 다 거기 있었고. 이상한 건, 옷가지가 침대 발치에 있던 발걸이 의자에 약간 너저분하게 아무렇게나 내던져져 있었다는 거네. 루벤 경의 평소 습관대로 단정하게 개켜서 의자 위에 올려놓은 게 아니라. 심란한 일이 있거나 몸이 안 좋은 사람처럼 보였다는 거지. 깨끗한 옷 중에는 사라진 게 없었어. 양복도 부츠도. 아무것도. 루벤 경이 신던 부츠는 평소대로 옷방 안에 있었어. 루벤 경은 몸도 씻고 이도 닦았으며 평소에 하던 일들은 다 했더군. 여섯 시 반 지나서 하녀가 홀 청소를 하러 내려왔는데, 그 이후로는 아무도 들어오거나 나가지 않았다고 맹세할 수 있다네. 그래서 이 저명한 중년의 유태인 사업가는 밤 열두 시부터 아침 여섯 시 사이에 갑자기 정신이 미쳐 버려서 이 쌀쌀한 십일월 밤에 태초 그대로의 알몸으로 집을 조용히 빠져나갔거나, 아니면 《인골즈비 민담집》[*]에 나오는 부인처럼 몸만 납치되었는지도 모르는 일일세. 구겨진 옷더미만 남겨 두고서."

"현관문에는 빗장이 걸려 있었나?"

"자넨 어떻게 그런 질문을 즉시 생각해 낼 수가 있나 그래. 나는 생각해 내는 데 한 시간이나 걸렸는데. 아니. 평소와는 다르게, 문에는 맹꽁이자물쇠 하나만 있었어. 하지만 하녀들 중 몇몇이 극장에 가도 된다는 허락을 받았는데, 아마도 이 하녀

---

[*] 리처드 해리스 바햄이라는 시인이 토머스 인골즈비라는 이름으로 엮은 민담집.

들이 아직 돌아오지 않았을 수도 있다고 생각하고 루벤 경이 문을 열어 두었을 수도 있다는 거야. 전에도 종종 그랬다는군."

"그럼 그게 정말 다야?"

"정말 다일세. 아주 사소한 정황 하나만 빼고는."

"난 사소한 정황을 사랑하지."

피터 경은 유치한 기쁨을 드러내며 물었다.

"수많은 사람들이 이 사소한 정황 때문에 교수형을 당한다네. 그게 뭔가?"

"루벤 경과 레비 부인은 참 금슬이 좋은 부부였는데, 항상 같은 방을 썼다는군. 헌데, 아까도 말했지만 레비 부인은 지금 요양 차 망통에 가 있다고 하네. 부인이 없는 동안에도 루벤 경은 보통 때처럼 2인용 침대에서 잤다는데, 언제나 변함없이 자기 자리, 즉 침대의 바깥쪽에서만 자는 습관이 있었다네. 그렇지만 어젯밤에는 베개 두 개를 놓고 가운데, 굳이 말하자면 반대편 벽 가까운 쪽에서 잠을 잔 흔적이 있더라는 거지. 하녀는 정말 똑똑한 처녀였는데 침대를 정리하러 올라갔을 때 이 사실을 알아채고, 뛰어난 탐정 본능을 발휘하여 침대를 건드리지 않고 다른 사람이 건드리지도 못하게 했다네. 비록 한 참 있다가 경찰을 부르기는 했지만."

"집에는 루벤 경과 하인 말고 다른 사람은 없었나?"

"없었어. 레비 부인은 따님과 하녀만 데리고 집을 떠나 있었고. 남자 시종 한 명과, 요리사, 접대를 맡고 있는 하녀 한 명,

집 안 정리를 맡은 하녀 하나, 그리고 부엌일을 돕는 하녀만이
집 안에 있었다네. 그리고 자연히 꽥꽥 비명을 질러 대면서 남
뒷얘기나 하느라 한두 시간 정도 허비했지. 내가 그 집에 도착
한 건 열 시경이었네."

"그 이후로 자네는 뭘 했나?"

"지난밤 루벤 경의 약속이 뭐였는지 알아내려고 했지. 요리
사 말고는 그 약속을 했다는 사람이 루벤 경을 실종 전에 본 마
지막 사람이니까. 이 사건은 간단히 설명될지도 몰라. 간단한
해답이 있을지도 모르지만 지금은 하나도 생각나지 않으니,
영. 정말 답답하네. 보통 사람들은 집에 들어와서 잠자리에 들
었다가 갑자기 한밤중에 '벌거숭이로' 다시 집을 나가거나 하
지는 않잖나."

"변장했는지도 모르지."

"나도 그 생각은 했어. 사실상 있을 수 있는 대답은 그뿐이
지. 하지만 그것도 이상하긴 마찬가지네, 웜지. 런던의 저명인
사가 중요한 거래가 있는 전날에 아무에게도 말 한마디도 안
남기고 밤 한가운데로 사라져 버리다니. 게다가 시계며 지갑
이며 수표첩까지 몽땅 남겨 두고 무슨 변장을 하고 갈 수 있을
까? 무엇보다도 가장 이상하고도 중요한 사실은 안경도 놔두
고 갔단 거야. 루벤 경은 심한 근시라 안경이 없으면 바로 코앞
도 알아볼 수가 없어, 루벤 경은……."

"그건 중요한 점인데."

윔지가 말을 잘랐다.

"다른 안경은 없었다는 게 확실해?"

"안경이 딱 두 개밖에 없었다고 남자 시종이 확실히 증언했어. 하나는 화장대 위에 있었어. 다른 하나는 항상 놓아두는 서랍 속에 있었고."

피터 경은 휘파람을 불었다.

"정말 귀신이 곡할 노릇이군, 파커. 자살을 하러 갔다고 해도 안경은 가져갔어야 할 텐데."

"자네도 그렇게 생각하는군. 안경이 없다면 루벤 경은 집 앞 횡단보도를 건너려다가 바로 자살하는 셈이 되었을걸세. 하지만, 그 가능성도 간과하지는 않았어. 오늘 일어난 도로 교통사고들을 자세하게 알아봤지. 하지만 가슴에 손을 얹고 말하건대, 교통사고 피해자 중에 루벤 경은 없었네. 게다가 루벤 경은 열쇠는 가지고 갔어. 마치 돌아올 마음이 있는 사람처럼."

"루벤 경이 같이 저녁 식사를 했던 사람들은 만나 봤나?"

"두 사람을 클럽에서 찾았네. 그분들 말로는 루벤 경은 건강도 기분도 최고조인 것 같았다는군. 얼마 후에 레비 부인을 만나러 가기를 고대하고 있다고 말했고. 아마 크리스마스 계획이었나 보네. 그리고 오늘 아침 있을 사업상 거래에 대해서 아주 만족감을 표시하면서 말했다고 하네. 그중 한 사람은 윈드엄 클럽의 회원인 앤더슨이란 사람인데 본인도 그 사업에 관련이 있다고 하더군."

"그러면 아홉 시까지는 어쨌든 루벤 경은 겉으로 보기에는 실종될 의도도 없었고 낌새도 없었다는 거군."

"전혀 없었지. 루벤 경이 일급 배우가 아니라면. 경이 마음을 바꾼 이유가 무엇이든 간에, 저녁 직후에 갔던 약속에서 생긴 일이거나 자정과 새벽 다섯 시 삼십 분 사이에 일어난 일인 게 분명하네."

"흐음, 번터. 자네는 어떻게 생각하나?"

"제 전문 분야가 아니라서요, 주인님. 하지만 신사분이 급하게 서둘러서인지 몸이 편찮으시든지 해서 평소처럼 옷을 잘 개켜 두지 못했는데, 양치질이나 부츠 보관은 잊어버리지 않았다는 건 참 이상한 일입니다. 오히려 양치질이나 부츠 보관에 훨씬 소홀하기 쉬운 법이거든요."

"번터, 자네가 개인적인 감정을 담아서 말하는 거라면, 이 말은 못 들은 셈으로 치겠네."

피터 경이 말했다.

"정말 사소하지만 재미있는 문제로군, 파커. 이보게, 끼어들고 싶진 않지만 내일 그 침실을 한번 보고 싶네. 자네를 신뢰하지 못해서가 아니야, 하지만 정말 그 방을 보고 싶네. 안 된다고는 하지 말게. 브랜디 한 잔 더 들고, 빌라 시가 한 대 더 피게. 하지만 안 된다는 말은 하지 말게, 안 된다고는 마!"

"물론 와서 봐도 되지. 아마도 내가 못 보고 지나친 것을 많이 찾을 수 있을 거야."

파커는 상대방이 보이는 호의를 받아들이며 침착하게 말했다.

"파커, 자넨 정말 마음이 곱군. 자넨 런던경시청의 명예일세. 서그는 미신을 맹신하고 우매하기 짝이 없는 백치 소년이지. 환상에 빠진 시인의 머리가 달밤의 마술에 사로잡히면 그렇게 될까. 서그는 너무 완벽해서 존재할 수 없는 인간이지. 말이 나왔으니 말인데, 서그는 그 시체에게서 뭘 알아냈다던가?"

"서그 말로는 목 뒤에서 타격을 받고 죽었다고 하더군."

파커는 정확하게 대답했다.

"의사가 그렇게 말했다던데. 죽은 지는 하루나 이틀 정도 되었고. 이것도 의사가 말해 줬다네. 서그 말로는 시체는 부유한 오십 대의 유태인이라는데. 누구도 그 정도는 알 수 있지 않느냐고. 아무도 몰래 시체가 창문으로 들어올 수 있다고 한다면 너무 우스꽝스럽지 않느냐고 하더군. 아마도 현관으로 들어와서 집 안 식구 누군가에게 살해당했을 거라더군. 서그는 하녀를 체포했다네. 하녀는 키가 작고 창백한 처녀라 건장한 유태인을 부지깽이로 쓰러트리기엔 어림도 없는 체격인데도. 만약 팁스가 그제와 어제 내내 맨체스터에 가 있지만 않았어도 그 사람을 체포했을걸세. 어젯밤 늦게야 돌아왔으니 망정이지. 실은, 서그는 팁스를 체포하려고 했지만, 내가 시체가 죽은 지 하루나 이틀 정도는 되지 않았느냐고 알려주었지. 그리고 팁스 씨는 어젯밤 열 시 반까지는 시체를 보지도 못했을 거라는 것도. 하지만 서그는 내일 팁스 씨를 종범으로 체포할걸세. 게다가 뜨개질을 하고 있던 노부인까지 체포한다네. 그런다고 해도 별로 놀라운 일이 아니지."

"흠, 그 조그만 사람에게 알리바이가 그렇게 많다니 참 기쁘군."

피터 경이 말했다.

"시체의 피부색 변화나 경직도, 그 외의 다른 변명거리가 아무리 믿을 만해도, 의심 많고 거칠기 짝이 없는 검찰 측에서는 항상 의학적 증거들을 정면으로 파헤칠 수 있으니 조심해야 돼. 첼시 찻집 사건을 변호했던 임피 빅스의 경우 기억나나? 실력이 거의 절정기에 오른 의학전문가 여섯 명이 증인석에서 서로의 의견을 반박했더니, 노련한 임피는 글라이스터와 딕슨만이 맡았던 사건의 경우를 낭독해서 배심원들의 눈을 돌아가게 했다네. '팅엄타이트 박사, 사후 경직 시간으로 봐서 시체의 사망 시점을 한 치의 오차 없이 추정할 수 있다고 맹세할 수 있습니까?' '지금까지의 경험으로 봐서는 대부분의 경우 그렇습니다.' 의사는 빳빳하게 굳어서 대답했네. '아, 그렇습니까. 하지만 법정은 말입니다, 의사 선생님, 국회의원 선거가 아닙니다. 소수 의견을 무시하고 갈 수는 없지요. 팅엄타이트 박사, 법은 소수의 권리를 존중합니다. 산 자가 되었든 죽은 자가 되

---

§   도로시 세이어즈의 소설에 종종 등장하는 왕
§§   두 사람 다 영국의 저명한 법의학자이다. 둘 다 독물학과 관련한 저서를 쓴 적이 있다.

었든.' 몇몇 멍청이들이 웃었다네. 그러자 빅스는 가슴을 내밀고 위압적으로 말했지. '신사분들, 이건 절대 웃을 문제가 아닙니다. 고결하고 명예로운 신사분인 제 의뢰인은 자신의 목숨이 걸려 있는 재판을 받고 있습니다. 인생을 건 겁니다, 신사분들. 그리고 제 의뢰인이 유죄라는 것을 보여 주는 게 검찰 측의 일입니다. 만약 검찰 측이 의심의 그림자 한 점 없이 유죄임을 증명할 수 있다면요. 자, 팅엄타이트 박사님께 다시 한 번 묻겠습니다. 의심의 그림자 한 점 없이, 정말 일말의 의심도 없이 이 불쌍한 여인이 반드시 목요일 저녁에 죽었다고 맹세하실 수 있습니까? 있을 수 있는 의견인가요? 신사분들, 우리는 예수회 신도들이 아닙니다. 우리는 합리적인 영국인들입니다. 영국 출신의 배심원들에게, 단지 그럴 수도 있는 의견이라는 말을 가지고 어떤 사람을 기소하라고 할 수 있는 겁니까?' 박수갈채를 받을 만해."

"빅스가 변호했던 사람은 어쨌거나 유죄였어."

파커가 말했다.

"물론 그랬지. 하지만 어쨌거나 방면되었으니 자네가 방금 한 말은 모욕죄에 해당한다네."

윔지는 책꽂이로 가서 법의학에 대한 책을 한 권 꺼냈다.

"'사후경직은 단지 대략적으로만 기술할 수 있다. 여러 요소가 결과를 결정한다.' 의심 많은 인간 같으니. '그렇지만 보통 경직은 목과 턱에서 시작해서 사후 대여섯 시간째부터 일어나게 된다. 모든 가능성을 종합해 볼 때 대부분의 경우 서른여섯 시간이면 경직은 끝난다. 하지만 어떤 환경에서는 유독 일찍 나타나는 경우도 있고, 유독 늦게까지 지체되는 경우도 있을 수 있다.' 참 도움이 되는군. 그렇지 않나, 파커? '브라운-세쿼드ᶴ가 말하기로는…… 죽은 후 삼 분 삼십 초…… 어떤 경우에는 사후 열여섯 시간이 지나기 전에는 일어나지 않기도 하고…… 그 후 이십일 일까지 나타난 경우도 있었다.' 세상에나! '영향 요소로는 연령, 근육의 상태, 열병이 있으며…… 환경의 온도가 높은 곳에서는……' 기타 등등…… 뭐든 영향을 끼칠 수 있군. 신경 쓰지 말게. 이런 주장은 서그가 유리하게 써먹을 수 있겠지. 하지만 그는 그 정도 머리가 없으니."

피터 경은 책을 던져 버렸다.

"사실만 살펴보자고. 자네는 시체에서 뭘 알아냈나?"

"글쎄."

형사가 말했다.

"별로 없네. 솔직히 말하면 좀 당황스러워. 사망자는 과거에는 부유한 사람이었던 것 같긴 한데, 자수성가한 사람이고 재산은 최근에서야 모은 듯하더군."

"아, 자네도 손에 못이 박힌 걸 알아챘군. 자네라면 놓치지

ᶴ Charles Édouard Brown-Séquard: 1817–1894, 생리학자이며 신경학자. 미국인 아버지와 프랑스인 어머니 사이에서 태어났으나 본인은 영국인으로 자처했다.

않을 줄 알았지."

"두 발도 심하게 짓물러져 있었어. 꽉 끼는 신발을 신고 있었나 보네."

"그걸 신고 한참을 걸었을 거야. 그렇게 물집이 잡힐 정도면. 이상하다고 생각하지 않았나? 부유한 사람이 그렇게 걷는다는 건?"

피터 경이 말했다.

"글쎄, 난 잘 모르겠네. 물집은 이틀이나 사흘 정도 되었네. 어쩌면 어느 날 밤에 교외에서 길을 잃었는지도 모르지. 막차를 놓쳤다거나 택시가 없었다거나. 그래서 집에까지 걸어갔을지도 모르고."

"그럴 수도 있는 일이지."

"등과 다리 한 쪽에 설명할 수 없는 붉은 반점이 잔뜩 나 있더군."

"나도 보았네."

"그걸 보고 뭘 알아냈나?"

"나중에 얘기해 주지. 계속 말해 보게."

"아주 원시였나 봐. 인생의 전성기에 있는 그 나이에 원시라니 이상하지. 안경은 아주 노인이 쓰는 것 같던데. 참, 코안경에는 문양이 돋을새김으로 새겨져 있는 납작한 고리가 달린 멋지고 눈에 띄는 사슬이 달려 있더군. 그 문양으로 시체의 신원을 찾아 낼 수도 있다는 생각이 들었네."

"그래서 타임스 지에 이미 광고를 냈다네."

피터 경이 말했다.

"계속해 봐."

"안경은 산 지 좀 된 물건이었나 보더군. 안경을 두 번 수선한 적이 있던데."

"정말 대단하군, 파커. 대단해. 그 사실이 얼마나 중요한지 알아챘나?"

"별로 특별한 건 모르겠는데. 왜?"

"신경 쓰지 말게. 계속해."

"아마도 무뚝뚝하고 기질이 나쁜 사람이었던 것 같네. 손톱을 깨무는 습관이 있었는지 손톱을 생살까지 갈아 놓았더군. 손가락에도 깨문 자국이 있고. 담뱃대 없이 계속 담배를 피웠고. 자기 용모는 꽤나 까다롭게 가꾸었던 모양이던데."

"욕실은 조사를 해 봤나? 나는 미처 그럴 기회가 없었다네."

"발자국 모양에서는 별로 알아낸 게 없어. 서그와 그 일당이 여기저기 밟고 다녀서. 팁스와 하녀는 말할 것도 없고. 하지만 난 욕조 윗부분 바로 뒤에서 불명확한 흙 자국을 하나 찾아냈네. 마치 축축한 게 거기 놓여 있었던 것 같더군. 발자국이라고 하긴 어렵겠지만."

"어젯밤에는 물론 비가 세차게 내렸으니까."

"그렇지. 창틀에 그을음 자국이 희미하게 남아 있는 것 봤지?"

"봤다네. 이 조그마한 친구와 함께 열심히 조사해 봤지만, 뭔가 창틀에 놓여 있었다는 것 말고는 아무것도 알아내지 못했다네."

피터 경은 외알 안경을 꺼내어 파커에게 건넸다.

"세상에, 참 잘 보이는 렌즈군."

"그렇지."

윔지가 대답했다.

"게다가 곁눈으로 뭔가를 흘겨보고 싶을 때나 멍청이같아 보이고 싶을 때도 꽤 유용하지. 다만 언제까지나 계속 끼고 있을 수 없다는 게 아쉽다고나 할까. 사람들이 얼굴을 정면으로 보고 이런 소릴 하거든. '저런! 그쪽 눈 시력이 꽤나 안 좋은가 봐요!' 그래도 유용하다네."

"서그와 나는 건물 뒷마당도 살펴보았어."

파커가 말했다.

"하지만 거기도 흔적은 없더군."

"그거 흥미롭군. 지붕은 살펴봤어?"

"아니."

"내일 거기 가 봐야겠어. 홈통은 창문 꼭대기와 겨우 60센티미터 정도밖에 떨어져 있지 않네. 지팡이로 재 봤지. 신사라면 정찰을 나갈 때 항시 휴대해야 하는 물건이거든. 지팡이에는 인치 단위로 표시가 되어 있다네. 이런 때에는 아주 쓰기 편리한 동반자라네. 안에는 검이 들어 있고, 손잡이에는 나침반이 달려 있지. 특별 제작한 거야. 또 다른 건 없나?"

"없어, 이제 자네의 해석을 듣고 싶은데, 윔지."

"글쎄, 자네가 벌써 요점은 거의 다 짚고 넘어간 것 같은데. 한두 가지 사소하게 반박할 점이 있지. 예를 들면, 값비싼 황금 코안경을 사서 낄 수 있는 남자라면 두 번이나 수선할 만큼 오랫동안 쓰지 않아. 그리고 시체의 치아는 그냥 색이 변한 게 아니라, 태어나서 한 번도 양치질을 안 한 사람처럼 시커멓게 썩어 있었네. 한 쪽에만 어금니 네 개가 없어졌고, 다른 쪽에는 어금니 세 개가 빠졌더라고. 게다가 앞니 하나는 똑 부러져 있더군. 머리나 손을 보면 알지만 사망자는 자기 외모에 꼼꼼하게 신경 쓰는 사람이었어. 그건 어떻게 말할 텐가?"

"아, 미천한 출신의 자수성가한 사람들은 이에는 별로 신경 안 쓰지. 치과를 무서워하니까."

"사실이네. 하지만 어금니 하나는 부러진 날이 어찌나 뾰족하던지 혀에 헌 데가 다 생겼던걸. 정말이지 그보다 아픈 건 없다네. 그런데 이를 해 넣을 여유가 있는 사람이 그런 아픔을 그냥 참고 지냈다고 말할 작정인가?"

"글쎄, 이상한 사람들도 많잖아. 치과의 문지방을 넘어서는 것보다 차라리 아픔을 참고 살겠다고 하는 하인들도 많이 봤네. 그런데 그건 어떻게 봤나, 윔지?"

"안을 들여다봤지. 전등 빛으로."

피터 경이 말했다.

"편리한 기기야. 성냥갑처럼 생겼어. 그래, 그건 다 괜찮다고 해도 되겠지만 그냥 자네 주의를 그쪽으로 돌리고 싶을 뿐이야. 둘째, 머리에서 제비꽃 향수 냄새를 풍기고 손을 잘 손질한 신사가 결코 귀 안쪽을 씻지 않았더군. 귀지가 가득 차 있었어. 역겹더라고."

"자넨 정말 못 당하겠군, 윔지. 나는 전혀 못 알아차렸는데. 그래도 여전히 할 말은 이뿐이네. 오래된 나쁜 습관은 쉽게 버리기 어렵다."

"알았어! 그건 그렇다고 치자고. 셋째, 손은 말끔하게 손질하고 머릿기름까지 좍 발라 넘긴 이 신사분의 온몸에 벼룩이 들끓던데."

"맙소사, 맞군! 벼룩에 물린 자국이었어. 그런 생각은 전혀 못해 봤지 뭔가."

"의심할 여지가 없다네, 친구. 자국은 희미하고 오래되었기는 했지만, 잘못 볼 수는 없네."

"물론이네. 이제야 말하다니. 하지만, 누구나 그럴 수 있네. 지지난 주에 나도 링컨에 있는 최고급 호텔에서 엄청나게 큰 놈을 하나 잡았다가 봐 주었거든. 그 놈이 다음 숙박객을 물었을지도 모르지!"

"아, 그야 있을 수 있지. 하나 더 따져 보세. 넷째, 머리에는 제비꽃 향수를 바르고 기타 등등 온갖 치장을 다 한 신사분은 독한 콜타르성 비누로 온몸을 싹싹 씻었던걸. 얼마나 냄새가 강하던지 이십사 시간이 지난 후에도 냄새가 진동을 하더군."

"벼룩 퇴치용으로 콜타르성 비누를 썼겠지."

"대단해, 파커. 모든 문제에 대한 답을 아는군. 다섯째, 세심하게 몸단장을 하고, 비록 손톱을 물어뜯긴 했어도 손질까지 다 한 신사가 마치 발톱은 몇 년이나 안 깎은 것처럼 더럽고 까만 때가 끼어 있는 건 어떻게 된 건가?"

"이제까지 말한 습관의 일부겠지."

"그래, 알겠네. 하지만 그런 습관이 어딨나? 이제, 마지막으로 여섯 번째를 지적해 볼까? 가끔씩만 신사다운 습관을 갖고 있는 이 신사는 비가 쏟아지는 한밤중에 도착해서는 분명히 창문으로 들어왔다네. 벌써 죽은 지 스물네 시간이나 지난 후에 말이야. 그러고는 계절에 안 맞게 코안경 하나만 달랑 걸치고 욕조 안에 조용히 누웠단 말이지. 머리카락 하나 흐트리지 않고서. 머리는 최근에 잘라서 목과 욕조 가장자리에 짧은 머리카락이 많이 떨어져 있더군. 그리고 면도도 최근에 했는지 마른 비눗물 자국이 뺨 옆에 한줄기 남아 있었어……."

"웜지!"

"잠깐만. 그리고 입 안에도 마른 비눗물 자국이 있더군."

번터는 일어나더니 정중한 남자 하인의 모습으로 형사의 팔꿈치 옆에 갑자기 나타났다.

"브랜디 한 잔 더 드시겠습니까?"

번터는 조용히 말했다.

"윔지, 정말 소름이 쫙 돋는군."

파커는 잔을 비우고 마치 잔이 비었다는 사실에 놀랐다는 듯 한참 유리잔을 바라보더니 내려놓고 일어서서 책꽂이로 갔다. 그러고는 몸을 돌려서 책꽂이에 등을 기대고 말했다.

"이거 봐, 윔지. 요새 계속 추리소설을 읽었나 본데. 지금 자네가 하는 말은 다 헛소리야."

"아닐세."

피터 경은 졸린 듯이 말했다.

"하지만 추리소설로 쓰기에 정말 좋은 사건이지. 번터, 우리 하나 쓰자고. 자네가 찍은 사진을 삽화로 넣어 보세."

"입 안에 비누라니…… 말도 안 돼!"

파커가 말했다.

"그건 다른 게, 뭔가 변색이라거나……."

"아냐. 털도 들어 있었네. 빳빳한 털이 잔뜩. 얼마 전까지 그도 턱수염이 있었던 거야."

피터 경은 주머니에서 시계를 꺼내더니 시계 안쪽과 바깥쪽 케이스 사이에 끼워 두었던 길고 빳빳한 털 두 가닥을 꺼냈다.

파커는 손가락으로 털을 집어 두어 번 돌려 본 후 불빛에 갖다 대고 렌즈로 자세하게 관찰했다. 그러고는 감정을 좀체 드러내지 않는 번터에게 건네주면서 말했다.

"그럼 윔지, 살아 있는 어떤 남자가 입을 벌리고 면도를 하고서는 입 안에 수염이 가득 들은 채로 나가서 죽었단 말인가?

미쳤군."

파커는 거슬리게 웃었다.

"난 그렇게 말한 적 없는데."

윔지가 대답했다.

"자네들 경찰관들은 다 똑같아. 한 가지밖에 생각을 못하지. 어떻게 경찰 임용이 되었는지 도통 알 수가 없다니까. 이 남자는 죽은 다음에 면도를 당한 걸세. 대단하지, 그렇지 않나? 이 발사에게는 정말 재미있는 작업이지 않았겠어? 자, 여기 앉아 봐. 방 안에서 그렇게 바보같이 쿵쿵대고 다니지 말게. 전쟁터에서는 더 나쁜 일도 일어나는 법이지. 이건 그냥 다소 소름끼치는 일일 뿐이야. 하지만 이거 하나 말해 두지, 파커. 우리는 지금 범죄자를 상대하고 있는 거야. 대단한 범죄자지. 진짜 예술가이고 상상력이 있는 악당 녀석. 현실적이고, 예술적이며, 마무리를 할 줄 아는 인간. 나는 정말 이 사건이 맘에 든다네, 파커."

3 장

피터 경은 스카를라티 소나타의 연주를 마치고, 가만히 앉아서 자기 손을 곰곰이 들여다보았다. 마디가 넓고 납작한 손가락은 길고 근육이 불거졌으며 손톱 끝은 뭉툭했다. 연주하는 동안, 약간 냉정한 듯한 회색 눈은 부드러운 빛을 띠었지만 그 대신 길고 우유부단한 입이 강하게 굳어졌다. 그는 평소에도 잘생겼다고 자부하지는 않았고 길고 좁은 턱과, 삼빛 머리카락을 매끄럽게 뒤로 빗어 넘긴 덕에 더욱 눈에 띄는 길고 흰한 이마 때문에 실제로도 잘생긴 외모라고 하긴 어려웠다. 노동당쪽의 신문들은 턱의 특징을 약간 완화시켜서 전형적 귀족의 모습으로 그의 캐리커처를 그리곤 했다.

"정말 멋진 악기로군."

파커가 말했다.

"별로 나쁘진 않지."

피터 경이 대답했다.

"하지만 스카를라티엔 하프시코드가 적격이야. 피아노는 너무 현대적이지. 전율과 함축적인 음률뿐이니. 우리 같은 사람에게는 하등 소용이 없지, 파커. 자네 결론은 내렸나?"

"이 욕조 안의 시체는 용모에 신경 쓰는 부유한 남자는 아니었네."

파커는 질서정연하게 찬찬히 말했다.

"이 사람은 노동자 출신으로 실업자였던 것 같아. 최근에 일자리를 잃고 직업을 찾아 여기저기 전전하다가 인생의 끝을 본 거지. 누군가 이 사람을 죽인 후 신분을 감추기 위해 씻기고 향수를 뿌리고 면도까지 해 준 후 팁스의 욕조에 놓아두고 흔적도 없이 사라진 걸세. 결론은 이거네. 살인자는 힘이 센 사람이야. 목을 한 대 치는 것만으로도 이 남자를 죽일 수 있었으니까. 냉정하고 아주 지적인 사람이야. 흔적 하나 없이 그 끔찍한 일들을 해냈어. 부유하고 세련된 사람일세. 우아한 화장 도구들을 항시 갖추고 있는 사람일 테니. 게다가 기괴한 취향과 거의 변태에 가까운 상상력을 가진 사람일 거야. 시체를 남의 욕조에 넣었을 뿐 아니라, 코안경으로 장식까지 해 놓는 무시무시한 솜씨를 부릴 정도니까."

"범죄의 시인이지."

윔지가 말했다.

"어쨌거나, 코안경에 대한 자네의 수수께끼는 풀렸네. 분명히, 코안경은 죽은 사람이 가지고 있던 물건이 아니었어."

"그래 봤자 새로운 수수께끼가 생겼을 뿐이야. 살인자가 실마리를 남겨 주려고 친절하게 코안경을 남기고 간 건 아닐 것 아닌가."

"그렇게는 생각할 수 없겠지. 이 범인은 대부분의 범죄자들에게 결여되어 있는 점을 갖추고 있는 것 같네. 바로 유머감각이야."

"다소 소름끼치는 유머감각이로군."

"그렇지. 하지만 그런 상황에서 유머감각을 발휘할 수 있는 남자라면 아주 무시무시한 자일 거야. 나는 범인이 살인을 하고 나서 시체를 팁스의 집에 버리기 전에, 그 시체를 어떻게 보관했는지가 궁금하네. 그러면 더 많은 질문이 생기네. 어떻게 시체를 거기로 가지고 갔는가? 그것도 왜? 우리의 친애하는 서그가 말했듯이 문으로 데리고 들어갔을까? 아니면 우리 생각처럼 창문을 넘어 들어갔을까? 확신은 못하겠지만 창문에 얼룩이 남은 걸 보니 그럴 수도 있겠지. 살인자에게는 공범이 있었을까? 팁스나 하녀가 정말로 사건에 연루되어 있을까? 단순히 바보 서그가 그렇게 의심하고 있으니까 법정에서는 그 생각이 받아들여지지 않을 것이라고, 단정 지을 순 없어. 백치도 가끔은 우연히 진실을 맞추기도 하거든. 만약 팁스가 연루되어 있는 게 아니라면 어째서 그런 가증스러운 장난을 하필 팁스에게 쳤을까? 팁스에게 원한을 가진 사람이라도 있는 걸까? 다른 아파트에는 누가 살고 있지? 우리는 이런 사실들을 밝혀내야 해. 팁스가 한밤중에 위층에서 피아노를 쿵쾅거렸거나 질 낮은 여자들을 끌어들여서 건물의 평판을 떨어뜨리기라도 한 걸까? 팁스에게 일거리를 다 빼앗긴 건축가가 팁스가 없어지길 간절히 바라는 걸까? 젠장, 파커, 분명히 어딘가에 동기가 있을걸세. 동기 없는 범죄란 있을 수 없으니까. 자네도 알겠지만."

"미친 사람은 그렇게……."

파커는 의심스러운 듯 슬쩍 말을 꺼냈다.

"미친 와중에도 대단히 논리정연한 사람이겠지. 이 범인은 실수를 저지르지 않았네. 하나도. 시체의 입에 수염 끄트러기를 남긴 게 실수가 아니라면 말이야. 글쎄, 어쨌거나 시체는 레비가 아니었네. 그건 파커, 자네 말이 맞아. 자네가 찾는 사람이나 내가 찾는 사람이나 별로 따라갈 만한 실마리를 남기진 않았어. 또 둘 다 그럴듯한 동기도 없어 보이네. 게다가 어젯밤엔 양복 두 벌이 모자라게 된 셈이지. 루벤 경은 무화과 잎 하나 두르지 않고 나갔고, 이 의문의 시체는 몸을 점잖게 가려 주지는 못하는 코안경 하나만 달랑 걸친 채 나타났으니. 제기랄. 내가 이 시체 사건을 공식적으로 수사할 만한 좋은 핑계만 있었더라도……."

그때 전화가 울렸다. 그 자리에 있는지도 모르게 말없이 앉아 있던 번터가 가서 전화를 받았다.

"어떤 노부인이십니다, 주인님."

번터는 전했다.

"귀가 안 들리시는 분 같은데요. 제 말을 하나도 못 알아들으십니다. 주인님을 바꿔 달라고만 하시는군요."

피터 경은 수화기를 받고는 수화기 고무가 찢어져라 "여보세요!" 하고 고함을 질렀다. 피터 경은 잠깐 동안 건너편의 말에 귀를 기울였다. 의심하는 듯한 미소가 얼굴에 떠올랐다가 점차 희열에 찬 웃음으로 번져나갔다. 마침내 피터 경은 비명을 질렀다.

"괜찮습니다! 괜찮아요!"

피터 경은 몇 번이나 소리를 지르더니 전화를 끊었다.

"세상에나!"

피터 경은 환한 얼굴로 당당히 알렸다.

"정말 재미있는 분이셔! 전화를 건 사람은 팁스 부인이셨다네. 귀가 아주 먹통이시거든. 지금까지 전화를 써 보신 적도 없다는데. 하지만 심지가 아주 굳은 분이시지. 완전히 나폴레옹이야. 정말이지 남들은 절대 따라할 수 없을 재주로, 서그가 무언가 발견하고 팁스 씨를 체포했다네. 노부인은 아파트에 혼자 남겨지셨대. 팁스는 마지막으로 어머니에게 고함을 쳐 이런 말을 남겼다는군. '피터 윔지 경에게 연락하세요!' 정말 담대한 부인이야. 전화번호부와 한참 씨름을 하셨다네. 전화 교환수들을 다 깨웠다네. 안 된다고 해도 까딱도 하지 않으셔.—물론 그 말을 들으실 수도 없었겠지만.—끝까지 우기시는군. '할수 있는데 왜 안 된대요?'라고 하시면서. 진짜 신사분의 손에 맡기니 이제야 안심이 된다고 하시네. 오, 파커, 파커! 정말 이 부인에게 입이라도 맞춰 드릴 수 있을 것 같아. 팁스 특유의 발음대로 '진짜' 그럴 수 있을 것 같네. 대신 편지를 써 드려야지. 아니, 잠깐 기다리게, 파커. 우리가 직접 들러 봐야지, 번터. 자네의 그 무시무시한 기계와 마그네슘을 챙기게. 우리 모두 협력을 하는 거야. 두 사건을 모아 놓고 함께 해결하자고. 파커 자네는 오늘 밤에 내가 맡은 시체를 보러 가게. 나는 자네가 맡은 방황하는 유태인 사건을 알아보러 내일 갈 테니. 기분이 참좋군. 가슴이 터질 것만 같아. 오, 서그, 서그, 정말 얼마나 서그답게 행동하는지! 번터, 내 신발 가져오게. 파커, 자네 신발은 고무밑창이겠지, 아닌가? 쯧쯧. 그러고 나가면 안 되지. 자네에게 한 켤레 빌려주지. 장갑은? 여기 있네. 내 지팡이, 전등, 흑색 물감, 핀셋, 나이프, 약통. 모두 완료됐나?"

"네, 주인님."

"오, 번터. 그렇게 마음 상한 표정 짓지 말게. 나쁜 뜻은 아냐. 자네를 믿네. 신뢰하지. 내게 돈이 얼마나 있더라? 이 정도면 됐군. 파커, 전에 내가 알던 남자 하나는 세상에서 가장 유명한 독살범을 추적하다가 지하철표를 살 수 있는 동전 몇 개가 없어서 코앞에서 놓친 적도 있다네. 매표소 앞에 줄이 길게 서 있었는데, 지하철 입구 앞에 서 있던 남자가 추적하던 친구를 떡 막아섰다는군. 그래서 베이커 가까지 가는 전철 요금 이 페니를 치르기 위해서 오 파운드 지폐를 받니 마니 하면서 말다툼하던 중에—그 친구가 가진 돈은 그것뿐이었대.—범죄자는 순환선에 홀쩍 올라타고 사라져 버렸다지. 그 다음에는 콘스탄티노플에서 조카딸과 함께 여행하는 나이 지긋한 영국 국교회 목사로 변장하고 다니더라는 소문만 들려왔다네. 이제 다들 준비됐나? 가자고!"

밖으로 나가면서, 번터는 꼼꼼하게 집 안의 전등을 다 껐다.

피커딜리 광장의 희붐한 빛 속으로 들어섰을 때, 윔지가 갑자기 멈춰서며 짧게 감탄사를 내뱉었다.

"잠깐만 기다리게. 뭔가 생각이 났어. 서그가 현장에 있다면 분명 말썽을 피우겠지. 그 친구를 따돌려야겠네."

피터 경은 도로 뛰어 돌아갔고, 남은 두 남자는 피터 경이 없는 막간을 이용해 택시를 잡았다.

서그 경위와 그를 따르는 케르베로스 같은 경관 한 명이 퀸 캐롤라인 맨션 단지 59번지에서 보초를 서고 있었다. 그들은 비공식적으로 수사하려고 하는 자들을 절대 들여보낼 의향이 없었다. 사실 파커는 그저 쉽게 돌아갈 수는 없겠다고만 생각했으나, 피터 경은 적의 어린 태도와 비컨스필드 경[1]이 능란한 소극성이라고 표현한 마음가짐으로 서그와 맞섰다. 피터 경은 팁스 부인이 아들을 위해서 수사를 의뢰했다고 주장했지만 허사였다.

"수사 의뢰라고요!"

서그 경위는 콧방귀를 뀌며 대답했다.

"그 부인은 조심하지 않으면 본인이 먼저 수사를 받게 될 겁니다. 부인이 귀가 꽉 막혀서 아무짝에도 쓸모가 없지만 않았더라면 이 사건과 관계가 있다고 의심했을지도 모르죠."

"이거 보게, 경위."

피터 경이 말했다.

"이렇게 지독하게 방해를 해서 좋을 게 뭔가. 나를 들여보내 주는 게 좋을걸? 어쨌거나 결국에는 내가 들어가게 될 거라는 것 알잖나. 제기랄, 내가 자네 아이들 입에 들어갈 빵을 빼앗아 먹겠다는 것도 아닌데. 내가 자네를 위해 아텐버리 경의 에메랄드를 찾아줬지만 누가 내게 수고비라도 주던가?"

"대중이 사건 현장에 안 들어오게 멀찍이 서 있게 하는 게 제 의무죠. 그리고 그 의무를 계속 지킬 겁니다."

서그는 까다롭게 말했다.

---

[1] 영국의 수상이었던 벤자민 디즈레일리를 가리킴.

"자네가 대중을 멀리하든 말든 뭐라고 한 적은 없는데."

피터 경은 편안하게 문제를 해결하고자 계단에 걸터앉으며 말했다.

"물론 나는 원칙적으로는 살금살금 걸어 들어오는 사람들이 라고 해도 과하지만 않으면 좋다고 생각하긴 하지만. 서그, 아리스토텔레스의 말처럼 중용을 지키면 황금 당나귀[§]가 되지 않을 수 있다네. 자네 황금 당나귀가 되어 본 적 있나? 나는 있다네. 그 병에서 낫기 위해서는 장미 정원이 통째로 필요했지, 서그……

'그대는 아름다운 나의 장미 정원
나만의 장미, 나의 유일한 장미, 바로 그대라네!'"

"말장난은 이제 그만 하시죠. 저도 할 일이 많습니다. 이젠 충분합니다."

잔뜩 괴롭힘을 당한 서그는 이렇게 말했다.

"이런, 전화가 왔군. 빌어먹을 전화 같으니, 자, 커슨, 누가

[§] 아풀레이우스의 〈황금 당나귀〉를 비유하고 있음. 2세기에 쓰인 우화로 루시앙이라는 젊은이가 황금 당나귀로 변신하게 된 후 여러 사람의 손을 거치면서 세상일을 겪는 이야기를 그리고 있다. 이 이야기에서는 황금당나귀는 장미 화관을 먹고 마침내 사람의 모습으로 돌아간다. 여기에서는 어리석은 정도가 심해서 장미가 훨씬 더 많이 필요하다는 농담.

전화했는지 알아봐. 저 심술궂은 노파가 자네를 방으로 들여보내 주면 말이지만. 방 안에 틀어박혀서 종일 비명이나 질러 대고 있으니. 얼마나 시끄러운지 수사도 포기하고 울타리와 도랑 수리하는 게 낫겠다 싶을 정도야."

경위의 명령을 받들어 안으로 들어갔던 경관은, 곧 돌아왔다.

"경시청에서 온 겁니다, 경위님."

경관은 사과하듯 헛기침을 했다.

"청장님께서 말씀하시길 피터 윔지 경에게 모든 편의를 제공하랍니다. 흠흠!"

경관은 애매하게 한쪽으로 비켜서서 눈을 멍하니 떴다.

"에이스 다섯 장이로세."

피터 경이 명랑하게 말했다.

"청장님은 우리 어머님과 아주 가까운 친구분이시지. 더 이상 버티려 하지 말게, 서그. 반항해 봤자 소용없어. 자네도 풀하우스를 잡긴 했어. 다만 내가 더 좋은 패를 들고 있었을 뿐이야."

피터 경은 동행인들과 함께 안으로 들어갔다.

시체는 몇 시간 전에 가져가고 없었다. 번터의 유능한눈과 카메라가 욕실과 아파트 전체를 속속들이 훑는 동안, 이 집안의 진짜 문제는 팁스 노부인이라는 게 명백해졌다. 부인의 아들과 하녀가 둘 다 체포된 상황에, 부인은 주소도 모르는 팁스의 사업상 고객 몇몇 빼고는 이 동네에 친지라고는 한 명도 없었다. 이 건물에 있는 다른 아파트에는 겨울을 나러 해외여행을 떠난 일곱 식구 가족 하나에, 태도가 사납고 나이가 지긋한 인도인 대령이 인도인 남자 하인 한 명만 달랑 데리고 살고 있었고, 그 외에는 아주 점잔빼는 가족이 하나 3층에 살고 있을 뿐이었다. 3층 가족들은 난데없이 머리 위에서 벌어진 소란에 화가 머리끝까지 나 있었다. 실제로 그 집 남편은 피터 경에게 항의하면서 비천한 인간의 약점을 드러냈지만, 따뜻한 가운을 입은 애플도어 부인이 갑자기 나타나, 난데없이 곤란한 상황에 처하게 된 피터 경을 구해 주었다.

"죄송해요. 어쨌거나 저희가 참견할 순 없는 일인데."

부인은 사과했다.

"정말 기분 나쁜 일이에요, 선생님. 성함이 뭐라고 하셨더라. 잘 못 알아들어서요. 우리는 항상 경찰과는 상관하지 않고 사는 편이 좋다고 생각하거든요. 물론 팁스 씨네가 결백하다면야, 저희야 그럴 거라고 생각하지만요, 이 일은 정말 그분 댁에는 아주 불행한 일이겠지요. 하지만 돌아가는 상황이 제가 보기에도 아주 수상하다고 말씀드릴 수밖에는 없겠네요. 티오필러스가 보기에도 그렇대요. 게다가 우리가 살인자에 동조하고 있다는 말이라도 퍼지면 안 되지 않겠어요. 심지어 우리를 범죄에 협력했다고 의심하기라도 하면 어떻겠어요. 물론 선생님은 젊으시니까……."

"이분은 피터 웜지 경이래, 여보."

티오필러스가 온화하게 설명했다. 부인은 별로 감명을 받은 눈치가 아니었다.

"아, 네. 그럼 선생님은 죽은 제 사촌, 캐리스브룩 주교와 먼 친척 간이 되실 것 같네요. 불쌍한 사촌! 항상 사기꾼들에게 걸려들곤 했었지요. 사촌은 결국 세상물정도 깨우치지 못하고 죽었답니다. 그러고 보니 피터 경은 그분하고 좀 닮은 듯도 하네요."

"그럴 리가요."

피터 경이 말했다.

"제가 아는 한, 그분과는 먼 인척 관계가 있을 뿐입니다. 물론 똑똑한 아이만이 친아버지가 누군지 알겠지요.[5] 축하드립니다, 부인은 외탁하신 듯싶으니. 이처럼 한밤에 부인 댁에 폐를 끼치게 된 것을 용서해 주십시오. 하지만, 부인도 말씀하셨듯이 다 집안 일 아닙니까. 그리고 정말 감사드립니다. 이렇게 늦은 시간 불쑥 찾아뵙게 되어 실례가 많았습니다. 자, 이제 걱정 마시죠, 애플도어 씨. 제가 할 수 있는 최선은 저 노부인을 제 어머니가 계신 곳에 모시고 가서 더 이상 댁의 가족을 방해하지 않도록 하는 거겠지요. 그러지 않으면 어느 날씨 좋은 날, 애플도어 씨 댁에서 자기도 모르게 기독교 정신을 발휘하게 될지도 모르는 일이지요. 기독교 정신보다 가정 내 평안을 해치

---

[5] 반대로 셰익스피어의 《베니스의 상인》에서는 똑똑한 아버지만이 자기 친자식이 누군지 안다는 속담이 등장한다.

는 건 없잖습니까. 안녕히 주무십시오, 선생님. 안녕히 주무세요, 부인. 제가 이처럼 들를 수 있게 해 주시다니 정말 훌륭하신 분들입니다."

"그럼!"

애플도어 부인은 문을 닫으며 이렇게 말했다.

"선하고 우아한 인간으로
태어나게 해 주셔서 감사드리네."

피터 경은 읊었다.

"그리고 필요할 때는 흉포하게 무례해지는 법을 알려주셔서 고맙기도 하고. 심술궂은 암고양이 같으니!"

새벽 2시경, 피터 윔지 경은 친구의 차를 타고 덴버 성에 있는 공작부인의 저택에 도착했다. 커다란 골동품 여행 가방을 든 귀머거리 노부인과 함께였다.

"정말 집에 잘 왔구나, 애야."

공작 미망인은 차분하게 말했다. 부인은 몸집이 작고 통통한 여인인데 머리카락은 완전히 하얗게 세었고 손은 섬세하고 우아했다. 겉만 봐서는 둘째 아들하고 전혀 닮지 않았지만, 그 대신 성격이 꼭 닮았다. 부인의 검은 눈은 명랑하게 반짝였고, 태도나 동작에서는 단정하고 빠른 결단력이 두드러지게 보였다. 부인은 리버티 백화점에서 산 매력적인 숄을 입고 있었고, 피터 경이 차가운 쇠고기와 치즈를 먹는 동안 가만히 앉아서 바라보았다. 아들이 이렇게 뜬금없이 동행을 데리고 들이닥쳤는데도, 늘 있는 일이라는 듯한 태도였다. 그리고 실제로 피터 경에게는 늘 있는 일이기도 했다.

"노부인이 쓰실 침대는 준비해 두셨나요?"

피터 경이 물었다.

"그럼. 정말로 나이가 많은 분이더구나, 그렇지 않니? 하지만 아주 용감하시던걸. 지금까지 한 번도 자동차를 타 본 적이 없다고 하시더라. 그렇지만 네가 아주 친절한 젊은이라고 생각하시는 것 같아, 얘. 그만큼 세심한 분이시더라. 너를 보면 아드님이 떠오르나 봐. 불쌍한 팁스 씨. 어째서 네 친구라는 경위는 팁스 씨가 누구를 죽였다고 생각하게 되었을까?"

"내 친구라는 경위는 — 아니, 괜찮아요, 배불러요, 어머니 — 팁스의 욕조에 기어든 침입자가 루벤 레비 경인지 아닌지를 알아낼 작정이랍니다. 루벤 경은 지난밤 자택에서 감쪽같이 사라졌다는군요. 제 친구의 추리는 이래요. 파크레인에서 옷가지 하나 걸치지 않은 중년의 신사가 하나 실종되었지요. 그런데 배터시에서는 옷가지 하나 걸치지 않은 중년의 시체가 발견되었어요. 그러므로 두 사람은 동일인물이다. 증명 종료. 그리고 그 연약한 팁스 씨를 감옥에 집어넣은 거죠."

"네 설명은 너무 대충이라서, 뭔 말인지 모르겠다."

공작부인은 온화하게 말했다.

"하지만 두 사람이 동일 인물이라고 해도 왜 팁스 씨를 체포해야 하는 거니?"

"서그는 누구라도 체포해야 하니까요."

피터 경은 대답했다.

"하지만, 기묘한 작은 증거가 하나 나와서 먼 길을 돌고 돌아 서그의 이론을 뒷받침하게 되었답니다. 제 눈으로 보기에는 전혀 뒷받침할 것 같지 않지만요. 지난밤 아홉 시 십오 분경에, 젊은 여자 한 명이 배터시 공원길을 배회하고 있었다는군요. 그 이유야 여자만 알겠지만요. 거기서 모피 코트에 탑햇을 쓴 신사 하나가 우산을 쓰고 어슬렁어슬렁 걸어 다니면서 그 거리에 있는 집의 문패를 일일이 확인하고 있었답니다. 신사는 약간 그 장소에 어울리지 않았고, 어머니도 대충 짐작하셨겠지만 그 여자도 별로 수줍은 성격은 아니라서, 여자는 남자에게 가서 말을 걸었답니다. '안녕하세요.' 그랬더니 수수께끼의 이방인이 물어봤답니다. '이 거리로 가면 프린스오브웨일스 길이 나옵니까?' 여자가 그렇다고 대답하고, 내친 김에 장난기 어린 태도로 여기서 뭐하고 있느냐는 둥 몇 가지 물어봤답니다. 다만 여자도 대화의 이 부분에 대해서 확실히 얘기하지는 않았다는군요. 자기 마음을 서그에게 다 털어놓고 싶지는 않았겠지요. 아시겠지만, 서그는 아주 순수하고 고상한 이상을 가지고 사는 대가로 자비로운 나라의 녹을 받고 사는 사람이니까요. 어쨌건 이 신사는 그때 마침 약속이 있다면서 여자에게 별로 관심을 두지 않았다는군요. '만날 사람이 있어서 가 봐야겠습니다.' 여자 말로는 남자가 이렇게 말했대요. 그러고는 알렉산드라 로를 따라 프린스오브웨일스 길 쪽으로 가버렸답니다. 여자는 약간 놀라서 그 사람 뒤를 멍하니 보고 있는데, 여자 친구들이 한 무리 몰려와서 말했다는군요. '저 사람은 찍어 봐야 시간 낭비야. 레비잖아. 웨스트엔드에 살 때 저 사람 소문을 들었는데, 여자애들이 절대 유혹할 수 없는 사람이라고 부른대.' 여자는 친구의 이름은 밝히지 않았답니다. 이 이야기에 깔려 있는 속뜻이 좀 그러니까요. 하지만 여자는 자기 말이 진실이라고 맹세했답니다. 여자는 이 일에 대해서 더 이상 생각하지 않고 있다가, 오늘 아침에 우유 배달부가 퀸 캐롤라인 맨션 단지에서 일어난 사건에 대해서 말해 주자 갑자기 생각났다는군요. 그래서 원래 경찰은 좋아하지 않지만, 죽은 남자가 턱수염에 안경을 쓰고 있지 않았느냐고 거기 있던 경찰에게 물어봤지요. 안경은 쓰고 있었지만 턱수염은 없었다고 말하자, 여자는 별 생각 없이 말했대요. '아, 그러면 그 남자는 아니군요.' 경찰이 물었죠. '그 남자라니요?' 그러고는 여자를 붙잡아 왔대요. 그게 여자 이야기예요. 서그는 물론 기쁨에 들떠서 그 얘기를 믿고 팁스 씨를 체포했고요."

"저런. 그 불쌍한 아가씨가 곤란한 일이라도 당하지 않았으면 좋으련만."

공작부인이 말했다.

"그럴 것 같진 않아요."

피터 경이 대답했다.

"팁스야말로 지금 곤란에 처하기 직전이죠. 그것 말고도 팁스 씨는 멍청한 짓을 하나 저질렀어요. 서그가 정보를 꽉 틀어 쥐고 안 놓으려고 했지만 결국 알아냈죠. 팁스는 맨체스터에서 돌아올 때 타고 온 기차에 대해서 혼동을 일으켰던 모양입니다. 처음에는 집에 열 시 반에 돌아왔다고 했어요. 그렇지만 경찰들이 글래디스 호록스를 추궁하자, 글래디스는 팁스 씨가 열한 시 사십오 분이 넘도록 집에 오지 않았다는 사실을 발설했죠. 그래서 팁스에게 다시 이 편차에 대해서 설명해 보라고 하자 팁스는 어물어물 횡설수설하더니 처음에는 기차를 놓쳤다고 하더래요. 그래서 서그가 세인트팽크라스 역에 가서 문의를 해 본 결과 팁스 씨가 열 시에 거기 보관함에 가방을 하나 맡겼다는 것을 알았습니다. 팁스는 다시 설명을 해 보라는 요구를 받자 더 심하게 어물어물거리더니 몇 시간 동안 그냥 산보를 했다고 하더랍니다. 친구를 만났는데, 누군지는 말할 수 없다. 친구는 안 만났다. 뭐 하면서 시간을 때웠는지는 말할 수 없다. 왜 가방을 찾으러 가지 않았는지는 설명할 수 없다. 몇 시에 탔는지 말할 수 없다. 어째서 이마에 멍이 들었는지는 설명할 수 없다 등등. 사실, 전혀 설명을 못했다는군요. 글래디스 호록스는 다시 심문을 받자 이번에는 팁스 씨가 열 시 반에 집에 왔다고 하더랍니다. 그러더니 팁스 씨가 들어오는 소리를 못 들었다고 인정했죠. 왜 들어오는 소리를 못 들었는지는 말하지 못하더랍니다. 처음에 왜 들었다고 말했는지도 말 못했고요. 울음만 터뜨렸대요. 자기 말을 반박하면서요. 모든 사람들의 의심만 깊어졌죠. 그래서 둘 다 체포한 겁니다."

"네가 말한 대로라면, 아주 혼란스러운 이야기구나. 게다가 별로 점잖지도 않고. 불쌍한 팁스 씨는 아마도 점잖지 못한 일을 해서 아주 당황하고 있나 보다."

공작부인이 말했다.

"팁스 씨가 혼자 뭘 했는지 궁금해요."

피터 경이 생각에 잠겨 말했다.

"그 사람이 살인을 저질렀다고는 믿지 않아요. 게다가 의사들이 내놓은 증거를 너무 믿을 수만도 없겠지만, 그 시체는 죽은 지 하루나 이틀 정도 지난 듯하던데요. 사소하지만 정말 흥미롭고 골치 아픈 사건이죠."

"아주 이상한 일이네. 하지만 루벤 경 일은 정말 안됐다. 레비 부인에게 몇 자 편지라도 적어 보내야겠구나. 너도 알겠지만 내가 햄프셔에 있었을 때 그 부인은 아직 소녀였는데 잘 알고 지내던 사이였지. 처녀 적 이름은 크리스틴 포드였단다. 그 사람이 유태인하고 결혼한다고 했을 때 얼마나 엄청난 소동이 일어났는지 아직도 똑똑히 기억이 나. 물론 루벤 경이 미국에서 유전 사업으로 돈을 많이 벌기 전 일이야. 그 가족은 크리스틴이 줄리언 프레크와 결혼하기를 원했단다. 프레크는 원래부터 부자였고 집안끼리 친분이 있었거든. 하지만 크리스틴은 젊은 레비와 사랑에 빠져서 도망가 버렸지. 그때는 그 사람도 이국적이고 아주 멋있는 외모였단다. 하지만 재산은 하나도 없었고 포드 가에서는 그 사람 종교를 싫어했어. 물론 요새는 모두 유태인이고, 루벤 경이 다른 종교가 있는 척해도 그다지 신경 쓰지 않을 거야. 포체스터 부인 댁에서 본 시먼스 씨처럼. 그 사람은 항상 모든 사람들에게 자기 코가 이탈리아 르네상스 식 코고, 라 벨라 시모네타 출신 사람들에게만 전해져 내려오는 코라고 주장하고 다녔지. 참 바보 같은 사람이었어. 누가 그 말을 믿기나 한다고. 물론 나는 어떤 유태인들은 아주 좋은 사람들일 거라고 생각해. 그 사람들이, 뭐가 되었든 종교를 가지고 있다는 게 개인적으로는 마음에 든단다. 물론 아주 불편한 일이겠지. 토요일에는 일도 못 하고, 불쌍한 갓난아이가 할례를 받아야 하는 데다가 모든 일이 달의 주기에 따라 달려 있다니까. 게다가 속어 같은 이름으로 부르는 이상한 그 고기[8]는 또 뭐니? 아침에는 베이컨도 먹을 수 없잖니. 그래도 그 아이가 정말 루벤 경을 좋아했으니까 그 남자와 결혼하는 게 훨씬

---

[8]   유태인들이 정결한 고기라고 하는 코셔를 의미한다.

나왔지. 물론 프레크는 젊어서부터 크리스틴에게 정말 헌신했고, 아직도 좋은 친구 사이지만 말이야. 사실 실제로 약혼은 하지 않았었고 여자의 아버지하고 말이 오갔던 정도지만, 프레크는 그 후로 결혼하지 않고 그 병원에 있는 큰 저택에서 독신으로 살고 있단다. 물론 수많은 사람들이 그를 잡으려고 애썼던 것도 알아. 메인워링 부인은 그를 자기 큰딸하고 결혼시키려고 했지. 그때 당시에, 옷에다 패드를 잔뜩 쑤셔 넣어 몸매를 만든 여자가 외과의사를 낚으려고 하다니 어림도 없다는 말을 한 게 기억나는구나. 너도 알겠지만, 의사들은 몸매를 실제로 보고 판단할 기회가 참 많으니까."

"레비 부인은 남자들이 떠받들게 하는 재주를 가지셨나 봅니다. '절대 유혹할 수 없는 레비'라는 표현만 봐도 그렇고요."

"그건 참 맞는 말이란다, 얘. 정말 매혹적인 처녀였지. 사람들 말로는 그 딸도 꼭 엄마를 닮았다더라. 나야 그 부인이 결혼했을 때 연락이 끊겼고, 너도 알겠지만 네 아버지는 사업가들하고는 별로 교제를 안 하시지 않았니. 하지만 사람들이 항상 그 부부를 두고 정말 잉꼬부부라고 하는 얘기는 듣고 있었지. 사실 루벤 경은 집에서는 사랑받고 바다 건너에서는 미움 받는다는 말이 있긴 했지. 내 말은 해외에서 미움 받는다는 뜻은 아니고, 그냥 그런 표현이 있잖아. '바다 건너 성인, 집 안에서는 악마.' 그 표현의 반대지. 《천로역정》에 나오는 인물 생각이 나네."

"그렇군요."

피터 경이 말했다.

"이런 말은 그렇지만 그 사람에게는 적이 한둘은 있었겠군요."

"한둘뿐이겠니, 열둘은 되겠다. 정말 재계는 무서운 곳이야, 그렇지 않니? 모두들 다른 사람을 이스마엘[*]처럼 여긴다니까. 그렇게 부르면 루벤 경이 좋아할 것 같진 않지만. 이스마엘이라고 하면 서자나 비정통적인 유태인을 의미하잖아. 나는 구약에 나오는 인물들은 언제나 헷갈리더라."

피터 경은 웃었다가 하품을 했다.

"한두 시간 정도 눈을 붙여야 할 것 같아요. 여덟 시에는 시내로 돌아가 봐야 하거든요. 파커가 아침 식사 시간에 오기로 했어요."

공작부인은 시계를 보았다. 시계바늘은 벌써 세 시 오 분 전을 가리키고 있었다.

"여섯 시 반에 아침 식사를 올려 보내마."

공작부인이 말했다.

"편하게 잘 자야 할 텐데. 하인들에게 뜨거운 물병을 넣어두라고 일렀다. 마 침대보가 너무 서늘하잖니. 걸리적거리면 꺼내 놓고 자렴."

---

[*] 창세기 21장. 이스마엘은 아브라함의 서자였고, 아브라함의 아내였던 사라는 이스마엘이 자기 아들 이삭에게 위협이 될까 두려워 그를 쫓아내라고 간언했다.

4 장

"그래, 그렇게 됐군. 파커."

피터 경은 커피 잔을 한쪽에 밀어 놓고 식후 파이프 담배에 불을 붙였다.

"뭔가 실마리를 찾아낼 수도 있겠지만, 내가 찾아낸 화장실의 문제점에서 더 나아간 것은 없군. 내가 떠난 후에 좀 더 알아낸 게 있나?"

"아니. 하지만 오늘 새벽엔 지붕 위에 올라갔었지."

"대단하네. 자넨 참 악마처럼 힘도 넘치는군! 파커, 이 연합 작전은 아주 좋은 계획 같아. 자기 일보다 다른 사람 일을 해주기가 훨씬 쉽군. 게다가 남의 일에 끼어들어 이리저리 휘두르는 것도 기분 좋고. 거기에 다른 사람이 내가 손놓은 일까지 맡아보고 있다는 것을 알게 되면 환상적인 전율이 몸에 쫙 퍼진다네. 자넨 내 등을 긁고, 나는 자네 등을 긁고. 어떤가? 뭣 좀 찾아냈나?"

"별로 없어. 발자국 같은 게 있나 찾아봤는데, 그렇게 비가 왔으니 흔적 하나 없는 게 당연하지. 물론, 이게 추리소설이었으면 범죄 한 시간 전에 때마침 편리하게 소나기가 내려서 새벽 두세 시경이면 근사한 발자국이 한 짝 또렷이 찍혀 있을 수도 있겠지만, 현실의 십일월 런던에서 발자국 찾기란 나이아가라에서 개미 발자국 찾는 거나 똑같은 거지. 아무튼 지붕을 죽 수색해 본 결과 이 건물의 이 줄에 사는 사람이라면 누구나 그런 짓을 저질렀을 수 있다는, 아주 희망적인 결론에 도달했네. 모든 계단이 지붕으로 뚫려 있고, 이어지는 길이 아주 평탄해. 그냥 새프츠베리 가를 따라 편하게 걸어갈 수 있겠더라고. 하지만 시체가 거기를 따라서 걸어왔다는 증거를 찾아냈네."

"그게 뭔가?"

파커는 수첩을 꺼내서 몇 가지 증거물을 친구 앞에 내놓았다.

"하나는 팁스의 욕실 창 바로 위에 있는 물받이홈에서 찾아낸 거고, 다른 건 바로 그 위에 있는 돌난간의 깨진 틈에서, 나머지는 그 뒤에 있는 커다란 굴뚝에서 나왔네. 강철 기둥 사이에 끼어 있더군. 뭔지 알아보겠나?"

피터 경은 렌즈를 끼고 증거물들을 세심하게 관찰했다.

"흥미롭군. 정말 흥미로워. 번터, 사진 현상은 끝났나?"

피터 경은 신중한 조수가 그 자리에 나타나자 덧붙였다.

"네, 주인님."

"뭐 찾았어?"

"중요한 것인지 아닌지는 잘 모르겠습니다, 주인님."

번터는 의심스럽다는 듯 말했다.

"현상한 사진을 가지고 오겠습니다."

"그러게나."

윔지가 말했다.

"오호! 여기 타임스 지에 금줄에 대해서 우리가 낸 광고가 떴군. 모양이 아주 근사한데. '피커딜리 10번지로 편지나 전화, 방문 요망.' 사서함 번호를 써 놓는 게 더 안전했을지도 모르지만 나는 항상 진솔하게 대하면 대할수록, 더 속이기 쉽다고 생각하지. 현대 세상은 내민 손과 꾸밈없는 마음에 별로 익숙지 않거든. 뭔가?"

"하지만 시체에 사슬을 남겨 놓은 자가 자진해서 여기 와서 사슬이 어디 있냐고 물어볼 거라고 생각하는 건 아니겠지?"

"물론 아니지, 바보."

피터 경은 진짜 귀족의 편안한 예의로 대답했다.

"그래서 원래 이 사슬을 판 보석상 주인을 찾으려고 하는 거야, 보이나?"

그는 광고 문구를 가리켰다.

"이건 오래된 사슬이 아냐. 전혀 닳지 않았지. 아, 고맙네, 번터. 자, 여기 보게, 파커. 자네가 어제 창틀과 욕조 맨 가장자리에서 찾아낸 지문이 있군. 나는 그건 못 보고 지나쳤는데. 이걸 발견해 내다니 다 자네의 공일세. 자네 앞에 무릎을 꿇고 머리를 조아려야겠군. 내 이름은 왓슨이야. 지금 막 입 밖에 내려던 말을 굳이 할 필요는 없네. 나도 모두 다 인정하니까, 자 이제 우리는…… 오호, 오호, 오호라!"

세 남자는 사진을 들여다보았다.

"범인은 빗속에서 지붕을 올라갔으니 손가락에 그을음이 묻은 것도 이상하지 않지."

피터 경이 쓰디쓰게 말했다.

"범인은 시체를 욕조에 눕힌 후 자기 흔적을 다 지웠네. 하지만 고맙게도 우리에게 어떻게 일을 하는지 보여주려고 두 개는 남겨 두었어. 바닥에 남은 얼룩에서 범인이 인도 고무 구두를 신었다는 걸 알 수 있었네. 그리고 욕조 가장자리에 남은 근사한 지문으로부터는 손가락 수는 정상이고 고무장갑을 끼고 있었다는 걸 알 수 있고. 참 친절한 사람이지. 아무짝에도 소용없는 이건 다 치워 버리자고, 신사분들."

피터 경은 사진은 한쪽으로 치워 버리고 손에 든 증거품들을 다시 검사했다. 갑자기 경은 부드럽게 휘파람을 불었다.

"여기서 뭘 알아낼 수 있겠나, 파커?"

"내가 볼 때는 거친 면직물에서 풀린 올 같은데. 뭐 침대 시트일 수도 있고, 어쩌면 급조한 밧줄일 수도 있고."

"그렇네."

피터 경이 대꾸했다.

"그래, 어쩌면 실수일 수도 있어. 어쩌면 우리 실수일 수도 있지. 말해 보게, 이 조그만 실오라기가 한 사람을 교수형대로 보낼 만큼 끈질기고 강력한 증거물이 될 수 있을까?"

피터 경은 아무 말도 하지 않았다. 그는 파이프 담배 연기 뒤로 기다란 눈을 가늘게 떴다.

"오늘 아침에는 뭘 하지?"

파커가 물었다.

"글쎄, 이제 내가 자네 일에 손을 댈 때가 된 것 같군. 파크 레인에 가서 간밤에 루벤 레비 경을 침대에서 꾀어 낸 게 뭔지 알아보도록 하지."

❖

"그럼, 페밍스 부인. 담요 한 장만 주시겠습니까?"

번터는 부엌으로 내려가며 말했다.

"그리고 이 창문의 아래쪽을 가릴 시트를 한 장만 걸게 해 주시면요, 예. 반사를 막으려고요. 괜찮으시면 저희는 곧 작업을 시작할 겁니다."

루벤 레비 경의 요리사는 번터의 신사답고 단정한 외모에서 눈을 못 떼면서 서둘러 필요한 물건들을 가져다주었다. 손님은 식탁 위에 바구니 하나를 올려놓았다. 그 안에는 물병 하나와 은으로 만든 솔빗, 부츠 한 켤레, 리놀륨 한 두루마리, 윤을 낸 모로코가죽으로 장정한 《자수성가한 상인이 아들에게 보내는 서간집》이 들어 있었다. 그는 겨드랑이 밑에 끼고 있던 우산을 빼 내더니 바구니 안에 넣었다. 그러고는 묵직한 사진기를 꺼내서 부엌 주변에 설치했다. 그리고 매끄럽게 닦은 탁자 위에 신문지를 깔더니 소매를 걷어붙이고 수술용 장갑을 꼈다. 그때 루벤 레비 경의 시종이 들어와서는 번터가 일을 하는 모습을 보고는, 앞줄에서 물끄러미 쳐다보고 있는 부엌 하녀를 밀어 내고 장비들을 의심스런 눈으로 검사했다. 번터는 시종에게 가볍게 고개를 끄덕이고는 회색 가루가 든 작은 병의 코르크 뚜껑을 땄다.

"당신 주인은 괴짜던데, 그렇지 않아요?"

시종이 경솔하게 말했다.

"아주 특이한 분인 건 사실이죠."

번터가 말했다.

"자, 그럼 아가씨."

번터는 애교 있게 부엌 하녀에게 말을 걸었다.

"내가 이 병을 잡고 있는 동안 병의 가장자리에 이 회색 가루를 좀 쏟아 줄 수 있겠어요? 이 부츠에다가도요. 여기, 맨 위에요. 고맙습니다, 아가씨. 이름이 뭐라고 하셨더라? 프라이스

양? 아, 그렇지만 프라이스는 성이고 이름이 있겠지요? 아, 메이블이라고요. 제가 정말 좋아하는 이름이로군요. 정말 잘하셨어요. 손도 하나도 안 떠셨네요, 메이블 양. 저거 보이죠? 저게 바로 지문이랍니다. 이쪽에 세 개, 저쪽에 두 개. 양쪽 다 얼룩이 묻어 있네요. 아니, 만지지 마세요, 아가씨. 그러면 가루가 날아가거든요. 사진을 찍을 준비가 될 때까지 여기 세워 둘 거예요. 자, 바로 지금이에요. 다음은 솔빗에 해 볼까요? 페밍스 부인, 솔을 살짝 집어서 빗을 들어 올려 보세요.”

“솔을 집으라고요, 번터 씨?”

“괜찮으시면요, 페밍스 부인. 그리고 여기다 놓으세요. 자, 메이블 양, 부디 솜씨를 좀 더 발휘해 주세요. 아니오, 이번에는 흑색 물감을 써 봅시다. 완벽하시네요. 제가 했어도 그렇게 못하겠는데요. 아, 정말 아름답게 나왔네요. 이번에는 얼룩이 없는데요. 주인님이 흥미로워하시겠어요. 자, 이제 저 책을 해 볼까요? 아니, 내가 직접 들죠. 장갑을 끼고 이렇게 가장자리를요. 나는 아주 조심스러운 범인이 될 수 있답니다, 페밍스 부인. 흔적을 남기려 하지 않거든요. 여기저기 하얀 가루로 덮으세요, 메이블 양. 이쪽도요. 네, 그런 식으로 하면 됩니다. 지문은 많은데, 얼룩은 없네요. 계획대로 모두 다 했나요? 오, 그레이브스 씨, 그건 손대지 마세요. 거기에 손대면 제 목이 날아갈지도 몰라요.”

“이렇게까지 해야 하나?”

그레이브스는 윗사람이라도 된 양 물었다.

"어떻게든 해야죠."

번터는 그레이브스의 동정심을 사고 비밀을 털어놓을 수 있도록 세심하게 계산하여 앓는 소리를 했다.

"이 리놀륨 한쪽 끝을 잡아 주시겠어요, 페밍스 부인. 메이블 양이 작업하는 동안 제가 다른 쪽 끝을 들고 있을게요. 네. 그레이브스 씨, 사는 게 참 힘들어요. 낮에는 주인님 시중을 들고, 밤에는 사진 현상을 한답니다. 여섯 시 반부터 열한 시까지 언제든지 원하시면 차를 내 가야 하고요, 항상 범죄 수사를 해야 하죠. 정말 놀랍지 않아요? 하릴없는 부자들이 머릿속에 갖고 있는 생각들이란."

"그런 걸 다 어떻게 참고 살아요?"

그레이브스가 말했다.

"여기는 그런 건 없어요. 조용하고 질서정연하고 가정적인 생활이라고 할 수 있죠, 번터 씨. 식사 시간은 규칙적이죠. 식사에 초대받아 오는 분들은 점잖고 존경할 만한 가족들이죠. 야한 여자들은 없어요. 밤에는 시중을 안 들어도 되고. 그거야 대단한 장점이죠. 사실 나는 유태인을 썩 좋아하는 건 아니에요. 물론 번터 씨는 작위가 있는 집안에서 일하니까 그걸 장점이라고 여길지도 모르지만, 요즘 세상에는 점점 더 그런 개념은 없어지잖아요. 게다가 루벤 경은 자수성가한 분이시니 누군들 평민이라고 하기는 힘들 거고, 어쨌든 저희 댁 마님은 명문가 출신이죠. 햄프셔의 포드 가 영양이셨으니. 그리고 두 분 다 항상 하인들을 얼마나 배려해 주시는지."

"그레이브스 씨 말도 맞죠. 저희 주인님과 나는 결코 마음 좁은 사람들 편은 들지 않아요. 아, 네, 아가씨. 이건 물론 발자 국입니다. 이건 세면대 앞의 리놀륨이지요. 좋은 유태인은 좋 은 사람이죠. 저는 항상 그렇게 말합니다. 그리고 규칙적인 일 과와 사려 깊고 세심한 마음씨는 유태인들의 좋은 점이죠. 루 벤 경은 취향도 아주 간소하신 모양입니다? 그렇죠? 그렇게 부자시면서 말입니다."

"정말 간소하시죠."

요리사가 대답했다.

"주인님과 마님은 저녁 만찬을 제외하고는, 레이첼 양하고 만 식사하실 때는 간단히 드셨죠. 손님이 있으면 식사가 좋았 지만. 저는 제 능력과 요리사로서 받은 교육을 여기서 헛되이 낭비하고 있는 셈이죠. 번터 씨가 내 말뜻을 알까 모르겠네요."

번터는 우산 손잡이를 물건 사이에 넣고는 하녀의 도움을 받 아 시트로 창문을 가렸다.

"잘됐네요."

번터가 말했다.

"자, 이제 탁자 위에 담요를 깔고 배경으로 수건걸이나 뭐 그런 것에 담요 하나를 더 걸어도 될까요? 정말 친절하십니다, 페밍스 부인……. 아! 저도 정말 주인님이 저녁에는 시중을 들라고 하지 않으셨으면 좋겠어요. 저는 가끔 서너시까지 잠을 자지 못하고 깨어 있어야 해요. 주인님이 다른 지방으로 탐정 노릇 하시러 일찍 나가시면 그때 깨워 드려야 하니까요. 그리고 옷이랑 부츠에 얼마나 진흙을 묻혀 가지고 오시는지……."

"그건 정말 안됐네요, 번터 씨."

페밍스 부인이 따뜻하게 말했다.

"천한 일이잖아요. 내 생각에 경찰 일은 신사분이 하실 만한 일이 아닌 것 같은데, 심지어 귀족이라면 더 말할 것도 없죠."

"또, 모든 게 너무 까다롭답니다."

번터는 고귀하고 숭고한 목적을 위해 주인의 인격과 본인의 감정을 희생하기로 했다.

"부츠는 구석에 던져 놓고, 옷은 바닥에 널어놓고. 정말……."

"날 때부터 부잣집에서 태어난 사람들은 종종 그럽디다."

그레이브스 씨가 말했다.

"하지만 우리 루벤 경은 좋은 습관을 절대 버리지 않으셨어요. 하인들이 아침에 가져갈 수 있도록 옷은 단정하게 개켜 놓으시고, 부츠도 옷방에 가져다놓으시죠. 그럼 모든 일이 참 쉽죠."

"하지만 그제 밤에는 잊어버리셨다면서요."

"옷은 그랬지만 부츠는 아니었어요. 항상 다른 사람들을 생각해 주시는 분이 루벤 경이시죠. 아! 정말 루벤 경이 별일 없으셔야 할 텐데."

"가엾은 주인님이 정말 무사하셔야 할 텐데."

요리사가 장단을 맞췄다.

"사람들 말로는 갖춰야 할 것도 안 갖추고 몰래 나가셨다는데, 나는 주인님이 그럴 거라고는 절대 믿을 수 없답니다, 번터 씨. 목숨 걸고 맹세해야 한다고 해도 믿을 수 없어요."

"아!"

번터는 아크등을 조절하고는 가장 가까이에 있는 전등과 연결했다.

"우리에게 월급을 주는 분들에 대해서는 말할 수 없는 것들도 있지요."

❖

"177센티미터. 더도 말고 딱 그만큼이야."

피터 경이 말했다. 피터 경은 의심스럽다는 듯이 침대보 위에 움푹 팬 자국을 쳐다보면서, 신사로서 항상 가지고 다니는 지팡이로 다시 한 번 쟀다. 파커가 이 수치를 깔끔한 수첩에 적어 넣었다.

"내 생각에는 185센티미터가 넘는 남자도 새우잠을 자면 177센티미터 정도의 자국이 남을 듯한데."

"자네 혈통에 뭐 스코틀랜드 인의 피라도 섞였나, 파커?"

그의 친구가 신랄하게 물었다.

"내가 알기로는 아닌데, 왜?"

파커가 대답했다.

"자네는 내가 아는 조심스럽고, 피도 눈물도 없고, 신중하고 냉혹한 사람들 중에서도 가장 조심스럽고, 피도 눈물도 없고, 신중하고 냉혹하기 때문이지. 나는 지금 땀이 뻘뻘 흐르도록 머리를 핑핑 돌려, 이 충격적인 사건을 자네가 속한 둔하고 남 보이기 부끄러울 정도로 멍청한 경찰 조직에 가져다주려고 하는데, 자네는 정말 일말의 열의도 보여주지도 않는군."

"성급하게 결론 내려 봤자 아무 소용 없잖나."

"성급하다고? 아직 결론 근처에도 못 갔네. 고양이가 꿀단지에 들어가 있는 걸 잡았다고 해도 자네는 고양이가 들어갈 때부터 꿀단지가 비어 있을 수도 있다고 할 사람이야."

"글쎄, 그럴 수도 있지 않겠나?"

"집어치우게."

피터 경은 외알 안경을 눈에 끼우고 베개 위에 몸을 숙이며 거세게 코로 숨을 쉬었다.

"자, 집게 좀 줘."

피터 경은 재깍 말했다.

"맙소사, 그렇게 세게 불지 말게. 마치 고래 같군."

피터 경은 눈에는 거의 보이지도 않는 물체를 침대보에서 집어 올렸다.

"그게 뭐야?"

파커가 물었다.

"머리카락이지."

웜지는 으스스하게 말했다. 그의 냉철한 눈은 더 굳어졌다.

"가서 레비의 모자를 살펴보자고. 그런 다음 묘지 이름을 가진 하인을 데리고 오게나."

그레이브스가 부름을 받고 나타났을 때, 피터 경은 앞에 거꾸로 뒤집은 모자를 죽 늘어놓고 바닥에 쭈그리고 앉아 있는 참이었다.

"자네 왔는가."

귀족 나리는 명랑하게 말했다.

"자, 그레이브스, 스무고개와 비슷한 게임이네. 은유를 섞자면 모자 셋 속임수랄까. 여기 모자 아홉 개가 있네. 그중 세 개는 탑햇이지. 이 모자들이 모두 루벤 레비 경의 것이 맞나? 그래? 좋아. 이제 레비 경이 실종되던 날 밤에 어느 모자를 썼는지 세 번 만에 맞춰보겠네. 내가 맞추면 내가 이기지. 못 맞추면 자네가 이기고. 알겠나? 준비됐는가? 시작하세. 그나저나 해답은 알고 있겠지?"

"지금 월요일 밤에 루벤 경이 외출하실 때 어떤 모자를 쓰고 나갔는지 제게 물어보시는 겁니까?"

"아니, 그게 아니야."

피터 경이 대답했다.

"자네가 알고 있는지 묻는 거지. 내게 말하지는 말게, 맞출 테니까."

"알고는 있습니다, 나리."

그레이브스는 비난조로 대답했다.

"그래. 리츠 호텔에서 저녁 식사를 할 때는 탑햇을 쓰셨지. 여기 탑햇이 세 개 있네. 세 번이면 맞는 걸 알아낼 수가 있겠군. 그럼 별로 재미가 없는데. 한 번 만에 맞추겠네. 바로 이거지."

피터 경은 창문 바로 옆에 있는 모자를 가리켰다.

"내가 맞췄나, 그레이브스? 상품을 타도 되겠어?"

"그게 바로 문제의 모자입니다, 나리."

그레이브스는 전혀 흥미를 보이지 않고 대답했다.

"고맙네, 내가 알고 싶은 건 그게 다네."

피터 경이 대답했다.

"번터에게 올라오라고 좀 전해 주겠나?"

번터는 약간 기분이 상한 듯 올라왔다. 평소 같으면 말끔했을 그의 머리는 사진을 찍느라 덮개 천을 뒤집어써서 잔뜩 헝클어져 있었다.

"아, 번터 자네 거기 있었군. 이것 좀 보게."

피터 경이 말했다.

"여기 있습니다, 주인님."

번터는 공손하지만 약간 책망하는 태도로 말했다.

"그렇지만 이런 말씀을 드려도 될는지는 모르겠으나, 제가 있어야 할 곳은 아래층입니다. 젊은 아가씨들이 돌아다니고 있어서 증거품에 손을 댈지도 모릅니다."

"나 좀 봐 주게. 난 속수무책으로 파커와 말싸움을 했고, 점 잖은 그레이브스 씨의 마음을 산란하게 했지. 이제 자네가 어떤 지문을 찾아냈는지 알고 싶네. 자네 보고를 듣기 전까지는 마음 이 안 놓이네. 그러니 내게 너무 냉정하게 굴지 말게, 번터."

"글쎄요, 주인님. 아직 제가 사진을 다 찍지 않았다는 걸 아 시지 않습니까. 하지만 지문의 모양이 흥미롭다는 것은 저도 부인할 수가 없겠습니다. 협탁 위에 있던 작은 책에서는 딱 한 사람 지문밖에 나오지 않았습니다. 오른쪽 엄지에 작은 흉터가 있어서 알아보기가 쉬웠죠. 솔빗에서도 같은 지문이 나왔습니 다. 우산과 양치용 거울과 부츠에서는 두 사람의 지문이 나왔 습니다. 제가 보기에는 루벤 경의 손인 것 같은 흉터가 있는 지 문이 있었고 그 위에 얼룩이 묻은 손자국이 있더군요. 이렇게 말해도 될지 모르겠지만, 고무장갑을 낀 손과 같을 수도 있고 아닐 수도 있을 것 같습니다. 사진을 찍어서 측정을 해 보면 더 잘 알 수가 있겠지요. 세면대 앞에 있던 리놀륨은 정말로 흥미 롭더군요. 이런 표현을 용납해 주십시오. 주인님께서 지적하신 루벤 경의 부츠 자국 이외에도, 남자의 맨발자국이 있더군요. 훨씬 작은 발이었습니다. 250밀리미터나 될까 싶습니다."

피터 경의 얼굴은 희미하지만 거의 종교적 희열에 가까운 빛 을 발했다.

"실수로군. 실수야. 사소하지만 그런 실수라도 저지르면 안 되지. 리놀륨을 마지막으로 닦은 게 언제라던가?"

"월요일 아침이랍니다. 하녀가 닦아서 기억하고 있더군요. 그 아가씨는 이제까지 그 말밖에 안 했지만, 중요한 얘기였죠. 다른 하인들은……."

번터의 얼굴에는 경멸하는 표정이 떠올랐다.

"내가 뭐라고 했나, 파커. 더도 말고 177센티미터라고 했지. 심지어 솔빗은 쓰지도 않았어. 근사하군. 하지만 탑햇은 위험을 무릅쓰고 써야 했지. 신사가 늦은 밤에 모자도 안 쓰고 빗속을 걸어 집으로 온다는 건 말도 안 되지 않나, 파커. 이거 봐! 자네는 이걸 보고 뭘 알 수 있나? 책과 솔을 빼고 다른 물건에는 모두 두 사람의 지문이 찍혀 있고, 리놀륨 바닥에도 두 사람의 발자국이, 모자에는 두 종류의 머리카락이 있군!"

피터 경은 탑햇을 들어 불빛에 갖다 대고 집게로 증거물을 집어 들었다.

"생각해 봐, 파커. 솔빗만 챙기고 모자는 잊어버리다니? 그리고 손가락 지문을 남기지 않으려고 애썼으면서 진실을 말해 주는 리놀륨 바닥 위에 무심코 발을 내딛다니? 여기 보게, 검은 머리와 갈색 머리가 보이지. 둥근 중산모와 파나마모자에는 검은 머리카락이 묻어 있지만, 지난밤의 탑햇에는 검은 머리카락과 황갈색 머리카락이 둘 다 묻어 있네. 베개 위에도 다갈색 머리카락이 묻어 있지. 자기가 있을 자리가 아닌 곳에, 파커. 정말 내 눈에서 눈물이 날 지경이로군."

"그럼 웜지, 그 말은……."

형사는 천천히 입을 열었다.

"내 말은, 어젯밤 요리사가 문간에서 본 사람은 루벤 레비경이 아니란 거지. 그 사람은 다른 사람이야. 아마 레비보다 5센티미터 정도 작겠지. 레비의 옷을 입고 열쇠를 가지고 있었어. 아, 정말 대담하고 교활한 악마 아닌가, 파커. 레비의 부츠를 신고 머리부터 발끝까지 레비의 옷가지를 덮어 썼지. 그러고는 손에 고무장갑을 끼고 절대 벗지 않았어. 레비가 지난 밤여기서 잤다고 생각하게 하려고 할 수 있는 일은 다 했다네. 위험을 무릅쓰고 결국 해냈지. 그는 위층으로 올라가서 옷을 벗었어. 심지어 몸도 씻고 양치질도 했지. 하지만 다갈색 머리카락이 남을까 봐 솔빗은 쓰지 않았네. 그는 레비라면 부츠와 옷가지를 어떻게 했을지 짐작했어. 공교롭게도 하나는 맞았고, 하나는 틀렸지. 침대는 사람이 잔 것처럼 보여야 했으니, 피해자의 잠옷을 입고 들어가 누웠지. 그러다 새벽녘 즈음, 아마도 야심한 두 시나 세 시 사이쯤에 일어나서 가방에 넣어 가지고온 자기 옷을 입고 아래층으로 슬금슬금 내려갔네. 누군가 깨면 낭패지만, 범인은 대담한 자니까 운을 걸어 본 거지. 그는 사람들이 그때는 잘 깨지 않는다는 사실을 알고 있었네. 그리고 정말 사람들은 깨지 않았지. 그는 들어올 때 빗장을 벗겨 둔문을 열었어. 길 잃은 행인이나 순찰 중인 경찰이 없는지 잠시귀를 기울였겠지. 그는 슬쩍 빠져나왔어. 열쇠로 문을 조용히열었지. 그런 후 고무밑창이 있는 신발을 신고 씩씩하게 걸어

나갔네. 고무밑창이 있는 신발이 없으면 일을 저지르지 않을 타입의 범죄자야. 몇 분 후, 그는 하이드 파크 모퉁이에 도달했네. 그리고 그 후에는……."

피터 경은 말을 멈추었다가 덧붙였다.

"그는 이 일을 다 해냈네. 아무 위험도 무릅쓰려 하지 않는다면 모든 일이 위태로워질 테니까. 그러니 루벤 레비 경이 어리석은 장난을 좀 치려고 사라진 것이거나, 아니면 다갈색 머리카락을 한 남자가 루벤 경을 살해한 범인이겠지."

"세상에!"

형사가 갑자기 소리를 내질렀다.

"정말 극적인 얘기군."

피터 경은 피곤하다는 듯 손으로 머리를 훑었다.

"친애하는 친구."

그는 감정을 듬뿍 넣은 목소리로 웅얼거렸다.

"자네를 보니 내가 어릴 때 듣던 동요가 생각나는군. 경박한 언행에 대해 사람들이 갖춰야 할 신성한 의무에 대한 것이네.

화이트헤이븐에 노인이 살았다네.

갈까마귀와 쿼드릴을 추었어.

하지만 사람들은 말했다네.

그 새를 부추기다니 정말 터무니없어!

그래서 사람들은 화이트헤이븐의 노인을 때렸다네.

이건 올바른 태도라네, 파커. 여기 이 가련한 노인네가 사라져 버렸다네. 정말 우스운 노릇이지. 하지만 나는 그가 파리 한 마리라도 잡아 죽일 수 있다고는 생각지 않네. 그러니 더 우스운 얘기가 되지. 자네는 알고 있나, 파커. 나는 결국 이 사건이 별로 마음에 들지 않아."

"어느 것, 이 사건, 아니면 자네가 맡은 사건?"

"둘 다지. 파커, 조용히 집으로 가서 점심을 들고 나서 콜리세움 극장에나 가지 않겠나?"

"그러고 싶으면 그렇게 하게나. 하지만 나는 이 일이 밥벌이라는 걸 잊으신 모양일세."

형사는 이렇게 대꾸했다.

"심지어 나는 그런 대의명분조차 없지."

피터 경이 말했다.

"그래, 그럼 다음 행보는 뭔가? 내 사건을 어떻게 하려는 거야?"

"또 한참 힘들고 지루한 수사를 해 봐야지."

파커가 말했다.

"서그가 해 놓은 일은 전혀 신뢰할 수가 없으니 말야. 그리고 퀸 캐롤라인 맨션 단지에 사는 세입자들의 가족 관계를 다 따져 볼 생각이야. 골방이나 지붕으로 올라가는 사다리도 죄다 검사해 보고. 그리고 사람들에게 말을 시키면서 '시체'나 '코안경' 같은 말을 갑자기 꺼내 보는 것이지. 움찔 놀라나 보려는 거야. 마치 최근에 나온, 심리 뭐라고 하는 사람들처럼."

"자네라면 그럴 테지."

피터 경은 싱긋 웃었다.

"자, 사건을 교환했으니 자네는 이제 가서 일을 좀 하게나. 나는 윈드엄 클럽으로 가서 즐거운 시간을 보낼 테니."

파커는 얼굴을 찡그렸다.

"흠, 자네가 일을 했다는 생각은 안 드니, 나라도 해야지. 잡 다한 일을 하는 법을 배울 때까지는 절대 전문가가 되지 못할 걸세, 윔지. 점심은 어떻게 할 거야?"

"초대를 받아서 나갈 거네."

피터 경은 위풍당당하게 말했다.

"한 바퀴 돌아보고 클럽에서 옷을 갈아입어야지. 이 꼴을 하 고 프레디 아버스노트와 식사를 할 순 없으니. 번터?"

"네, 주인님."

"준비가 되면 짐을 싸게나. 그리고 클럽에 와서 내 몸단장 좀 도와 주게."

"여기서 두 시간은 더 일해야 합니다, 주인님. 노출 시간이 삼십 분 미만이면 충분치 않아요. 전류가 전혀 세지 않네요."

"내 하인이 나를 어떻게 쥐락펴락 하는지 자네도 보았지, 파 커? 뭐, 참는 수밖에 없지. 따라라!"

피터 경은 휘파람을 불며 아래층으로 내려갔다.

면밀한 파커는 앓는 소리를 내뱉고는 햄 샌드위치가 든 접시

와 배스 맥주 한 병을 옆에 두고 루벤 레비 경의 서류를 체계적
으로 살피기 시작했다.

✛

　피터 경과 프레디 아버스노트 훈작사는 신사용 바지 광고에
나오는 모델 같은 차림으로 윈드엄 클럽의 식당에 천천히 들어
섰다.
　"자네 본 지도 한참 됐군. 그래, 요새 뭐 하고 다녔나?"
　프레디 경이 물었다.
　"아, 그냥 돌아다녔지."
　피터 경은 나른하게 대답했다.
　"크림수프로 드릴까요, 맑은 스프로 드릴까요, 나리?"
　프레디 경의 웨이터가 물었다.
　"어느 것으로 하겠나, 윔지?"
　프레디 경은 선택권을 손님 쪽으로 슬쩍 넘기면서 덧붙였다.
　"어느 것이나 똑같이 독이 들었다네."
　"맑은 수프는 숟가락을 핥지 않아도 되니 더 낫겠군."
　피터 경이 대답했다.
　"맑은 걸로 주게."
　프레디가 주문하자, 웨이터가 맞장구쳤다.
　"콘소메 폴로네즈로군요. 좋은 선택이십니다."

맥 빠진 대화가 계속 이어지는 와중에, 프레디 경은 서대기 순살 요리에서 가시를 발견하고 수석 웨이터를 불러 따졌다. 문제가 마무리되자, 피터 경은 이제 말을 꺼낼 힘을 그러모았다.

"자네 어르신 얘기는 들었네, 유감이야."

"그러게, 가여운 분이지."

프레디 경이 대답했다.

"이제 얼마 버티지 못하실 것 같다고 그러더군. 뭐? 아! 몽트라셰 08년도 산이라고? 정말이지 여긴 마실 만한 게 없다니까."

프레디 경은 우울하게 덧붙였다.

프레디 경이 귀한 빈티지를 고의로 폄훼한 후에는 잠시 침묵이 이어졌다. 마침내 피터 경이 입을 열었다.

"주식 시장은 어때?"

"엉망진창이야."

프레디 경은 포도주와 버터로 뭉근하게 끓인 들새고기 요리를 우울하게 뜯었다.

"내가 뭐 도와줄 일 없겠어?"

피터 경이 물었다.

"아니, 괜찮네. 말은 고맙네. 하지만 곧 다 괜찮아지겠지."

"들새고기 요리 나쁘지 않은걸."

"못 먹을 정도는 아니군."

피터 경의 친구도 인정했다.

"그 아르헨티나 주식은 어떻게 됐나? 이런, 웨이터, 내 잔

안에 코르크 조각이 있군."

피터 경은 물어보다가 웨이터를 불렀다.

"코르크라고!"

프레디 경은 갑자기 활기를 보이며 버럭 소리를 질러 웨이터를 야단쳤다.

"내 말 잘 듣게, 웨이터. 병에서 코르크도 하나 제대로 못 빼면서 월급은 꼬박꼬박 받다니 놀랄 노 자군. 윔지, 자네 뭐라고 말했나? 아르헨티나 주식? 물 건너갔네. 레비가 그렇게 뺑소니를 치는 바람에 시장에서 바닥을 쳤지."

"그런 말 하지 말게. 그 사람에게 무슨 일이 일어났다고 생각하는 겐가?"

"난들 알겠나. 곰에게 머리라도 얻어맞은 모양이지."

"자기 의지로 사라진 걸 수도 있잖아."

피터 경이 은근히 떠보았다.

"이중생활이라고 들어 봤지. 재계에 있는 사람들 중에서도 경솔한 짓거리를 하는 작자들은 그러잖나."

"아니, 아냐."

프레디 경은 살짝 흥분하면서 부인했다.

"거참, 윔지. 나라면 그런 말은 안 할걸세. 레비 경은 점잖고 가정적인 사람이고 그 집 따님도 참 매력적인 여성이지. 뭘 봐도 아주 곧은 분이야. 순식간에 남을 때려눕힐 수는 있어도, 절대 남을 실망시킬 사람은 아니네. 앤더슨 영감이 이 일로 몹시 마음 아파하고 있더군."

"앤더슨이 누군가?"

"저기 어디 부지가 꽤 있는 양반이야. 여기 회원일세. 레비를 화요일에 만날 예정이었다더군. 이제 그 철도 회사 사람들이 끼어들까 봐 걱정하시던데. 그렇게 되면 모두 태평양 연합 철도회사 마음대로 돌아갈걸세."

"이 철도회사 사람들을 감독하는 현지 책임자는 누군데?"

"양키 작자야, 존 P. 밀리건이라고. 그 사람이 시장에 끼어들려는 눈치인 모양이야. 이미 들어오고 있다고들 도 하더군. 그놈들은 도무지 믿음이 안 간다니까."

"앤더슨이 버티지 못할 것 같은가?"

"앤더슨은 레비가 아니잖아. 그 정도 부자도 아니고. 게다가 이제 혼자잖아. 일은 레비가 다 떠맡고 있었거든. 레비야 하려고만 하면 밀리건의 철도회사가 끼어드는 걸 막을 수 있었지. 레비가 실력을 발휘했던 게 바로 그 지점이었지."

"그 밀리건이란 남자를 어디서 만난 것 같은데. 혹시, 검은 머리에 턱수염을 기른 덩치 큰 사내 아닌가?"

피터 경은 생각을 더듬는 척 물었다.

"다른 사람이랑 착각하나 본데. 밀리건은 나보다도 키가 안 클걸? 177센티미터 정도를 덩치가 크다고 한다면 또 모르지만. 어쨌건 그 사람은 대머리야."

프레디 경이 대답해 주었다.

피터 경은 고르곤촐라 치즈를 맛보면서 이 말을 생각해 보았다. 그런 후, 다시 입을 열었다.

"레비에게 매력적인 따님이 있다니 금시초문인 걸."

"아, 그렇지."

프레디 경은 애써 무심한 척하며 대답했다.

"지난해 외국에 나갔다가 그 따님과 부인을 만난 적이 있다네. 그래서 그 부친도 알게 된 거야. 레비 경은 점잖게 행동하셨어. 이 아르헨티나 거래에 나를 처음부터 끼워 주시기도 했고. 자네는 몰랐나?"

"그래, 그것도 나쁘지 않지. 돈은 어쨌거나 돈이니까. 게다가 레비에게 그런 부인이 있다면 다른 결점을 뛰어넘을 만한 장점이 되지 않나. 우리 어머니가 부인의 친정과 아시는 사이였다더군."

"아, 부인은 좋은 분이시지. 게다가 레비의 출신도 요새 같은 분위기에서는 별로 부끄러워할 게 없다고. 물론 자수성가한 분이시지. 하지만 그렇다고 자기 출신을 감추시지도 않고. 가식이란 없으셔. 매일 아침 96번 버스를 타고 사무실로 출근하신다네. '택시를 탈 마음이 안 들더군. 내가 젊을 때는 잔돈푼 하나도 쩔쩔매면서 썼어. 지금도 그런 습관을 버릴 수가 없군'이라고 말씀하셨다네. 하지만, 가족들을 데리고 나올 때는 전혀 돈을 아끼지 않으신다네. 레이첼, 그 따님은 항상 아버지가 자잘한 데만 절약하신다고 놀리고는 했지."

"경찰들이 레비 부인에게 연락했을 것 같던데."

피터 경이 말했다.

"나도 그럴 것 같네."

프레디 경도 동의했다.

"나도 한번 들려서 애도의 뜻을 표해야겠지? 그렇게 안 하면 모양새가 좀 좋지 않잖아. 하지만 찾아가는 것도 역시 어색하고. 가서 뭐라고 말한담?"

"자네가 뭐라 말하든 크게 중요할 것 같진 않군. 나라면 뭐도와줄 게 없느냐고 물어볼 거야."

피터 경은 힘을 북돋아 주었다.

"고맙네. 그렇게 해야지. 저는 혈기왕성한 청년입니다. 저만 믿으세요. 언제든지 필요하시면 달려오겠습니다. 낮이나 밤이나 전화 주세요. 이 정도면 먹히겠나?"

사랑에 빠진 청년은 조언을 구했다.

"바로 그거네."

피터 경이 대답했다.

롬바드 가에 있는 밀리건 철도 운송 회사의 사무실에서, 런던 지사장인 존 P. 밀리건은 한창 비서에게 전보 내용을 불러 주고 있다가, 손님이 보낸 명함 한 장을 받았다. 명함에는 간단하게 이렇게만 적혀 있었다.

피터 윔지 경
말보로 클럽

밀리건 씨는 갑자기 방해를 받아서 기분은 좀 언짢았지만, 다른 미국인들처럼 영국 귀족에게는 약하다는 약점이 있었다. 그는 규모는 작지만 전도가 유망한 농장 하나를 지도에서 삭제하던 작업을 잠시 미뤄 놓고, 손님을 들게 하라고 지시했다.

"안녕하십니까."

귀족은 상냥하게 인사하며 천천히 걸어 들어왔다.

"한창 바쁘실 텐데 시간을 내 주셔서 정말 감사드립니다. 너무 오래 시간을 빼앗진 않도록 하겠습니다. 제가 요점만 간략하게 말하는 데는 별로 소질이 없지만요. 저희 형님께서는 제가 가문을 대표해서 나서는 걸 원치 않으실 겁니다. 제가 이야기를 할 때는 옆길로 새는 일이 너무 많아서 아무도 제가 무슨 말을 하는지 모를 거라고 하시지요."

"만나 뵙게 되어 반갑습니다. 윔지 경. 자리에 앉으시겠습니까?"

밀리건이 대답했다.

"고맙습니다. 하지만, 제가 가문의 작위를 이어받은 건 아닙니다. 윔지 경은 제 형님이신 덴버 공작이지요. 제 이름은 피터

입니다. 우스꽝스러운 이름이지요. 전 항상 그렇게 생각했습니다. 아주 구식이고 바르고 가정적인 느낌이 풀풀 풍기는 이름이라고요. 이런 이름을 붙인 것은 제 세례식에 참석해 주신 대부모님들이 책임을 지셔야 할 겁니다. 물론 실제로 그분들이 이 이름을 고르신 건 아니니 이렇게 말하면 너무한 것일지도 모르겠군요. 하지만 저희 가문에는 항상 피터라는 이름이 있었어요. 장미전쟁에서 다섯 명의 왕을 배신했다는 삼대째 공작님 이름을 따서요. 생각해 보면 자랑할 일이 못되지요. 하지만 어쩝니까. 주어진 것을 최대한 잘 이용해야죠."

밀리건 씨는 피터 경의 화술에 말려 들어가 영국의 귀족에 대해서는 아는 바가 하나도 없다는 불리한 위치에 놓이게 되자, 슬그머니 자리를 바꿔 손님에게 코로나 시거를 권했다.

"정말 고맙습니다."

피터 경은 감사를 표했다.

"하지만 저를 너무 환대해 주시면 저는 오후 내내 여기서 잡담이나 지껄이고 있을지 모릅니다. 세상에, 밀리건 씨. 손님들에게 이렇게 편안한 의자와 시거를 내놓으시면 다들 여기서 살려고 할지도 모르겠군요."

하지만 피터 경은 속으로 이렇게 덧붙였다.

'저 앞코가 긴 부츠 좀 벗겨 봤으면 좋겠군. 발 사이즈가 얼마나 되는지 보게. 게다가 머리는 감자 같군. 그것만 봐도 확실하네.'

"말씀해 보십시오, 피터 경. 제가 뭐 도와 드릴 일이라도?"

밀리건이 물었다.

"아, 네. 저도 밀리건 씨가 도와 주실 수 있을지 궁금합니다. 대놓고 부탁드리기는 좀 뻔뻔한 일입니다만 실은 제 어머니 일입니다. 정말 대단한 분이시죠. 하지만 밀리건 씨처럼 바쁜 분에게 시간을 내 달라고 하는 게 무슨 뜻인지를 전혀 이해 못하세요. 이런 곳이 얼마나 분주하게 돌아가는지 우리 같은 사람은 잘 모르지요."

"그런 말씀 마십시오. 공작부인께 도움이 되는 일을 할 수 있다니 저야말로 기쁩니다."

밀리건은 공작의 어머니가 공작부인인지 아닌지 역시 몰랐기 때문에 잠시 불안해하다가, 피터 경이 계속 말을 잇자 그제야 안도의 숨을 내쉬었다.

"고맙습니다. 정말 친절하시군요. 그게 실은 이런 일입니다. 저희 어머니는 정말 원기가 왕성하시고 자기희생이 강한 분이신데, 올 겨울 덴버에서 교회 지붕을 수리할 비용을 모금하려고 자선 바자를 열 생각을 하고 계십니다. 정말 슬픈 사건입니다. 초기 영국식 창문에 천사가 장식된 지붕이 있는 섬세하고 오래된 전통적인 교회였지요. 그런데 낡아 무너지고 비가 새지 뭡니까. 제단 위에 외풍이 심해서 새벽 예배를 보시던 주교님은 류머티즘까지 걸리셨답니다. 이런 유의 일이 어떤지 아시지요? 그래서 교회에서는 지붕 수리해 줄 사람을 불렀어요. 팁스라는 사람인데 노모와 배터시에 살고 있답니다. 평범하고 세속적인 사람이지만 천사상이 있는 지붕 같은 건 참 잘 고친다고 들었습니다."

그 순간, 피터 경은 실눈을 뜨고 상대방을 유심히 살폈지만, 밀리건은 어리둥절한 기색을 희미하게 내비치면서 정중하게 관심을 보일 뿐 이 장광설에 별달리 놀라는 것 같지는 않았다. 피터 경은 이쪽 수사는 포기하고 계속 말을 이어 나갔다.

"정말 죄송합니다. 제가 너무 에둘러 말하고 있지요. 실은 어머님께서 이 바자를 주최하시는데, 보조 행사로 강연회를 열면 어떨까 생각하고 계신답니다. 간단한 담화 같은 거죠. 전 세계의 저명한 사업가들을 초청해서 '유전왕과 함께 기름 한 방울'이라거나 '부의 양심과 코코아' 같은 제목으로 강연하는 거죠. 그러면 정말 그곳 사람들의 관심을 끌 겁니다. 게다가 어머님의 친구분들도 모두 오실 예정이지요. 저희야 뭐 그렇게 돈 있는 사람들이 못 되지요. 제 말은 말 그대로 돈이 하나도 없다는 뜻은 아니고요. 그렇지만 저희들 수입을 다 합쳐봤자 밀리건 씨의 전화요금도 안 되겠지요. 그래도 저희는 정말 돈을 벌 수 있는 사람들의 이야기를 듣고 싶답니다. 그러면 저희도 좀 더 용기를 낼 수 있지 않겠습니까. 하여튼, 제 말은 그래서 밀리건 씨가 미국인 대표로 와 주셔서 몇 말씀 해 주시면 저희 어머니께서 정말 기뻐하고 감사하실 것이란 뜻입니다. 십 분 넘게 말씀하실 필요도 없습니다. 아시겠지만 시골 사람들이란 사격하고 사냥 말고는 별로 아는 것도 없거든요. 그리고 저희 어머니가 부를 수 있는 청중들은 십 분 이상 집중을 할 수가 없답니다. 하지만 밀리건 씨께서 내려오셔서 하루나 이틀 정도 저희와 함께 머무르시며 그 어마어마한 재산에 대해서 몇 가지 쾌활한 말씀 남겨 주시면 정말 감사하겠습니다."

그러자 밀리건은 흔쾌히 응했다.

"뭐, 네. 그러지요, 피터 경. 그런 제안을 해 주시다니 공작부인의 친절에 정말 감사드립니다. 그렇게 아름답고 오래된 교회가 허물어지고 있다니 참 안타까운 일이군요. 기꺼이 가겠습니다. 그리고 교회 재건립을 위해 적게나마 헌금을 내고 싶은데 받아 주시면 감사하겠습니다."

예상치 못한 전개에 피터 경은 허를 찔리고 말았다. 기묘하고도 악의적인 살인사건의 용의자를 한번 떠 보려고 한 건데, 상대가 아주 호의적인 신사일 뿐 아니라 자선사업에 거금의 수표까지 기부하겠다고 하다니 경험 많은 탐정이 아니라면 불편하게 여길 만한 일이었다. 피터 경은 임기응변으로 적당히 둘러댔다.

"정말 친절도 하시군요. 그쪽 사람들이 정말 기뻐할 겁니다. 하지만 제게 직접 주시지 않는 편이 좋겠습니다. 써 버릴 수도 있고, 잃어버릴 수도 있으니 말입니다. 저는 그렇게 믿을 만한 사람이 못 됩니다. 주교님께 직접 드리는 게 좋겠군요. 덴버 공작령, 라틴 게이트 앞 성 요한 주교관, 콘스탄틴 스로그모튼 목사님 앞으로 보내시면 됩니다."

"그러겠습니다. 스쿠트, 지금 당장 천 파운드짜리 수표를 한 장 써 주겠나? 나중에는 내가 잊어버릴지도 모르니까 말일세."

밀리건은 비서에게 명령을 내렸다. 비서는 기다란 턱에 눈썹 숱이 거의 없고, 머리카락이 불그스름한 청년으로 묵묵히 지시를 수행했다. 피터 경은 밀리건 씨의 대머리와 비서의 빨강 머리를 번갈아 바라보다가 마음을 굳게 먹고 다시 한 번 시도해 보았다.

"정말, 어떻게 감사드려야 할지 모르겠습니다, 밀리건 씨. 어머님께 말씀드리면 어머님께서도 고마워하실 겁니다. 나중에 바자회 날짜를 알려 드리지요. 지금은 아직 확정되지 않아서요. 그리고 다른 사업가분들도 뵙고 부탁드려야 하니까요. 영국의 광고계를 대표하는 신문사 사장님께도 부탁드릴까 생각 중입니다. 그리고 제 친구가 저명한 독일의 사업가 한 분을 소개해 준다고 약속했지요. 시골 사람들이 독일인에게 적대감을 별로 보이지 않는다면 정말 흥미로울 일이겠지만요. 거기다가 유태인의 관점에서 강연을 해 주실 분을 찾고 있습니다. 처음에는 루벤 경에게 부탁드리려고 했지만, 그분이 갑작스레 실종되시는 바람에 일이 좀 힘들게 되었습니다."

"네. 정말로 기이한 일이지요. 그러나 이런 말은 외람되지만, 오히려 제게는 편하게 되었다고 할 수 있습니다. 루벤 경이 저희 철도회사가 진행하고 있는 합작 건을 반대하고 계셨거든요. 하지만 개인적으로는 그분을 전혀 싫어하지 않습니다. 제가 착수한 거래가 완수된 다음에 나타나 주시면 더할 나위 없이 좋겠지요."

순간 피터 경의 머릿속에 사업 협상이 타결될 때까지 어딘가에 감금되어 있는 루벤 경의 모습이 스쳐 지나갔다. 있을 법한 일이고, 피터 경이 처음에 했던 짐작보다는 훨씬 더 희망적인 생각이었다. 게다가 밀리건 씨에게서 받은 인상하고도 더 잘 들어맞는 편이었다.

"정말 사태가 난처하게 되었습니다. 하지만 루벤 경도 나름대로 이유가 있어서 그러셨겠지요. 사람들의 사정을 꼬치꼬치 캐 봤자 별로 좋은 일이 없지 않습니까? 특히 이 사건을 담당하고 있는 제 경찰 친구는 이분이 사라지기 전에 머리카락을 염색했다는 말을 하더군요."

피터 경은 곁눈질로 빨강 머리 비서를 쳐다보았다. 비서는 다섯 자리 숫자들을 동시에 더하고 해답을 받아 적고 있었다.

"머리를 염색했다고요?"

밀리건 씨가 물었다.

"빨강 머리로요."

피터 경이 이렇게 대답하자 비서가 고개를 들었다. 피터 경은 계속 말을 이었다.

"정말 기묘한 일은 경찰들이 염색약 병은 못 찾았다는 겁니다. 뭔가 수상한 점이 있죠, 밀리건 씨도 그렇게 생각하지 않으십니까?"

이제 비서는 별로 관심을 보이지 않고 있었다. 그는 장부에다 종이를 한 장 끼워 넣고 앞 페이지 맨 마지막에 있던 숫자를 다시 이어 적었다. 피터 경은 자리에서 일어서며 말했다.

"뭐 대단한 일은 아니겠지요. 아무튼 이처럼 시간을 내 주셔서 정말 감사드립니다, 밀리건 씨. 어머님도 기뻐하실 테죠. 날짜가 정해지면 어머님이 편지를 보내실 겁니다."

"저야말로 기쁘게 생각합니다. 만나 뵙게 되어 아주 반가웠습니다."

밀리건이 인사를 했다.

스쿠트는 조용히 일어서서 문을 열었다. 책상 뒤에 가려져서 안 보였던 비서의 가늘고 긴 다리가 눈에 띄었다. 속으로 한숨을 내쉬며 피터 경은 비서의 키가 대략 190센티미터 정도 될 것이라고 어림짐작했다.

"스쿠트의 머리를 밀리건의 어깨 위에 올려놓을 수 없는 게 유감이군."

피터 경은 도시의 인파 속으로 끼어들며 이렇게 중얼거렸다.

"그나저나 어머니께서 뭐라고 하실지!"

5장

파커는 그레이트오몬드 가 12번지 아파트 A호에 혼자 살고
있었다. 조지 시대의 양식이기는 하지만 불편하기 짝이 없는
아파트로, 집세는 주당 일 파운드였다. 파커는 문명사회 건설
을 위해 열심히 뛰었고 그에 상응하는 보답을 받고 있긴 했으
나 여왕님이 다이아몬드 반지를 하사하거나 수상님이 엄청난
액수의 수표를 아낌없이 전달하거나 하는 일은 없었다. 파커가
받는 월급은 영국 납세자들의 주머니에서 나오는 돈이었고, 소
박하지만 만족할 수 있을 정도였다. 파커는 고되고 결실도 없
는 업무를 수행하느라 긴 하루를 보낸 끝에 잠들었다가 죽이
타는 냄새에 잠에서 깼다. 환기가 잘 되게 위아래가 다 열리는

침실 창문 틈으로 으스스한 안개가 천천히 스며들었다. 파커는 전날 밤에 허겁지겁 벗어 던진 겨울 바지가 의자에 걸려 있는 모습을 보자 지저분하고 우스꽝스러운 인간 형체를 본 듯하여 기분이 불쾌해졌다. 그때 전화벨이 울렸다. 파커는 불쌍하게도 침대에서 설설 기어 나와 응접실로 갔다. 낮에 집안일을 봐 주는 먼스 부인이 식탁을 차려놓고 나가다가 재채기를 했다.

전화를 건 사람은 번터였다.

"주인님께서 파커 씨께 아침 식사에 와 주실 수 있는지 여쭈어 보라고 하십니다."

파커는 전화선 너머로 콩팥 요리와 베이컨의 냄새라도 풍겨 온다면 이 세상 무엇보다도 위로가 될 것 같은 기분이었다.

"주인님께 내가 반시간 안에 가겠다고 전해 주세요."

파커는 감사를 표하고 세면실 겸용으로 쓰고 있는 부엌으로 뛰어들었다. 부엌에서는 먼스 부인이 막 끓인 물로 차를 만들고 있던 참이었다. 파커는 부인에게 아침 식사는 밖에 나가서 할 것이라고 알렸다.

"그 죽은 댁으로 가지고 가서 식구들하고 드세요."

파커는 심술궂게 덧붙이며 단호하게 잠옷을 벗어던졌다. 먼스 부인은 그저 코웃음을 치면서 허둥지둥 나갔다.

낙천적인 기분으로 집에서 뛰어나온지 십오 분만에 파커는 19번 버스를 타고 피커딜리 광장에 도착했다. 파커가 나무와 석탄이 따뜻하게 타오르는 벽난로 앞에 앉자, 번터는 근사한 음식과 세상에 둘도 없는 커피, 그리고 데일리메일 지를 가져 다주었다. 저 멀리서 누군가 바흐의 미사곡 B단조 '주께서 다 시 오실 것이니'를 부르는 소리가 들려왔다. 이 집 주인은 적어 도 하루에 한 번은 몸과 마음의 때를 함께 씻어 내는 모양이었 다. 곧 피터 경이 촉촉하게 젖은 머리카락에서 버베나 향기를 풍기며, 공작무늬가 얼룩덜룩 수놓인 목욕 가운 차림으로 들어 왔다.

"잘 잤나, 친구."

귀족 나리가 인사했다.

"정말 끔찍한 날이군. 이렇게 서둘러 와 주다니 고마우이. 하지만 자네가 꼭 봐 줬으면 하는 편지가 있어서 말이야. 그렇 다고 내가 자네 집까지 가려니 기운이 있어야 말이지. 번터와 나는 밤새도록 일했다네."

"무슨 편지인가?"

파커가 물었다.

"입에 음식이 들었을 때는 사업 얘기를 하면 안 되지."

피터 경은 책망했다.

"옥스퍼드 마멀레이드 좀 더 들게. 그러고 나서 새로 산 단 테 판본을 보여 주지. 어젯밤에 배달되었더군. 오늘 아침에는 읽을 만한 기사가 있나, 번터?"

"이리스 경이 수집품을 판매할 예정이랍니다. 모닝포스트 지에 그에 관련한 칼럼이 실렸습니다. 또 타임스 지의 문학 특별 증보면에 줄리언 프레크 경의 새 책 '양심의 생리학적 기초'에 대한 서평이 났던데 주인님께서 읽어 보셔야 할 것 같습니다. 그리고 크로니클 지에는 아주 특이한 강도사건 기사가 났네요. 헤럴드 지에는 귀족 가문이 공격을 당했다는 기사가 있는데 자세한 기사는 아니지만 유머가 슬쩍 섞여 있어, 주인님께서 재미있어 하실지도 모르겠다고 생각했습니다."

"알았네. 그럼 그 기사랑 강도사건 기사를 주게."

번터는 산더미같이 쌓여 있는 신문 더미를 가리키며 끄덕지게 말했다.

"다른 신문들도 살펴봤습니다. 그리고 주인님께서 아침 식사 후에 읽어 보실 만한 기사를 표시해 놨습니다."

"아, 제발 그런 얘기는 하지 말게. 자네 말에 내 식욕이 싹 달아나는군."

피터 경은 이렇게 투덜거렸다. 잠시 동안 토스트를 뜯는 바삭거리는 소리와 신문지를 쓱쓱 넘기는 소리 말고는 방 안에 침묵이 흘렀다.

"심리가 연기되었다고 하는군."

별안간 파커가 이렇게 말했다.

"달리 도리가 없지. 하지만 레비 부인이 어젯밤에야 도착하셨으니 오늘 아침에 가 보셔야 할 거네. 하지만 서그가 바라는 바와는 달리 시체를 알아볼 리가 없겠지."

"시간도 그렇고."

파커가 무뚝뚝하게 대답했다. 다시 한 번 고요한 침묵이 흘렀다.

"자네가 말한 강도 사건은 별게 아닌 거 같네, 번터. 솜씨는 좋지만 상상력이 별로 없는 범인이야. 나는 상상력이 있는 범인을 찾고 있네. 모닝포스트는 어디에 있나?"

잠시 후 좀 더 침묵이 흐른 후에, 피터 경은 말했다.

"번터, 카탈로그를 보내 달라고 하게. 아폴로니오스 로디오스[*]는 봐 둘 만한 가치가 있겠어. 아니, 그 서평은 들여다볼 마음이 없어. 다만 자네가 그러고 싶으면 도서 목록에 그 책도 끼워 두게. 줄리언 경의 범죄학 책은 얼마 전까지는 그럭저럭 재미있었지만, 그 사람 지금은 머리가 약간 이상해졌어. 신이란 간 분비작용에 불과할 뿐이라니. 한 번은 봐 줄 만하지만 계속 관심을 둘 필요는 없어. 사고방식에 한계가 있다면 증명할 길이 없지 않나. 서그를 보게."

"뭐라고 했지? 제대로 듣고 있지 않아서. 아르헨티나 사업 건은 약간 안정 궤도에 들어선 것 같군."

"밀리건 말이군."

"유전 사업은 경기가 매우 나쁜데. 레비의 실종이 문제가 되었군. 레비가 실종되기 직전 페루 회사가 기이하게 일어설 조

---

[*] (원주) 아폴로니오스 로디오스. 로렌조보디 알로파. 1496(4절판). 피터 경은 배터시에서 일어난 사건을 해결하는 데 관심을 기울이고 있기는 하였으나 코르시카로 떠나기 전에 희귀본들을 구해 놓겠다는 야심은 버리지 않았다.

짐이 있었는데 다시 수그러들었어. 레비가 이와 관련이 있는지 궁금하군. 이에 대해서 뭐 아는 것 있나?"

파커가 물었다.

"알아보겠네. 무슨 회사라고?"

"아, 몇 년 동안이나 들어 보지도 못한 회사가 하나 있는데, 거의 망한 분위기였어. 지난주에 갑자기 재기할 것 같은 기운이 있었다는군. 난 어머니가 오래전에 이백 주 정도 그 회사 주식을 넘겨주셔서 알게 되었지. 하지만 수익을 본 적은 한 번도 없어. 지금은 다시 곤두박질쳤고."

윔지는 접시를 한쪽으로 밀어 놓고 파이프에 불을 붙였다.

"이제 식사를 다 마쳤으면 일을 시작하는 것도 괜찮겠군. 자네는 어제 무슨 수확이 있었나?"

"없었네. 내가 직접, 그리고 다른 사람으로 변장을 두 번씩이나 바꿔 가면서 그 아파트 위아래를 속속들이 수색했지. 한 번은 가스 검침원으로, 다른 한 번은 유기견 보호소 모금원으로 변장을 했지만 실마리는 하나도 발견하지 못했어. 유일하게 들은 것은 배터시 다리 길을 바라보고 있는 맨 안쪽 아파트 꼭대기 층에 사는 하녀 한 명이, 어느 날 밤에 지붕에 쿵 하고 떨어지는 소리를 들은 적이 있다고 말한 거야. 어느 날 밤이냐고 물으니 제대로 말하지를 못해. 월요일 밤이 아니었느냐고 물으니, 그런 것 같다고 하더군. 토요일 밤에 굴뚝이 떨어져 나갈 정도로 센 바람이 불었는데 그날일 수도 있지 않겠냐고 했더니, 그럴지도 모르겠다고 하고. 그래서 아파트 안이 아니고 지붕이 확실하냐고 물었더니, 확실하게 말할 수 있는 건 다음날 아침에 보니 그림 하나가 떨어졌더라 하는 것뿐이라나. 정말 귀가 얇은 아가씨였어.

또, 자네 친구 되는 애플도어 씨 부부도 만났네. 두 사람 다 나를 아주 박대하더군. 하지만 팁스 씨에 대해서 별다른 불평을 늘어놓진 않았어. 그 어머니가 런던 사투리를 쓰시는 것과 어느 날 팁스 씨가 생체해부반대 선전문을 한 아름 안고 불청객으로 들이닥친 것 말고는. 일층에 사는 인도인 대령은 아주 시끄러운 사람이었지만 예상외로 친절하던데. 저녁으로 인도 카레를 내놓고 괜찮은 위스키도 주었지. 하지만 무슨 은둔자 같은 사람이어서 애플도어 부인이 아주 귀찮아 죽겠다는 얘기 말고는 별다른 소득이 없었네."

"저택에서는 뭐 찾아 낸 게 없고?"

"레비의 개인 일기장뿐이야. 여기 가지고 왔지. 자, 보게. 하지만 별로 알아낼 수 있는 게 없어. 대충 이런 기록뿐일세. '탐과 애니가 저녁 식사 하러 왔다.' '사랑하는 아내의 생일이다. 골동품 오팔 반지를 선물로 주었다.' '아버스노트 씨가 차를 마시러 들렀다. 레이첼에게 청혼을 했으나 눈에 넣어도 안 아픈 딸아이니만큼 좀 더 건실한 청년에게 주고 싶다.' 하지만 그래도 이 일기를 보면 누가 집에 드나들었는지는 알 수 있으니까. 레비는 분명 밤에 이 일기를 썼던 것 같더군. 월요일에는 아무것도 적혀 있지 않아."

"이 일기가 쓸모가 있었으면 좋겠군."

피터 경은 일기장을 넘겼다.

"불쌍한 사람 같으니. 이제는 정말 그 사람이 죽었다고 확신할 수는 없지만."

피터 경은 파커에게 어제 한 일을 자세하게 설명해 주었다.

"아버스노트? 일기장에 나와 있던 그 사람인가?"

"그런 것 같네. 나는 그 친구가 주식 시장 주변을 어슬렁거리기를 좋아한다는 사실을 알고 있었기 때문에 미리 찾아가 본 거였거든. 밀리건 씨로 말하자면, 아주 괜찮은 사람 같았네. 하지만 사업에 관해서는 가차 없을 것 같았으니 무슨 짓을 할지는 알 수 없는 일이지. 그리고 빨강 머리 비서가 한 명 있었네. 물고기같이 생겼는데 아무 말도 안 하고 번개같이 계산기만 두들기는 청년이었지. 친척 중에 타르 인형⁵이 있을지도 몰라. 어쨌건 밀리건에게 레비를 며칠 정도 가둬 두고 싶어할 만한 동기는 충분하더군. 자, 거기에 새 인물이 하나 등장했지."

"새 인물이라니?"

---

⁵   아프리카와 신대륙에서 민담으로 전해 내려오는 이야기. 어느 날 여우는 토끼를 잡으러 타르로 인형을 만들어 옷을 입혀 놓았다. 토끼는 타르 인형에게 말을 걸었지만 인형은 대답하지 않았다. 토끼는 인형에게 화가 나 발로 찼다가 발이 붙어 버렸다. 빠져나오면 나오려고 할수록 토끼는 인형에게 더 찰싹 붙어버렸다. 나중에 토끼는 꾀를 써서 결국 여우에게서 탈출한다. 여기서 피터 경은 스쿠트가 과묵하다는 뜻의 농담을 하고 있다.

"자, 그게 바로 내가 자네에게 말한 편지야. 어디다 뒀더라? 여기 있군. 고급 양피지에 솔즈베리에 있는 변호사 사무실 주소가 박혀 있군. 우표에 찍힌 소인도 일치하고. 아주 고색창연한 습관을 가진 나이 지긋한 사업가가 섬세한 필치로 아주 정확하게 쓴 편지라네."

피터는 편지를 받아 읽었다.

크림플섬 & 윅스
변호사
솔즈베리, 밀포드 힐
192−, 11월 17일

광고 내신 분께

오늘 자 타임지 개인 광고란에 실린 귀하의 광고로 보건대, 문제의 안경과 사슬은 제가 지난 월요일 런던 방문길에 런던−브라이튼 & 남해안 전기 철도에서 잃어버린 물건인 듯싶습니다. 저는 다섯 시 사십오 분 기차를 타고 빅토리아 역에서 출발했는데 삘엄에 도착할 때까지 안경을 잃어버린 것도 눈치 채지 못하고 있었습니다. 이에 대한 증거와 안경사의 설명서를 편지에 동봉하오니, 이것으로 충분히 제 신분과 진실성을 증명할 수 있으리라 믿습니다. 안경이 제 물건임이 확인되면 등기우편으로 제게 보내 주시면 정말 감사하겠습니다. 그 사슬은 딸아이가 선물한 거라, 제게는 소중한 물건입니다.
친절을 베풀어 주신 데에 미리 감사드리며, 폐를 끼쳐서 정말
죄송합니다.

토머스 크림플섬 드림

피커딜리 광장 서쪽 100번지,
피터 윔지 경 앞
(서류 동봉)

"세상에나. 이 정도면 예상하지 못했다고 할 만하군."
파커가 말했다.
"뭔가 심한 오해가 있거나 크림플섬 씨가 아주 대담하고 교
활한 악인이란 말이겠지. 물론 다른 안경을 찾는 것일 수도 있
네. 그런지 아닌지 즉시 확인해 보는 게 좋겠군. 그 안경은 지
금 경시청에 있는 걸로 아는데. 자네가 전화를 해 보지 않겠
나? 안경사에게 증거물로 받아 놓은 안경을 즉시 검사하게 주
고 내용을 받아 오라고. 그리고 또 그게 아주 흔한 도수인지도
물어보고."
"알았네."
파커는 수화기를 들었다. 파커가 전화를 걸어 지시를 내리는
동안, 그의 친구는 다른 말을 꺼냈다.

"그리고 잠깐만 서재로 와 주게나."

서재 탁자 위에 피터 경은 브로마이드로 확대한 발자국과 지문들을 죽 펼쳐 놓았다. 어떤 건 마른 발자국이었고 어떤 건 젖은 발자국이었으며 어떤 것은 반쯤 씻겨 나가고 남은 자국이었다.

"작은 것들이 우리가 가지고 온 원본일세."

피터 경이 설명했다.

"그리고 이 큰 사진들이 정확히 같은 비율로 확대한 사진이고. 여기 있는 이건 리놀륨 바닥에 남은 발자국일세. 이건 일단 여기 따로 분류해 놓도록 하지. 그리고 이 지문들은 다섯 묶음으로 나눌 수가 있네. 사진에다가 번호를 매겨 놓았지. 보이나? 그리고 목록을 다 만들었어.

A. 레비 본인의 지문들. 침대 옆에 놓아 둔 책이나 빗에서 채취한 것이지. 이것과 이것. 손가락에 작은 흉터가 있는 게 똑똑히 보일걸세.

B. 월요일 밤에 레비의 방에서 잔 남자가 장갑 낀 손으로 남기고 간 얼룩. 물병과 부츠에 아주 똑똑히 나타났지. 레비의 지문 위에 찍혀 있었다네. 부츠에 남아 있는 지문은 장갑 낀 손치고는 아주 선명하게 보이네. 내 추론으로는 장갑은 고무로 된 거고, 최근까지 물에 담가 놓았던 것 같네.

여기에는 또 하나 흥미로운 점이 있네. 레비는 월요일 밤 빗속을 걸어 다녔네. 여기 이 검은 얼룩은 진흙이 튄 자국이야. 이 자국들은 모두 레비의 지문 위에 겹쳐져 있네. 자, 이제 보게. 부츠 왼짝 굽 바로 위 가죽 부분을 보면 진흙 위에 낯선 사람의 엄지손가락 자국이 찍힌 게 보이네. 이런 데에 엄지손가락 자국이 나 있다니 이상한 일이지. 즉, 레비가 자기 부츠를 벗은 거라면 이상하다는 말이야. 하지만 다른 사람이 레비의 부츠를 벗겼다면 이런 자리에 자국이 날 수도 있겠지. 다시 한 번 말하자면, 이 자의 지문은 대부분 진흙이 튄 흔적 위에 나 있지만, 여기는 흙탕물 방울 하나가 손자국 위에 나 있다는 것일세. 그러니 이 자는 레비의 부츠를 신고 택시나 마차, 차 같은 것을 타고 파크레인으로 돌아온 거라고 추정해 볼 수 있네. 하지만 어느 시점에서는 이 사람도 약간 걸어서 돌아다녔을 거네. 적어도 웅덩이에 발이 빠져서 부츠에 흙탕물이 한 방울 튈 정도는 걸어 다녔다는 거지. 자네 뭐 할 말 있나?"

"아주 근사한 추론이군. 약간 복잡하기는 하지만. 이 자국들이 다 선명한 지문이었다면 얼마나 좋겠나."

파커가 말했다.

"글쎄, 나라면 거기에 그렇게 중점을 두진 않겠네. 하지만 그랬다면 우리가 이전에 했던 생각과는 들어맞지. 자, 이제 다시 원래 얘기로 돌아가 볼까?

C. 내가 맡고 있는 이 사건의 범인이 고맙게도 팁스의 욕조 끝에 남겨 놓은 자국들이 있어. 자네가 발견한 바로 그 자국일세. 내가 그 자국을 못 보고 지나치다니 천벌을 받아도 할 말 없네. 자네도 알아챘겠지만, 왼손 자국일세. 손바닥 아래쪽

하고 손가락들이 보이지. 하지만 아쉽게도 손가락 끝은 안 찍혀 있군. 마치 범인이 욕조 가장자리에 몸을 지탱하고서 허리를 굽히고 욕조 안에 있는 물체에 뭔가를 잘 맞춰 보려고 한 것처럼 말이야. 아마도 코안경일 테지. 장갑을 끼긴 했지만, 곁에 시접 자국 같은 게 하나도 보이지 않아. 누가 보기에도 고무장갑이지. 이걸로 끝일세. 자, 이제 여기를 볼까?

D와 E는 내 명함에서 채취한 걸세. 모서리에서 얻은 이건 F라고 하자고. 하지만 이건 무시해도 되네. 내가 명함을 주었던 청년이 끈적끈적한 엄지손가락으로 만져서 생긴 자국이니까. 손가락으로 씹던 껌을 꺼내고 밀리건 씨가 다른 약속이 있는지 없는지 모르겠다고 말하고 난 다음에 남긴 거지. D와 E는 밀리건 씨와 그의 빨강 머리 비서의 엄지손가락 자국일세. 어느게 누구 건진 잘 모르겠지만, 껌을 씹던 청년이 비서에게 명함을 주는 걸 봤고 내가 마치 성역과도 같은 그 사무실에 간신히 발을 들여놓았을 때 밀리건 씨가 이 명함을 들고 있는 걸 봤으니 이 사람 것 아니면 저 사람 것이겠지. 지금 당장은 어느 지문이 누구 건지는 중요하지 않네. 사무실을 나올 때 탁자 위에 있던 명함을 다시 슬쩍 집어 들고 나왔지.

자, 파커, 이게 나랑 번터가 오밤중까지 했던 작업이네. 머리가 핑핑 돌 때까지 여기저기를 앞뒤로 재고 또 재 봤지. 얼마나 뚫어져라 쳐다봤는지 장님이 될 것 같더라고. 그렇지만 좀체 판단을 내릴 수가 없더군. 첫 번째 의문, C의 지문은 B와 동일

한 것인가? 두 번째 의문, D나 E는 B와 일치하나? 물론 크기
와 모양 빼고는 달리 비교해 볼 게 없네. 자국이 너무 희미하니
까. 자네는 어떻게 생각하나?"

파커는 의심스럽다는 듯 고개를 저었다.

"E는 거의 논외로 해도 될 것 같군. 엄지손가락 모양이 지나
치게 길고 좁아. 하지만 물병에서 나왔다는 B와 욕조에서 나왔
다는 C의 손가락 폭은 확실히 비슷한 것 같은데. D가 B와 같
아야 할 이유는 모르겠어. 판단 자료가 적기도 하고."

"자네 같은 초심자의 판단이나 정확한 내 측정이나 결론은
같군. 이걸 결론이라고 할 수 있는지는 모르겠지만."

피터 경은 쓸쓸하게 말했다.

"또 하나, 대체 왜 B와 C를 연결시켜야 하는 거지? 자네와
내가 친구라는 이유만으로 우리가 관심을 갖고 있는 두 사건이
서로 유기적인 연관을 가지란 법은 없잖나? 어째서 그래야 하
지? 두 사건이 관련이 있다고 생각하는 사람은 서그뿐이고, 그
친구 역시 아무것도 건지지 못했어. 욕조 안에서 발견된 남자
가 레비일 수도 있다는 짐작이 맞아 떨어졌다면 얘기는 다르겠
지. 하지만 확실히 그 시체는 레비가 아니지 않았나. 같은 사람
이 완전히 다른 두 건의 범죄를 같은 날 밤에 저질렀다고 추측
하는 건 우습기 짝이 없어. 하나는 배터시에서, 다른 하나는 파
크레인에서 일어났는데."

"나도 아네. 하지만 사건 당시 레비가 배터시에 있었다는 사

실을 잊어서는 안 되겠지. 게다가 이제 레비가 원래 생각과는 달리 열두 시가 돼서도 집에 돌아가지 않았다는 사실도 알아내지 않았나. 그러니 그가 배터시를 떠났다고 생각할 까닭도 없는 거야."

"그 말은 맞아. 하지만 배터시에는 팁스의 욕실 말고도 갈 만한 곳이 많이 있겠지. 게다가 어쨌거나 팁스의 욕실에 있던 시체는 레비가 아니잖아. 사실상, 생각해 보면 우리가 아는 한 이 지구상에서 레비가 있을 곳이 아닌 장소는 거기 딱 한 군데 뿐이지. 그러니 팁스의 욕실이 도대체 이 사건하고 무슨 상관이 있단 말인가."

"나도 모르겠네. 글쎄, 오늘은 뭔가 더 나은 증거를 건질 수도 있겠지."

피터 경은 의자에 몸을 기대고는 생각에 잠긴 채로 담배를 피우며 번터가 표시해 놓은 신문을 잠깐 동안 훑어보았다.

"자네는 완전히 언론의 관심에서 벗어났군."

피터 경은 말했다.

"세상에나, 서그는 어찌나 나를 싫어하는지 내 이름은 조금도 언급하지 않았군. 이런 바보 같은 광고를 보았나. '사랑하는 핍시, 슬퍼하고 있는 폽시에게 빨리 돌아와 주렴'이라니. 게다가 재정 도움이 필요한 평범한 젊은이가 한 명 있군. 그리고 흔히 볼 수 있는 전도 광고도 있네. '젊었을 때 우리를 창조하신 주님을 기억하라'는군. 이런! 초인종이 울리네. 아, 경시청에서 대답을 보냈나 본데?"

경시청에서 온 편지에는 크림플섬 씨가 보낸 내용과 일치하는 안경사의 설명서가 동봉되어 있었다. 게다가 안경은 렌즈의 도수가 높고 두 눈의 시력 차가 현저하기 때문에 흔히 볼 수 없는 특이한 것이라는 설명까지 덧붙여 있었다.

"이 정도면 충분하군."

파커가 말했다.

"그래, 그러면 다른 안경일 수도 있다는 세 번째 가능성은 나가떨어지는군. 첫 번째 가능성은 우연이거나 오해다. 두 번째 가능성은 아주 대담하거나 계산이 빠른 악인이 고의로 편지를 보낸 것일 수도 있다. 우리가 담당하고 있는 두 사건의 범인, 혹은 범인들이라면 이런 성격의 인간일 거야. 영광스럽게도 내가 다닌 학교에서 교육받은 방법을 따르자면, 두 번째 가능성에서 비롯된 다양한 추론들을 하나하나 따져 봐야 하네. 이 가능성은 다시 적어도 두 가지 이상의 가설로 나눠 볼 수 있어. 첫 번째 가설에 의하면(내 저명한 친구 스닙쉐드 교수가 강력히 지지하고 있는 것이지), 일단 X라고 명명할 수 있는 이 사건의 범인은 크림플섬과 동일인물은 아니지만, 크림플섬의 이름을 방패막이로 쓰고 있는 것일 수도 있어. 이 가설은 다시 두 가지 안으로 나눠 볼 수 있네.

첫 번째 안. 크림플섬은 결백하지만 자기도 모르게 공모를 한 셈으로 X는 크림플섬의 직원이다. X는 크림플섬의 편지지를 이용해서 크림플섬의 이름으로 편지를 보낸 거지. 그리고 문제의 그 물건, 안경을 크림플섬의 주소로 보내 달라고 하지. X는 크림플섬이 소포를 받기 전에 중간에 가로챌 수 있는 위치에 있는 사람일세. X가 크림플섬 밑에서 일하는 청소부라거나 사환, 사무실 직원이나 비서, 짐꾼이라고 추정할 수 있겠지. 이 추정을 따르면 꽤나 광범위하게 조사를 해야 할 거네. 이 경우 수사 방법은 크림플섬과 만나서 그가 편지를 직접 보냈는지 물어보는 게 되겠지. 그가 편지를 보내지 않았다고 하면, 그의 편지에 접근할 수 있는 사람이 누군지 알아보면 될 거고.

두 번째 안. 크림플섬은 X의 영향력 아래 있거나 그의 통제를 받는 사람으로 뇌물이나 거짓말, 협박으로 인해 그 편지를 쓰게 되었다. 이 경우 X는 크림플섬을 설득할 수 있는 관계자나 친구, 혹은 채무자나 협박자, 암살범일 수 있겠지. 반면, 크림플섬은 돈으로 매수당할 만큼 부패한 인간이거나 바보일 테고. 이 경우 수사 방법도 역시 크림플섬을 만나는 거야. 사건의 사실들을 그의 앞에 늘어놓고 무시무시한 말로 살인사건의 범인에 동조하면 사건 종범으로 징역을 살 수도 있다고 엄포를 놓아야지. 에헴. 자네들이 여기까지는 이해했다고 믿고, 두 번째 가설로 넘어가겠네. 개인적으로는 나는 이 가설이 마음에 들어. 이 가설에 따르면 X는 크림플섬과 동일한 사람일세.

이 경우, 크림플섬은 영국 고전식으로 말하면 '무한한 재능과 용맹함'을 지닌 사나이로, 광고에 응답하는 사람이 범인일 거라고는 우리가 생각하지 않을 거라고 추론한 걸세. 그래서 그는 대담하게도 허풍을 치게 된 거지. 그는 안경을 쉽게 잃어버리거나 도난당할 만한 사건을 만들어 놓고 실제로 적용을 하지. 증거물을 갖다대면 안경이 발견된 장소를 알고 누구보다도 깜짝 놀라는 척 할 수 있도록 그는 자기가 빅토리아 역을 다섯 시 사십오 분에 떠났다는 사실을 증명해 줄 목격자를 만들어 놓고 예정된 시각에 벨엄에 정차한 기차에서 내리네. 그러고는 벨엄에서는 널리 알려져 있는 점잖은 신사분과 월요일 밤에 밤새 체스 게임을 했다고 하지. 이 경우의 수사 방법은 벨엄에 산다는 이 신사분을 추궁하는 수뿐이야. 만약 우연히도 이 신사분이 귀머거리 가정부를 데리고 사는 독신남성이라면 알리바이를 깨는 게 쉬운 일은 아닐 거야. 이상적인 탐정 나리를 제외하고는 매일 저녁 벨엄에서 런던을 오가는 승객들을 정확하게 기억할 수 있는 검표원이나 버스 차장은 거의 없을 테니까.

자, 이제 나는 솔직히 이 가설들의 약점을 다 지적하도록 하겠네. 즉, 두 가지 가설 중 어느 쪽도 애당초 왜 범인이 자기 정체를 밝히는 단서가 될 수 있는 물건을 그처럼 눈에 띄게 시체에 남기고 갔는지를 설명하지 못한다는 거네."

파커는 기특하게도 참을성 있게 이 학문적인 해설에 귀를 기울이고 있었다.

"X가 크림플섬의 적이라서 그에게 누명을 씌우려고 하는 건 아닐까?"

파커는 물었다.

"그럴 수도 있겠지. 그런 경우에는 밝혀내기 쉬울걸세. 크림플섬과 그의 안경에 접근할 만큼 가까이에 살고 있는 사람일 테고, 크림플섬은 자기 목숨이 달린 문제니 그 자를 찾는 데 적극 협조할 테니까."

"처음 가능성은 어떤가? 이 모든 게 다 오해나 우연은 아닐까?"

"무슨 소리! 토론를 할 목적으로 말하자면 절대 아니지! 만약 그렇다면 토론 거리가 없지 않겠나!"

"어쨌건 분명한 것은 솔즈베리로 가 봐야 한다는 것이군."

"그 말은 이미 한 것 같은데."

"아주 잘 알았네."

형사가 수긍했다.

"그럼 윔지가 갈 건가, 아니면 내가 가나? 아니, 우리 둘이 같이?"

"내가 가야지."

피터 경이 말했다.

"두 가지 이유가 있네. 첫째, 가능성 2번, 가설 1번의 첫 번째 안에 따라 크림플섬이 결백한 끄나풀일 뿐이라면, 광고를 낸 사람이 가서 물건을 건네주는 게 합당하지 않겠나. 둘째로, 두 번째 가설을 받아들인다면 크림플섬-X가 덫을 놓았을지도 모른다는 불길한 가능성을 무시해서는 안 되지. 배터시 수수께끼를 풀고 싶다는 개인적 흥미를 경솔하게도 일간 신문에 대대적으로 광고한 자를 없애 버리려고 하는 것일 수도 있으니까."

"그 말은 우리 둘이 함께 가야 한다는 얘기처럼 들리는데."

형사가 항의했다.

"전혀 그렇지 않지. 런던에서 거기까지 증거물을 배달해 주는 일에 둘씩이나 가다니, 둘 다 크림플섬-X의 손에 놀아날 필요가 뭐가 있나? 그리고 그 사람과 배터시에서 발견된 시체를 연결시키려면 내가 재치를 좀 써야 하지 않겠나?"

"하지만 우리가 어디 가는지 경시청에 말해 두면 우리 둘 다 잡힌다고 해도 그게 크림플섬의 유죄를 입증해 주는 강력한 추정 증거가 될 수 있지 않을까? 욕조에서 발견된 남자를 죽인 죄로 교수형을 당하지는 않는다고 해도 우리를 살해한 죄로는 교수형을 당할 수 있겠지."

"글쎄, 내가 잡혀 죽게 된다면 자네가 그 자를 잡아서 교수형에 처하면 되겠지. 이렇게 말싸움을 해 봤자 아무 소용 없네. 자네처럼 결혼 적령기에 이른 청년을 위험에 빠뜨리면 안 되지. 게다가 레비는 어떻게 하나? 자네가 일할 수 없게 되면 누가 레비를 찾아내겠나?"

"하지만 경시청에서 나왔다고 위협해서 크림플섬에게 겁을 줄 수 있을 텐데."

"다 필요 없네. 그 문제에 관해서라면 내가 자네 이름을 들먹이면서 그 자를 겁줄 수도 있어. 즉, 자네가 증거가 있다는 사실을 알고 있다고 하는 게 더욱 더 효과적이지. 그리고 결국 이건 그냥 뜬구름을 잡는 거나 마찬가진데 사건 수사할 시간을 여기에 낭비하는 셈이 되지 않겠나. 자네도 할 일이 있을 거 아냐."

"그럼 뭐."

파커는 입을 꾹 다물고 가만히 있다가 못마땅하다는 듯 다시 말했다.

"왜 내가 가면 안 되나?"

"무슨 소리!"

피터 경이 펄쩍 뛰었다.

"나는 이 사건을 위임받았네. 깊이 존경하고 있는 팁스 부인에게서 말일세. 자네를 이 일에 끼워 준 것은 단지 호의에서 나온 행동일 뿐이야."

파커는 투덜댔다.

"적어도 번터라도 데리고 가지?"

"자네 감정을 존중해서, 번터를 데리고 가기로 하지. 물론 번터는 여기 남아 사진을 찍고 내 옷가지를 챙기는 게 훨씬 더 유용하지만. 솔즈베리로 가는 다음 기차는 몇 시에 있나?"

"때마침 열 시 오십 분에 떠나는 기차가 있습니다, 주인님."

"그 기차를 탈 수 있도록 준비 좀 해 주겠나?"

피터 경은 목욕 가운을 벗어던지고 침실로 천천히 걸어 들어갔다.

"그리고 파커, 달리 할 일이 없으면 레비의 비서에게 연락해서 페루 유전 사업에 대해서 좀 알아보게나."

피터 경은 기차 안에서 볼 가벼운 읽을거리로 레비의 일기를
가지고 갔다. 일기는 감정은 별로 적혀 있지 않고 간결하게 최
근에 일어난 사실만 기록되어 있었다. 레비는 주식 시장에서는
무시무시한 투사로 알려져, 고개만 살짝 까닥하면 무뚝뚝한 곰
도 춤을 추게 하거나 야생 황소가 손에서 먹이를 받아먹게 할
수 있고, 숨 한 번 내쉬면 금융가 전체가 굶어죽게 된다거나 최
고의 재산가라고 해도 다 쓸려간다는 소문이 있었지만, 일기에
서는 사생활을 친절하고 가정적으로 적고 있었다. 일기에 나타
난 레비는 순수하게 자기 자신과 재산을 자랑스러워했고, 꾸밈
없이 솔직했으며, 관대하고 약간 둔하기까지 했다. 레비는 자
신의 자잘한 지출을 매일매일 꼬박꼬박 적어 놓고 그 옆에는
아내와 딸에게 값비싼 선물을 사 주느라 들어간 비용을 나란히
적어 놓았다. 또 가정의 일상사에서 일어나는 사소한 사건들도
종종 등장했다. 예를 들자면, "온실 지붕을 수리하러 사람들이
왔다"라거나 "골즈버그 씨 댁에서 추천한 새 집사, 심슨이 왔
다. 성실한 사람인 것 같다" 같은 일들이었다. 또 집에 온 손님
과 유흥거리도 날짜대로 적혀 있었다. 외무부 장관인 듀스버리
경이나 미국인 전권 대사인 자베즈 K. 워트 박사와 점심 식사
를 함께한 일 및 여러 저명한 사업가들과 함께한 외교적인 저
녁 식사부터 이름이나 애칭으로 적어 놓은 사람들끼리의 친밀

한 가족 모임들까지 세세하게 기록되어 있었다. 5월경에는 레비 부인의 신경이 쇠약해졌다는 말이 처음으로 나오더니 이어지는 몇 달 동안 그에 대한 이야기가 종종 등장했다. 9월에는 "프레크가 아내를 진찰하러 와서 휴식을 충분히 취하고 환경을 바꿔 볼 것을 권했다. 아내는 레이첼과 함께 해외여행을 할까 생각하고 있다"라고 적혀 있었다. 한 달에 한 번 정도는 이 유명한 신경과 전문의와 저녁이나 점심을 같이한다는 말이 나오는 것을 보고, 피터 경은 프레크야말로 레비의 일을 물어보기에 적격인 인물이 아닌가 하는 생각을 했다.

"사람들은 가끔 의사들에게는 별별 얘기를 다 하지."

피터 경은 혼자 중얼거렸다.

"참! 레비가 월요일 밤에 프레크를 만나러 들른 거라면, 배터시에서 그를 봤다는 수수께끼는 저절로 해결되겠군."

피터는 줄리언 경을 찾아가 봐야겠다는 메모를 적어 두고 일기를 좀 더 읽어 보았다. 구월 십팔일, 레비 부인과 딸은 프랑스 남쪽으로 떠났다. 그러고는 갑자기 시월 오일 자 일기에서 피터 경은 찾고자 했던 것을 찾아냈다.

"골드버그, 스키너, 밀리건과 함께 저녁 식사."

그렇다면 밀리건이 그 집에 갔었다는 증거가 될 터였다. 손님은 격식을 갖춘 대접을 받았다. 마치 결투 전에 적과 악수를 나누는 것과 다름없는 모임이었다. 스키너는 유명한 화상畵商이었다. 피터 경은 저녁 식사 후에 사람들이 이층으로 몰려가서 응접실에 걸려 있던 코로 작품 두 점을 구경하는 모습을 상상했다. 또 열여섯 살에 죽었다는 첫 딸의 초상화도 있었다. 초상화는 오거스터스 존이 그린 것인데 침실에 걸려 있었다. 빨강 머리 조수의 이름은 어디에도 언급되어 있지 않았다. 다른 날짜 일기에 나온 S라는 머리글자가 그 비서를 말하는 게 아니라면 다른 언급은 없었다. 구월부터 시월까지는 (윈드엄 클럽의) 앤더슨이 자주 찾아온 손님으로 나와 있었다.

피터 경은 일기를 읽으며 고개를 젓다가 배터시 공원의 수수께끼를 다시 곰곰이 생각해 봤다. 레비 실종 사건은 범죄의 동기를 (범죄가 있었다면 말이지만) 찾기는 쉽지만 그 범죄를 행한 방식과 피해자의 행방을 알아내기 어려운 반면, 또 다른 사건에 있어서 수사의 가장 큰 장애물은 합당한 동기가 전혀 없다는 것이었다.

전국 방방곡곡 신문에서 이 사건에 대한 뉴스를 떠들어 대고 시체의 인상착의가 전국 경찰서에 다 배포되었는데도 아직 팁스 씨의 욕조에 있던 수수께끼의 남자가 누군지 알아보는 사람이 한 명도 나타나지 않다니 이상한 일이었다. 인상착의에는 면도를 깨끗이 하고 머리카락을 우아하게 잘랐으며 코안경을 쓰고 있다고 설명해 놨기 때문에 그릇된 정보를 줄 수도 있다는 것이 사실이긴 했지만, 경찰은 사망 추정 일자와 함께 빠진 어금니의 숫자나 키, 피부색이나 다른 자료들을 알아냈기 때문에 묘사는 충분히 정확했다.

그렇지만 이 남자는 마치 일말의 공백이나 파문조차 일으키지 않고 공중에서 녹아 사회에서 사라져 버린 사람 같았다. 인간관계나 전력, 심지어 옷도 한 벌 없는 사람이 왜 살해되었는지 동기를 알아내겠다는 것은, 마치 4차원을 눈앞에 그려 보는 것이나 비슷했다. 상상력을 기르기에는 더할 나위 없이 좋은 두뇌 연습이겠지만, 힘들고 결론도 나지 않았다. 오늘 크림플섬 씨를 만나 그의 과거나 현재의 오점을 알아낸다고 해도, 과거는 공백이고 현재는 좁다란 욕조 신세였다가 지금은 시체 안치소에 놓여 있는 남자와의 연관성까지도 찾아낼 수 있을까? 피터 경은 입을 열었다.

"번터, 다음에 또 내가 두 마리 토끼를 동시에 쫓으려고 하거든 제발 좀 말려 주게나. 내 체질에 이 사건들은 점점 부담이 되는군. 한 마리 토끼는 어디서 왔는지도 모르게 나타났고, 다른 토끼는 어디로 갔는지 종적을 감추었으니. 일종의 정신적 환각증과 비슷하네. 이 일이 끝나면, 난 이제 유혹을 딱 끊고 경찰 소식에는 다 귀를 틀어막겠네. 그리고 돌아가신 찰스 가비스 양반의 작품이나 보며 마음이나 달래야지."

❖

민스터 호텔이 상대적으로 밀포드 힐 쪽에 가까웠기 때문에, 피터 경은 화이트하트나 경치가 좋은 곳에 자리 잡고 있는 다른 호스텔 대신 그곳에서 점심을 먹기로 했다. 피터 경은 점심을 먹고도 기운이 별로 나지 않았다. 성당이 있는 도시들이 다 그렇지만, 성당 건물에 막혀 갇힌 느낌이 솔즈베리 구석구석에 배어 있었으며, 이 도시의 음식들에서는 기도 책의 향내가 희미하게 풍겼다. 피터 경은 처량하게 앉아 영국인들의 입맛으로도 차마 '치즈'라고 하기 어려운 흰색 물체를 (치즈 중에는 스틸튼이나 카망베르, 그뤼에르, 웬슬리데일이나 고르곤촐라처럼 이름으로 알려져 있는 것들도 있지만 '치즈'는 치즈일 뿐이고 어디 가든 마찬가지이기 때문에) 무감각하게 씹었다. 그러면서 피터 경은 웨이터에게 크림플섬 씨의 사무실이 어딘지 물었다.

웨이터는 맞은편 거리 위 약간 먼 곳에 있는 집을 가리키며 덧붙였다.

"아무한테나 물어보셔도 다 압니다, 손님. 크림플섬 씨는 이 동네에서는 유명한 분이시거든요."

"좋은 변호사 같더군요."

피터 경이 말했다.

"아, 네. 그렇고말고요. 크림플섬 씨에게 일을 맡기시다니 그보다 더 좋은 선택은 없을 겁니다. 그분이 구식이라고 말하는 사람들도 있지만요, 무슨 일이 생겼다면 못 믿을 젊은이들에게 맡기는 것보다야 크림플섬 씨에게 맡기는 편이 훨씬 낫습니다. 크림플섬 씨가 곧 은퇴하기는 하시지만요. 분명히 여든은 다 되셨을 거예요. 하지만 젊은 윅스 씨가 일은 계속 맡아 줄 테니까요. 윅스 씨는 아주 친절하시고 건실하신 젊은 신사 분이시거든요."

"크림플섬 씨가 그 정도나 나이가 많으신가?"

피터 경은 놀랐다.

"세상에! 그럼 그 나이치고는 아주 정정하신 분이군. 내 친구 한 명이 지난주에 시내에서 크림플섬 씨와 사업 얘기를 했다던데."

"아주 정정하시지요."

웨이터도 수긍했다.

"게다가 한쪽 다리를 못 쓰시는 것까지 아시면 더 놀라실 겝니다. 하지만, 저는 남자가 일단 어떤 나이를 넘기고 나면 나이가 들면 들수록 더 강해진다고 믿고 있습죠. 여자들도 마찬가지거나 더 그렇고요."

"아주 그럴 법한 얘기군."

피터 경은 한 다리를 못 쓰는 여든 살 노인이 한밤중에 시체를 이고 배터시 아파트의 지붕을 기어 올라가는 모습을 마음속으로 그려 보았다.

"그 사람이 강하다, 이거지. 강하다고. 조이 백스톡 노인은 강하고 악마같이 교활하다네."[8]

---

[8] 찰스 디킨스의 《돔비와 아들》에서 인용.

피터 경은 생각에 잠겨 덧붙였다.

"정말 그렇게 생각하십니까? 저는 별로 그런 생각은 안 드는데요."

웨이터가 말했다.

"미안하네. 시를 인용한걸세. 바보처럼 들렸지? 어머니의 무릎 위에 앉아 놀 때부터 이런 습관이 붙어서 쉽게 고쳐지지 않는군."

"아닙니다, 손님."

웨이터는 후한 팁을 주머니에 챙기며 말했다.

"정말 고맙습니다. 건물은 금방 찾으실 겁니다. 페니파딩 가로 들어가기 전, 교차로 두 개 정도 거리가 떨어진 곳에 있습니다. 오른편 길 건너예요."

"크림플섬 범인 설은 지워 버려야겠어."

피터 경이 말했다.

"유감스럽군. 내 머릿속에서 그린 대로라면 그는 무시무시한 인물이어야 했는데. 하지만 여전히 끄나풀 뒤에 있는 배후일 가능성은 있으니까. 떨리는 거미줄 한가운데에는 보이지 않는 늙은 거미가 앉아 있는 법 아닌가, 번터."

"그럴 수도요."

번터는 말했다. 두 사람은 함께 거리를 따라 올라갔다.

"저기 위에 사무실이 있군."

피터 경은 사무실을 보고 계속 올라갔다.

"번터, 자네는 여기 구멍가게에 들어가서 스포츠 신문이나 사고 있게. 그러다가 내가 이 악인의 소굴에서 사십오 분 내에 나오지 않으면, 자네의 명석한 판단에 따라 다음 조치를 취하게나."

번터는 지시대로 가게에 들어갔고, 피터 경은 길을 건넌 후 마음을 굳게 먹고 변호사 사무실의 초인종을 눌렀다.

"진실, 완전하고 유일한 진실만이 내가 여기서 찾고자 하는 것이지."

피터 경이 이렇게 중얼거렸다. 사무실 직원이 문을 열어 주자 피터 경은 호기롭게 명함을 건넸다.

곧 피터 경은 믿음직스러워 보이는 사무실 안으로 안내되었다. 분명 빅토리아 여왕 재임 초기에 산 가구로 꾸민 후, 그 이후에는 한 번도 바꾼 것 같지 않았다. 피터 경이 들어가자 마르고 약해 보이는 노신사가 자리에서 벌떡 일어나 그를 맞으러 앞으로 절뚝절뚝 걸어왔다.

"이렇게 직접 와 주시다니 정말 친절하시군요!"

노인은 큰 소리로 인사했다.

"실로, 이렇게 폐를 끼치게 되어 몸 둘 바를 모르겠습니다. 이 근처에 일이 있으셔서 오신 김에 들러 주신 것이지요? 제 안경 때문에 괜한 걸음 하신 게 아니었으면 좋겠습니다. 자리에 앉으세요, 피터 경."

크림플섬은 코안경 너머로 젊은 귀족을 고맙다는 듯 쳐다보았다. 그의 진짜 안경은 영국 경시청의 서류 한 귀퉁이를 장식하고 있으니 이것은 다른 안경일 터였다.

피터 경은 자리에 앉았다. 변호사도 자리에 앉았다. 피터 경은 책상 위에서 유리 문진을 집어 들고는 신중하게 손 안에서 무게를 가늠해 보았다. 잠재의식으로 피터 경은 자신의 지문이 그 위에 선명하게 찍힌 것을 인식했다. 그는 편지 더미 위, 정확히 가운데에 문진을 도로 잘 올려놓았다.

"폐를 끼치긴요, 아닙니다."

피터 경이 대답했다.

"여기 사업차 들를 일이 있어서요. 제가 도움이 된다니 정말 기쁩니다. 안경을 잃어버리면 정말 곤란하지요, 크림플섬 씨."

"그렇고말고요. 안경이 없으면 완전히 길을 잃은 기분입니다. 지금 쓰고 있는 안경도 있지만, 제 코에 잘 맞지가 않아서요. 그것 말고도 안경에 달린 사슬은 저한테는 감정적으로 커다란 의미가 있는 물건입니다. 벨엄에 도착했을 때 안경을 잃어버린 걸 알고 정말 우울했지요. 철도 회사에 문의를 해 보았지만 소용이 없었어요. 도둑맞은 게 아닐까 생각했었지요. 빅토리아 역에는 인파가 들끓었고 벨엄까지 오는 객차에도 사람들이 꽉꽉 들어차 있었거든요. 경께서는 기차 안에서 이 안경을 발견하신 건가요?"

"음, 아닙니다. 약간 의외의 곳에서 발견한 것이죠. 실례지만, 안경을 잃어버리셨을 때 기차에 타고 있던 다른 승객들을 알아보실 수 있습니까?"

변호사는 그를 빤히 쳐다보았다.

"한 사람도 모르겠는데요. 왜 물어보시지요?"

"글쎄요. 혹시나 제가 이 안경을 발견했을 때 이 안경을 끼고 있던 사람이 장난으로 가져온 게 아닌가 해서요."

변호사는 어안이 벙벙한 표정이었다.

"그 사람이 절 안다고 하던가요?"

크림플섬은 물었다.

"실질적으로 저는 런던에 아는 사람이 거의 없습니다. 제가 벨엄에 갔을 때 저를 재워준 친구인 필포츠 의사 말고는 없죠. 그 친구가 저한테 이런 장난을 쳤다면 아주 놀라운 일일 겁니다. 그 친구는 제가 그 안경을 잃어버리고 얼마나 우울해했는지 잘 알고 있었거든요. 제가 런던에 간 건 메디코트 은행의 주주들과 회의가 있어서였지만, 회의에 오신 분들하고는 전혀 개인적인 면식이 없습니다. 그러니 그분들이 장난으로 그런 짓을 할 것 같지는 않네요."

크림플섬은 덧붙였다.

"설사 누가 장난을 쳤다고 해도, 안경만 돌아온다면 누가 가져가서 어떻게 가져다 놓았든 자세히 따져 묻지 않을 생각입니다. 경께서 이렇게 수고롭게 가져다 주시다니 정말 감사드릴 뿐입니다."

피터 경은 망설였다.

"제가 지나치게 따져 묻는 것처럼 보인다면 부디 용서해 주십시오. 하지만 다른 질문 하나만 더 드리겠습니다. 다소 허무맹랑하게 들릴지는 모르겠습니다만 제가 드릴 질문은 이것입니다. 혹여나, 크림플섬 씨에게는 적이 있으십니까? 제 말은 크림플섬 씨가, 음, 죽거나 망신을 당하면 이득을 얻는 사람이 있냐는 말입니다."

크림플섬 씨는 깜짝 놀라서 무슨 말을 하냐는 듯 비난하는 표정으로 그 자리에 가만히 앉아 있었다.

"특이한 질문을 하시는데, 무슨 뜻인지 물어봐도 되겠습니까?"

그는 딱딱하게 물었다.

"그게, 사정이 좀 특이합니다. 제 광고의 대상이 원래는 이 사슬을 판 보석상이었냐는 것을 기억하십니까?"

"그때는 나도 좀 놀랐지요. 하지만 이제야 광고와 당신의 행동이 다 일치한다는 생각이 드는군요."

"그렇습니다. 사실을 말씀드리자면, 저는 안경의 주인이 제 광고에 답을 보내리라는 기대를 하지 않았습니다. 크림플섬 씨도 신문에서 배터시 공원 인근에서 일어난 수수께끼 같은 사건에 대한 기사를 읽으셨겠지요. 크림플섬 씨의 안경이 바로 시체에게서 발견된 그 안경입니다. 그리고 지금 그 안경은 경시청이 보관하고 있습니다. 이걸 봐 주십시오."

피터 경은 안경을 세세하게 설명한 내용과 공식 문서들을 크림플섬 씨 앞에 놓았다.

"세상에, 이런 일이!"

변호사는 소리를 질렀다. 그는 문서를 흘긋 보더니 눈을 가늘게 뜨고 피터 경을 뜯어보았다.

"그럼 당신은 경찰과 상관이 있는 분이오?"

크림플섬이 물었다.

"공식적으로는 아닙니다. 이 사건에 관련된 사람의 부탁을 받아 사적으로 수사하고 있는 중입니다."

크림플섬은 일어섰다.

"이봐요, 뭘 어쩌려는지 모르겠지만 정말 뻔뻔스럽군요. 협박은 고소당할 수도 있는 범죄요. 그러니 고소당하기 전에 제 사무실에서 나가 주시오."

크림플섬은 벨을 눌렀다.

"이런 식으로 받아들이시지 않을까 걱정은 했었습니다. 결국 제 친구 파커 형사가 처리했어야 하는 일이었군요."

피터 경은 파커의 명함을 탁자 위에 있는 서류 옆에 놓아 두고서 덧붙였다.

"만약 내일 아침 전에 저를 다시 만나고 싶으시면, 민스터 호텔로 연락 주십시오, 크림플섬 씨."

크림플섬은 더 이상 대답하지 않고 무시하며 들어온 직원에게 "이분에게 나가는 길을 안내해 드리게"라고만 말했다.

현관에서 피터 경은 막 들어서던 키 큰 젊은이와 스치듯 부딮쳤다. 젊은이는 마치 피터 경을 아는 것처럼 놀란 표정으로 쳐다보았지만, 피터 경은 젊은이의 얼굴이 전혀 기억에 없었다. 당황한 귀족께서는 신문 가게에 있던 번터를 불러내어 호텔로 돌아가서는 파커에게 장거리 전화를 걸었다.

분개한 크리플섬 씨가 골똘히 생각에 빠져 있을 때, 젊은 동료가 사무실로 들어왔다..

"누군가 무슨 나쁜 짓이라도 저질렀습니까? 어째서 저 유명한 아마추어 탐정이 저희처럼 결백한 사람들을 다 찾아온 거죠?"

젊은 신사가 물었다.

"오히려 내가 피해자일세. 천박하게도 나를 협박하려 들더군."

변호사가 대답했다.

"피터 윔지 경이라고 자칭하는 인간이……."

"하지만, 그 분은 피터 윔지 경이 맞는데요."

윅스 씨가 말했다.

"잘못 알아본 게 아니에요. 아텐버리 에메랄드 사건 때 그 사람이 증거를 제출하는 것을 봤거든요. 나름대로 그 분야에서는 거물이고, 경시청의 수뇌부와 낚시도 다닌다던데요."

"오, 맙소사."

크림플섬은 탄식했다.

결국 운명의 힘을 따를 수밖에 없었던 크림플섬 씨는 용기를 내어 그날 오후 피터 경을 다시 만나기로 했다. 윅스를 동반하고 민스터 호텔에 간 크림플섬은 짐꾼으로부터 피터 윔지 경이 잠깐 산책을 나갔으며, 저녁 기도에는 참석할지도 모른다고 했다는 말을 들었다. 짐꾼은 한마디 덧붙였다.

"하지만 그분 하인은 여기 있으니 전갈을 남기실 수는 있습니다."

윅스는 여러 가지를 고려해 볼 때 전갈을 남기는 편이 좋겠다고 생각했다. 번터라고 하는 하인을 찾아보니 그는 전화기 옆에 앉아 장거리 전화를 기다리고 있었다. 윅스가 말을 걸려 하는데, 전화가 울렸고 번터는 예의 바르게 양해를 구하고 수화기를 들었다.

"여보세요? 파커 씨입니까? 네, 고맙습니다! 교환! 교환! 경시청에 연결해 주겠어요? ―기다리게 해서 죄송합니다, 신사분들―교환! 괜찮아요. 경시청요. 여보세요! 경시청입니까? 파커 형사님 계십니까? 통화할 수 있습니까?―몇 분이면 끝납니다.―여보세요? 파커 씨세요? 피터 경 말씀이 파커 씨만 괜찮으시면 솔즈베리로 와 주시면 고맙겠다고 하십니다. 아, 아니오. 피터 경은 아주 건강하십니다. 저녁 기도 들으러 가셨어요. 아뇨, 내일 아침이라도 좋습니다. 네. 고맙습니다."

6 장

　사실 파커는 그렇게 수월히 런던을 떠날 수가 없었다. 파커는 그날 아침 늦게 레비 부인을 만나봐야 했고, 그 때문에 그날 계획이 죄다 어그러졌다. 게다가 팁스 씨 댁에 나타난 신원미상의 손님과 관련한 심리가 연기되었다가, 서그 경위가 아무리 수사를 한들 더 이상 확정적인 증거가 나오지 않자 그날 오후 재개되기로 되어 있었다. 따라서 배심원과 증인들이 세 시에 소집되었다. 파커도 그날 아침 경시청에서 서그를 우연히 만나 못마땅해하는 서그에게 정보를 억지로 빼내지 않았더라면, 하마터면 모르고 지나칠 뻔했다. 실제로 서그는 파커가 이 일에 끼어드는 게 성가시다고 생각하는 모양이었다. 더욱이, 파커가 피터 윔지

하고 손을 잡고 있었고 서그는 피터 경의 간섭에 대해서 좋게 생각하려고 해도 할 수 없었다. 하지만, 이렇게 대놓고 질문을 받으면 그날 오후에 심리가 있다는 사실을 부인할 수도 없었고, 이해 관계가 있는 영국 국민이면 관심 있는 사건의 심리에 참석할 권리를 행사하지 못하도록 막을 수도 없었다.

그리하여 세 시 바로 전, 파커는 자리를 편안히 잡고 앉아, 다른 사람들이 법정이 붐비기 시작한 다음에야 도착하여 잘 보이는 자리를 얻기 위해 다른 사람에게 아첨하거나 겁을 주는 광경을 즐거운 마음으로 구경했다. 검시관은 만사에 정확한 사람이었지만 상상력은 없는 의학 전문가로 정시에 도착한 뒤, 짜증을 내며 모여든 관중들을 둘러보았다. 검시관이 창문을 다 열라고 지시를 내린 탓에 운 없게도 자리를 잡지 못하고 방 가장자리에 서 있는 사람들 머리 위로 부슬부슬한 안개가 흘러 들어왔다. 이 때문에 사람들은 웅성웅성 떠들어 댔고 몇몇은 불만을 터뜨렸지만, 검시관은 엄한 얼굴로 주의를 주고 환기가 안 되는 방 안에 독감이 퍼지면 그야말로 치명적이라고 엄포를 놓았다. 그리고 창문을 여는 데 불만이 있는 사람은 법정에서 나가면 되는 것이고, 누구라도 소란을 일으키면 당장 쫓아내겠다고 말했다.

그리고 난 후 검시관은 마름모꼴 박하맛 약을 하나 먹고서는, 일반적인 예비 심리 후에 열네 명의 준법 시민들의 이름을 호명하였다. 배심원들은 모두 심리에 성실하게 임하며 코안경을 낀 남자의 죽음과 관련한 모든 문제에 있어서 진실만을 말하며, 증거에 따라 참된 판결을 내릴 것을 신의 이름으로 선서했다. 한 여성 배심원, 사탕가게를 운영한다는 안경 낀 부인은 집에 돌아가고 싶은 듯 배심원에서 빼달라고 요청했지만 검시관은 일언지하에 거절했고 결국 모든 배심원이 시체를 보러 갔다.

파커는 주위를 다시 둘러보다 우울한 팁스 씨와 글래디스라는 여자가 경찰의 삼엄한 경호 하에 곁방으로 안내되는 것을 보았다. 이윽고 보닛을 쓰고 망토를 입은 건장한 노부인이 뒤따랐다. 노부인 곁에는 화려한 모피코트와 근사하게 만들어진 자동차용 보닛을 쓴 덴버 공작부인이 함께 있었다. 공작부인은 날카로운 검은 눈동자를 굴리며 군중들 사이 여기저기를 쏘아보고 있었다. 다음 순간, 공작부인은 파커를 발견하고 눈을 반짝 빛냈다. 파커는 이전에 여러 번 공작부인 댁을 방문한 적이 있어서 두 사람은 안면이 있었다. 부인은 파커에게 고개를 끄덕여 보이고는 경찰관 한 명과 이야기를 나누었다. 오래지 않아 몰려든 기자들이 마술처럼 양쪽으로 좍 갈라지며 길이 생겨났고, 공작부인은 앞줄, 파커의 바로 앞에 와서 앉게 되었다. 부인은 파커에게 친근하게 인사를 하고서는 질문을 던졌다.

"불쌍한 피터는 어떻게 된 거죠?"

파커가 막 설명하려던 찰나, 검시관이 그들이 앉아 있는 쪽으로 불편한 시선을 보냈다. 누군가 다가가서 검시관의 귀에 뭐라고 속삭이자, 그는 기침을 하더니 약을 한 알 더 먹었다.

"우리는 차로 왔어요."

공작부인이 말했다.

"어찌나 피곤하던지. 덴버와 건버리 세인트 월터스 사이의 도로 사정이 꽤 나쁘더군요. 점심 때 손님들이 오기로 되어 있었는데, 연기했지요. 노부인 혼자 가게 놔둘 수는 없지 않겠어요? 어쨌거나, 교회 재건 기금에 정말 이상한 일이 생겼답니다. 주교님, 에구머니나, 이 사람들이 다시 들어오네. 아, 그 얘기는 나중에 해 주겠어요. 저 여자 좀 보세요. 정말 충격 받은 것 같네요. 저기 트위드 정장을 입은 여자는 옷을 걸치지 않은 남자를 조사하는 게 일상적인 일이라도 되는 양 태연한 척하려고 하는군요. 그러니까 남자가 아니라 시체라는 뜻이에요. 요새 사람들은 점점 엘리자베스 시대 사람들처럼 되어 간다니까요. 검시관 정말 형편없네요. 그렇지 않아요? 저 남자 나를 자꾸 째려보네. 저 남자가 감히 나를 법정에서 쫓아내려는 걸까요? 아니면 소위 뭐라고 하는 그 죄로 나를 잡아넣으려고 하는 걸까?"

첫 번째로 제출된 증거들은 파커에게는 별로 흥미롭지 않은 것들이었다. 감옥에서 감기에 걸려서 꼴이 영 말이 아닌 팁스 씨는 불행하고 음울한 목소리로 아침 여덟 시에 목욕하러 들어갔다가 시체를 발견했다고 진술했다. 팁스 씨는 너무나 충격을 받아서 그 자리에 앉아 있다가 하녀를 시켜 브랜디를 가져오라고 했다고 말했다. 이전에는 고인을 본 적이 없으며 어디서 왔는지 전혀 모르겠다고도 했다.

그 전날 맨체스터에 갔던 것은 맞다. 열 시경 세인트팽크라스 역에 도착했다. 물품 보관소에 가방을 맡겼다. 말을 하면서 팁스는 점점 얼굴이 붉어지고 기분이 나빠졌으며 혼란에 빠져 법정을 초조하게 두리번거렸다.

"자, 팁스 씨."

검시관은 씩씩하게 질문했다.

"우리는 팁스 씨의 행적을 명확하게 알아야 합니다. 본인도 이 문제의 중요성을 잘 알고 있겠죠. 꼭 증거를 내놓을 필요는 없으니 증거를 내놓거나 안 내놓거나 본인 선택입니다. 하지만 증거를 내놓는 게 자신이 한 말을 똑똑히 증명하는 가장 좋은 방법입니다."

"알겠습니다."

팁스 씨가 당장이라도 개미 소리로 말했다.

"증인에게 주의 사항을 읽어 주었소, 경위?"

검시관이 날카롭게 서그 경위를 향해 물었다. 경위는 팁스 씨에게 자신이 한 증언이 재판에서 불리하게 사용될 수도 있다는 주의를 주었다고 대답했다. 팁스는 재처럼 하얗게 질려서는 떨리는 목소리로 옳지 않은 일은 절대 저지르지 않았고 그럴 마음도 없다고 더듬더듬 말했다.

검시관의 말로 인해 법정에는 가벼운 동요가 일고 검시관은 이전보다 더욱 신랄한 태도를 취했다.

"팁스 씨, 변호사는 있습니까?"

검시관은 언짢은 듯 물었다.

"없다고요? 그럼 증인에게 변호사를 선임해야만 한다고 설명해 주지 않았나요? 않았다고요? 정말입니까, 경위? 팁스 씨는 자신이 법적으로 변호를 받을 권리가 있다는 사실을 몰랐나요?"

팁스는 몸을 지탱하려고 의자 등받이를 꼭 붙들고 거의 들리지도 않는 목소리로 "몰랐습니다"라고 대답했다.

"정말 놀라운 일이군요. 소위 교육받았다는 사람들이 자국의 법적 절차에 이처럼 무지하다니. 그러면 우리 입장이 꽤나 난처해지는데요. 제가 이 증인, 팁스 씨에게 증언을 받아야 하는지조차도 의심스럽군요. 정말 입장이 미묘하군요."

땀방울이 팁스 씨의 이마에 송골송골 맺혔다.

"친구인 척하는 인간들이 더 무섭다니까요."

공작부인이 파커에게 속삭였다.

"감기약을 아귀같이 집어삼키는 저 인간이 배심원 열네 명에게 대놓고 명령하는군요. 그건 그렇고 배심원들 얼굴도 참 촌스럽게 생겼네요. 나는 항상 저게 중하층 사람들의 특성이라고 생각했어요. 약간 양 같달까, 송아지 머리 같달까. 내 말은 찐 쇠고기 머리 같다는 거죠. 저 불쌍한 사람에게 계획 살인죄를 뒤집어 씌우라고 하다니. 검시관 속이 뻔히 들여다보이는군요."

"팁스 씨가 가만히 앉아서 죄를 뒤집어쓰진 않을 겁니다."

파커가 말했다.

"무슨 말씀을! 평생 나쁜 짓이라고는 아무 짓도 안 했는데 어떻게 죄를 뒤집어쓰고 가만히 있을 수 있겠어요? 당신네 경찰은 정말 관료적 형식주의 말고는 생각하는 게 없군요."

그동안, 팁스 씨는 손수건으로 이마를 닦으며 용기를 끌어모았다. 그는 사냥개 떼에게 몰리는 흰 토끼처럼 연약하지만 위엄을 갖추고 일어섰다.

"저와 같은 지위에 있는 사람에게는 진짜 불유쾌한 일이긴 하지만 말씀드리겠습니다."

팁스 씨는 입을 열었다.

"그렇지만 다른 분들이 일순간이라도 제가 이 끔찍한 범죄를 저질렀다는 생각을 하게 놔둘 수는 없습니다. 여러분, 저는 정말 그건 참을 수 없습니다. 아니, 차라리 사실을 말씀드리겠습니다. 그렇게 되면 제가 좀…… 그런 입장에 놓이게 되지만, 말씀드리겠습니다."

"그런 진술이 얼마나 중요한지 잘 이해하고 계시지요, 팁스 씨."

검시관이 말했다.

"알고 있습니다. 괜찮습니다. 저는…… 물 한 잔 마셔도 되겠습니까?"

"천천히 드세요."

검시관은 말은 그렇게 했지만 신빙성이 떨어지는 태도로 짜증난다는 듯 시계를 들여다보았다.

"고맙습니다."

팁스 씨는 말을 이었다.

"제가 열 시에 세인트팽크라스 역에 도착했다는 것은 사실입니다. 하지만 그 객실에는 저 말고도 사람이 한 명 더 타고 있었습니다. 레스터에서 탄 사람이었죠. 처음에는 알아보지 못했지만 나중에 알고 보니 제 학교 동창이었습니다."

"그 남자분의 이름은 뭐죠?"

검시관은 쓰던 연필을 멈추고 물었다.

팁스 씨는 눈에 띄게 위축되었다.

"이름을 말해도 될지는 모르겠습니다. 아시겠지만, 그렇게 되면 그 친구 입장도 곤란하게 될 테니 이름은 말할 수 없습니다. 아니, 진짜로 이름은 말할 수 없습니다. 제 생명이 여기 달려 있다고 해도요. 안 됩니다!"

팁스 씨는 불길하게 들리는 마지막 문구가 적절하게도 상황에 맞아떨어지자 움찔하면서도 덧붙였다.

"절대 말할 수 없습니다."

"그래요, 그래."

검시관이 말했다.

공작부인은 다시 파커에게 몸을 숙이고 말했다.

"이 조그만 양반이 점점 존경스러워지는군요."

팁스 씨는 다시 말을 이었다.

"세인트팽크라스 역에 이르자, 저는 집에 가려고 했습니다.

하지만 친구가 안 된다고 하더군요. 오랫동안 만나지 못했으니 밤새 회포나 풀자고요. 친구 표현으로는 그랬습니다. 저는 마음이 약하게 그 친구의 말에 넘어가 그 친구의 단골집 중 하나로 따라갔습니다. 단골집이라는 표현은 신중하게 고른 것입니다."

팁스 씨는 잠시 말을 쉬었다가 이었다.

"그리고 확실히 말씀드리지만 우리가 가는 곳이 어딘지 미리 알았다면, 저는 절대로 그곳에는 발도 들이지 않았을 것입니다.

저는 역 물품 보관소에 가방을 맡겼습니다. 친구가 가방이 있으면 귀찮아진다고 싫어해서요. 그러고는 택시를 잡아타고 토튼엄코트 로와 옥스퍼드 가가 교차하는 동네로 갔습니다. 거기서 약간 걷다가 샛길로 빠지니 (어디 샛길인지는 기억이 안 납니다) 어떤 집에 문이 열려 있고 빛이 새어 나오더군요. 친구가 계산대에 앉아 있는 남자에게서 표를 샀습니다. 계산대에 있는 남자가 제 친구한테 저를 가리켜 보이며 '당신 친구' 어쩌고 하니 제 친구가 '아, 그럼. 이 친구도 전에 여기 온 적이 있고말고요. 그렇지, 알프?'라고 하더군요. 알프는 학교 다닐 때 제 별명입니다."

여기서 팁스 씨는 아주 정색을 하며 덧붙였다.

"저는 물론 한 번도 간 적 없고, 무슨 일이 생겨도 그런 곳엔 절대 갈 일이 없습니다."

증언은 계속되었다.

"아무튼 우리는 지하에 있는 방으로 가서 술을 마셨지요. 친구는 여러 잔 들이키고 저한테는 한두 잔 만들어 주었습니다. 보통 저는 술을 안 하지만요. 친구는 다른 남자들하고 거기 있던 여자들하고 이야기를 나누었습니다. 아주 천박하기 이를 데 없는 사람들이더군요. 젊은 여자 몇 명은 얼굴이 아주 예뻤지만요. 그 여자 중의 하나가 내 친구 무릎에 앉더니 그 친구를 느림보 영감이라고 부르면서 자기를 따라오라고 했습니다. 그래서 우리는 다른 방으로 갔지요. 거기서는 사람들 한 무리가 최신 댄스를 추고 있더군요. 제 친구도 거기 껴서 춤을 췄지만 저는 소파에 가만히 앉아 있었습니다. 젊은 아가씨 하나가 다가와서 춤 안 추냐고 묻기에 됐다고 했더니 그럼 자기한테 술 한 잔만 사 달라더군요. '그러면 우리한테 술 한 잔만 사주세요.' 여자가 한 말은 정확하게는 이 말 같네요. 그래서 제가 그랬죠. '영업시간 끝나지 않았어요?' 그랬더니 상관없다는 겁니다. 그래서 술을 주문했죠. 진에 비터를 넣은 칵테일이요. 여자들이 바라는 눈치인데다가 그렇게 부탁까지 하는데 거절하면 신사답지 않은 듯해서 사 주었죠. 하지만 양심에 좀 찔리긴 했어요. 아가씨가 너무 어렸으니까요. 게다가 제 목에 팔을 두르고 술값 대신인 양 제 뺨에 키스까지 하지 뭡니까. 진짜 심장이 덜컹 했습니다."

팁스 씨는 약간 모호하게 얼버무렸지만 어색하게 강조했다.

뒤에 앉아 있던 사람 하나가 소리쳤다.

"오호라!"

연이어 입술을 찰싹 치는 소리가 들렸다.

"소란을 일으킨 사람을 내보내시오."

검시관은 불같이 화를 내면서 명령을 내렸다.

"증언을 계속하시죠, 팁스 씨."

"음, 열두 시 반쯤 지나자 주위가 활기를 띠기 시작하더군요. 그래서 저는 작별 인사를 하고 가려고 친구를 찾았습니다. 아시겠지만 별로 더 있고 싶지가 않아서요. 친구는 젊은 여자 하나랑 앉아 있더군요. 두 사람은 아주 사이가 좋아진 것 같았습니다. 그 말인즉, 친구가 아가씨 어깨 끈을 잡아 풀고 있었고 아가씨는 깔깔 웃고 있더라 이거죠."

팁스 씨는 서둘러 말을 이었다.

"그래서 그냥 조용히 나가야겠다 싶었습니다. 그때 누군가 싸우면서 소리를 버럭 지르는 소리가 들리더니, 무슨 일이 있는지 미처 알아채기도 전에 대여섯 명이 넘는 경찰들이 들이닥쳤습니다. 불이 꺼지더니 사람들이 고함을 지르면서 우르르 뛰어서 도망갔습니다. 정말 무시무시한 광경이었지요. 저는 뛰어다니는 사람들에 밀려 넘어졌고 의자에 세게 머리를 부딪쳤습니다. 그래서 여기 멍이 든 거지요. 빠져나갈 수가 없어서 겁이 바짝 났습니다. 모두 밝혀지면 사진이 신문에 날지도 모르지요. 그때 누가 저를 잡았습니다. 제가 술을 사준 젊은 아가씨 같았습니다. 아가씨가 '이쪽으로'라고 하면서 복도로 밀며 뒤쪽 어디로 나가게 했습니다. 동네 몇 개를 지나 마구 달리다 보니 어느덧 굿지 가까지 왔더군요. 거기서 택시를 타고 집으로 왔습니다. 그 후 신문에서 그날 기습 수색에 대한 기사를 보았지만 제 친구도 잘 빠져나갔더군요. 별로 사람들에게 알리고 싶은 일이 아니었고 친구가 안 좋은 꼴을 당하는 것도 싫었습니다. 그냥 아무 말도 안 했죠. 하지만 이게 진실입니다."

"그래요, 팁스 씨. 이 이야기가 사실인지 확인해 보겠습니다. 친구분 이름이?"

검시관이 물었다.

"안 됩니다. 절대 말할 수 없습니다."

팁스 씨가 완강히 거절했다.

"좋습니다. 그럼 몇 시에 집에 돌아왔는지는 말씀하실 수 있겠습니까?"

"한 시 반쯤 된 것 같습니다. 하지만 진짜로 기분이 너무 나빴기 때문에……."

"그렇기도 하겠죠. 그럼 곧장 잠자리에 들었습니까?"

"네. 그 전에 샌드위치를 먹고 우유 한 잔을 마셨습니다. 그러면 속이 진정될까 해서요."

증인은 사과하듯 덧붙였다.

"그렇게 늦은 시각에 빈속에 술을 먹는 게 익숙지가 않아서 말입니다."

"그러시겠지요. 자지 않고 팁스 씨를 기다린 사람은 없었습니까?"

"없었습니다."

"잠자리에 들기까지 시간이 얼마나 걸렸습니까?"

팁스 씨는 생각해 보더니 삼십 분 정도라고 대답했다.

"잠자리에 들기 전 욕실에 갔습니까?"

"아뇨."

"밤에 아무런 소리도 듣지 못 했습니까?"

"못 들었습니다. 곧장 잠들어서요. 가슴이 좀 울렁거려서 잠자기 전에 약을 약간 먹었습니다. 워낙 피곤하기도 한데다가 우유에 약까지 먹었으니 쓰러져서 그냥 잤죠. 글래디스가 깨우기 전까지는 일어나지 않았습니다."

검시관은 더 심문을 했으나 팁스 씨로부터 더 알아낸 사실은 별로 없었다. 그렇다, 아침에 욕실에 들어가 보니 창문이 열려 있더라. 그 점은 확실하다. 그래서 하녀에게 그 점에 대해서 따져 물었다. 어떤 질문도 대답할 준비가 되어 있다. 기쁘게 대답해 드리겠다. 팁스 씨는 이 사건을 바닥까지 속속들이 파헤칠 수 있다면 본인도 정말 기쁘겠다고 대답했다.

글래디스 호록스는 세 달 전부터 팁스 씨 댁에서 일하기 시작했다고 진술했다. 이전 주인이 하녀에 대해서 보증을 해 주었다. 열 시에 팁스 부인의 잠자리 시중을 들고 나서 밤에 아파트를 돌면서 문단속을 하는 게 하녀의 일이다. 월요일에도 그렇게 한 기억이 난다. 방방마다 다 살펴보았다. 그날 밤 욕실 창문을 확실히 닫았는지? 음, 그 점은 딱히 장담할 수가 없다. 하지만 팁스 씨가 아침에 욕실로 불렀을 때는 확실히 열려 있었다. 팁스 씨가 들어가기 전에 욕실에 들어간 적은 없다. 음, 그전에도 욕실 문을 열어 둔 적이 있긴 있었다. 저녁에 사람이 목욕을 하고 블라인드를 내려 둔 채로 나오기도 한다. 팁스 부인이 월요일 저녁에 목욕을 했다. 월요일은 팁스 부인이 목욕하는 날이다. 글래디스는 월요일에 창문을 닫지 않았는지도 모르겠다고 했다. 벌써 저렇게 정신이 깜박깜박하다니 차라리 목이 뎅강 잘리는 편이 나을 걸 그랬다.

여기서 증인이 눈물을 터뜨리는 바람에 물을 좀 마셨고, 검시관은 세 번째로 마름모꼴 약을 삼켰다.

마음이 진정된 증인은 잠자러 가기 전 방마다 다 살펴보았다고 증언했다. 아파트에 시체가 숨어 있었으면 분명히 보았을 거다. 저녁 내내 부엌에 있었고, 거기는 시체를 숨기기는커녕, 식사 준비를 제대로 할 만한 공간도 없다. 팁스 부인은 거실에 앉아 계셨다. 그렇다, 식당에도 들어갔었다. 어째서? 팁스 씨가 먹을 우유와 샌드위치를 준비해 놓기 위해서였다. 식당에는 아무것도 없었다. 그 점은 장담할 수 있다. 자기 침실에도 아무것도 없었고 복도도 마찬가지였다. 침실 벽장과 골방도 찾아보았는지? 아니, 물론 찾아보지 않았다. 밤마다 해골이 들어 있나 남의 집을 쑤시고 다니는 짓은 하지 않는다. 그러면 골방이나 옷장에 남자가 숨어 있을 수도 있지 않았을까? 글래디스는 그럴 수도 있겠다고 대답했다.

여성 배심원이 질문을 했다. 음, 만나는 남자가 있는 건 맞다. 윌리엄스라는 남자다. 빌 윌리엄스, 맞다. 윌리엄 윌리엄스가 정식 이름이다. 직업은 유리 직공이다. 음, 그 사람이 가끔 아파트를 찾아온 것도 맞다. 굳이 말하면 그 사람이 아파트 주변을 잘 알고 있을 거라는 말도 틀리지는 않다. 글래디스가 그 사람 집에…… 아니, 절대로 그런 적이 없다. 그리고 조신한 아가씨한테 그런 질문을 할 줄 알았다면 증언대에 서지도 않았을 것이다. 세인트 메리의 주교님이 자신의 품행에 대해서는 증언을 해 주실 거고, 윌리엄스 씨에 대해서도 말씀해 주실 것이다. 윌리엄스 씨가 마지막으로 아파트에 왔던 때는 2주일 전이었다.

음, 그렇다고 그게 윌리엄스 씨를 마지막으로 봤던 때는 아니었다. 마지막으로 본 건 월요일이었다. 사실은 월요일 밤이 맞다. 진실을 말해야 한다면 말해야겠다. 경관이 주의를 미리 주기도 했다. 나쁜 뜻으로 속이려 한 건 아니었다. 교수형을 당하느니 일자리를 잃는 편이 낫다. 물론 처녀가 가끔 기분 전환하러 외출하는 것까지 나쁘다고 한다면 안타까운 일이다. 시체가 창문으로 들어오는 바람에 일이 곤란하게 된 것뿐이지. 팁스 부인의 잠자리를 봐 준 다음에는 살짝 빠져나가서 '까만 얼굴 숫양' 술집에서 열린 배관공과 유리 직공 무도회에 갔다. 윌리엄스 씨가 마중 나왔다가 바래다주었다. 윌리엄스 씨가 글래디스의 알리바이를 증명해 주고 나쁜 뜻은 절대 없었다고 얘기해 줄 것이다. 글래디스는 무도회가 끝나기 전에 나왔다. 집에 왔을 때는 대략 두 시경이었다. 팁스 부인이 보지 않을 때 부인의 서랍에서 열쇠를 미리 빼놨다. 외출 허락을 받으려고 했지만 팁스 씨가 그날 밤 집에 안 계셨기 때문에 받을 수가 없었다. 그런 식으로 행동해서 정말 죄송하지만 그 일 때문이라면 이미 충분히 벌을 받았다고 생각한다. 집에 왔을 때 수상한 소리는 전혀 못 들었다. 아파트를 둘러보지 않고 곧장 잠자리에 들었다. 차라리 죽는 편이 나을 걸 그랬다.

아니, 팁스 씨와 그 어머니를 찾아오는 손님은 별로 없었다. 두 사람은 조용히 살고 있었다. 그날 아침 바깥문은 평소처럼 빗장이 걸려 있었다. 팁스 씨가 무슨 나쁜 짓을 했을 거라고는 절대로 생각할 수 없다. 고마워요, 호록스 양. 그럼 조지아나 팁스 부인을 증인으로 요청합니다. 검시관은 가스등을 밝히는 게 좋겠다고 했다.

팁스 부인의 증언은 정보는 별로 없었지만 사람들을 재미있게 해 주었다. 소위 '동문서답'의 전형이라고 할 만했다. 십오 분 동안 성질과 목소리를 죽여 가면서 진땀을 뺀 검시관은 마침내 투쟁을 포기하고 부인에게 마지막 증언을 하고 내려가라고 했다.

"나한테 으름장 놓을 생각 말아요, 젊은이."

아직도 정정한 80대 노인네가 말했다.

"그렇게 가만히 앉아서 역겨운 대추 사탕이나 먹고 있으니 속이 쓰린 거라오."

이때, 젊은이 한 명이 벌떡 일어나더니 증언을 하겠다고 요청했다. 유리 직공 윌리엄 윌리엄스라고 신원을 밝힌 남자는 선서를 하고 글래디스 호록스와 월요일 밤에 '까만 얼굴 숫양' 술집에 함께 있었다는 증언을 뒷받침했다. 두 사람은 두 시 전에 아파트로 돌아왔던 것 같다. 적어도 한 시 반 이후였다는 건 확실하다. 내키지 않아하는 호록스 양을 꼬여 내서 같이 외출하게 해서 정말 미안해하고 있다. 그 집으로 오가던 길에 프린스오브웨일스 길에서 별달리 수상한 사람은 보지 못했다고 했다.

서그 경위는 월요일 아침 여덟 시 반 정도에 신고를 받았다고 증언했다. 하녀의 거동이 수상한 것 같아서 체포했다. 나중에 보고를 받아 보니 고인은 그날 밤 살해된 것으로 추정되었고 그래서 팁스 씨도 체포했다. 아파트에 누군가 침입한 흔적은 찾지 못했다. 욕실 창틀에 자국이 있는 것 보니 누군가 그 길로 들어온 듯했다. 마당에 사다리 자국이나 발자국은 없었다. 마당에는 아스팔트가 깔려 있다. 지붕도 조사해 봤지만 아무것도 못 찾았다. 경위의 견해로는 범인은 그전에 시체를 아파트로 운반해서 숨겨 놨다가 그날 밤 하녀의 묵인 아래 욕실 창문으로 도망간 것 같다고 했다. 그렇다면 왜 하녀는 문으로 내보내 주지 않았을까? 글쎄, 뭐 그럴 수도 있는 일이겠지. 아파트에 남자나 시체, 혹은 어느 쪽이든 숨겨 놨던 흔적은 찾았나? 글쎄, 숨겨 놨던 흔적은 찾지 못했다. 그러면 살인사건이 그날 밤 일어났다고 믿을 만한 증거는 무엇인지?

이 시점에서 서그 경위는 심기가 불편한 것 같더니, 전문가로서의 위엄을 되찾으려고 애썼다. 하지만 계속 압박하자 문제의 증거는 사실 없다고 했다.

배심원 한 명이 질문했다.

배심원 범인이 남긴 지문 같은 건 없었습니까?

서그 경위 욕실에서 지문 몇 개를 찾았지만 범인은 장갑을 끼고 있었던 것 같습니다.

검시관 그렇다면 범인이 초범이 아니라 전력이 많은 범죄자란 결론을 내린 겁니까?

서그 경위 솜씨 하나는 노련해 보입니다.

배심원 이 결론이 앨프리드 팁스 씨가 범인이라는 추정과 일치한다고 생각하는지요?

경위는 침묵했다.

검시관 지금 막 들은 증거를 갖고도 앨프리드 팁스와 글래디스 호록스를 여전히 범인으로 밀어붙일 작정이신지요?

서그 경위 전체적인 정황이 아주 의심스럽다고 생각합니다. 팁스의 이야기는 잘 맞아떨어지지 않으며, 호록스라는 하녀가 윌리엄스라는 남자와 공모하고 있지 않은지 어떻게 안단 말입니까?

윌리엄 윌리엄스 지금, 그 말 취소하시지요. 증인이 백 명도 넘게 있으니까!

검시관 다들 정숙하시오. 놀랍군요, 경위. 이런 식으로 돌려 말씀하시다니. 정말 부적절한 발언입니다. 어쨌거나 월요일 저녁 세인트자일즈 광장 근처에서 나이트클럽 수색 작전이 있었는지 알아봤습니까?

서그 경위 (뚱하게) 그런 게 있었던 것 같습니다.

검시관 그러면 그 문제를 더 조사해 봐야겠군요. 신문에서 그런 기사를 본 기억이 납니다. 고맙습니다, 경위. 이걸로 충분합니다.

증인 몇 명이 올라와 팁스 씨와 글래디스 호록스의 인품에 대해서 증언했고, 검시관은 이제 의학적 증언을 들어 보겠다고 선언했다.

"줄리언 프레크 경을 증인으로 요청합니다."

유명한 전문가가 증언을 하러 앞으로 나가자 법정이 술렁거렸다. 프레크 경은 저명한 인사일 뿐 아니라, 넓은 어깨에 꼿꼿한 몸가짐, 당당한 머리 때문에 외모도 눈에 띄는 사람이었다. 검시관의 부하가 평소처럼 변명을 웅얼거리면서 건네준 성경책에 입 맞출 때는 마치 코린트 이교도들이 중얼중얼 외우는 주문의 기를 꺾어 버리려 내려온 베드로 성인과 같은 태도였다.

"정말 잘생겼지요. 항상 그렇게 생각했다니까."

공작부인이 파커에게 속삭였다.

"윌리엄 모리스와 똑같지 뭐예요. 머리숱하며 턱수염, 부리부리한 눈까지. 정말 멋진 사람이야. 그리고 이런 남자들은 항상 뭔가에 빠지면 거기에 몸을 바치지요. 사회주의가 실수가 아니라는 건 아니지만. 하긴 점잖은 사람들이 꼭 그런 운동을 하더라. 천이나 예쁘게 꾸미면서 살 만큼 여유롭고 행복하게 사는 사람들이 말예요. 인생에서 풍파 같은 건 겪지 않은 사람들이. 알겠지만 모리스 얘기예요. 하지만 현실은 꽤 까다롭지요. 과학 분야는 좀 다르지요. 내가 용기만 좀 있으면 오직 줄리언 경을 보러 갈 목적으로 진찰 받으러 갈 텐데. 그런 눈을 보면 언제나 생각나는 게 있거든요. 대부분 사람들에게는 없는 것이거든요. 하지만 나는 그런 용기가 없어서. 그렇지 않겠어요?"

"줄리언 프레크 경이시죠."

검시관이 심문을 시작했다.

"그리고 배터시, 프린스오브웨일스 길, 성 류크 병원 사택에 사시고요. 경께서는 성 류크 병원의 외과 부문 과장을 맡고 계시지요?"

줄리언 경은 자신의 신상에 대한 질문에 간단하게 확인을 해 주었다.

"그리고 경께서는 처음으로 피해자를 진찰한 의사시지요?"

"그렇습니다."

"그 후에 경시청의 그림볼드 박사와 공동 검시도 하셨지요?"

"그렇습니다."

"두 분은 사인에 대해서 같은 의견이십니까?"

"전체적으로는 그렇습니다."

"경의 소견을 배심원에게 설명해 주실 수 있겠습니까?"

"월요일 아침 아홉 시경 성 류크 병원의 해부실에서 연구를 하고 있는데 서그 경위가 저를 만나고 싶어한다는 연락을 받았습니다. 퀸 캐롤라인 맨션 59번지에서 남자 시체가 기이한 상태로 발견되었다고 하더군요. 경위는 처음에, 병원에 있는 의대생 중 누가 장난을 친 것 아니겠냐고 물었습니다. 저는 병원 기록을 살펴보고 해부실에서는 없어진 시체가 없다고 확인을 해 주었죠."

"시체는 누가 관리합니까?"

"윌리엄 와츠라고 해부실 조교가 있습니다."

"윌리엄 와츠가 현재 여기 와 있나?"

검시관은 부관에게 물었다.

윌리엄 와츠는 와 있었고 검시관이 필요하다고 생각하면 곧 증인으로 불러낼 수도 있었다.

"줄리언 경이 모르는 사이에 시체가 병원으로 운반되어 올 경우도 있습니까?"

"그런 일은 없습니다."

"고맙습니다. 진술을 계속해 주십시오."

"서그 경위가 시체를 확인해 볼 수 있게 의사를 보내줄 수 있냐고 부탁하더군요. 그래서 제가 직접 가겠다고 했습니다."

"어째서 그렇게 하셨죠?"

"저도 사람이라 호기심이 일어서 그랬다고밖에 고백할 수 없군요."

법정 뒤에서 의대생 한 명이 웃음을 터뜨렸다.

"아파트에 도착하자마자, 시체가 욕조에 기대 누워 있는 것을 봤습니다. 검사해 보고 목 뒤를 둔기로 맞아 사망했다는 결론을 내렸습니다. 의학적으로 말하면 네 번째와 다섯 번째 경추가 어긋났고 척추 부분에 멍이 들어 내출혈이 일어났고 뇌에 국부 마비가 일어난 게 원인이었죠. 제 판단으로는 죽은 지 적어도 열두 시간은 지난 것 같았습니다. 시체에서 다른 폭력의 흔적은 발견하지 못했습니다. 피해자는 쉰에서 쉰다섯 정도 되어 보이는 남자로 체력과 영양 상태가 좋았습니다."

"이 상처가 자해일 가능성은 없습니까?"

"없습니다. 상처는 뒤에서 무거운 둔기로 정교하게 계산해서 세게 내리친 겁니다. 자해일 가능성은 전혀 없습니다."

"사고일 수는 없을까요?"

"물론, 그럴 수는 있습니다."

"그렇다면 예를 들어서 피해자가 창문을 내다보는데 문이 갑자기 떨어지는 바람에 그렇게 될 수도 있습니까?"

"없습니다. 그렇게 되면 목이 졸려 죽은 것인데 그런 흔적은 없고, 또 목 부분에 멍도 없습니다."

"하지만 무거운 물체가 우연히 목에 떨어져서 죽을 수는 있다는 말씀이시죠?"

"그럴 수도 있습니다."

"그럼 경이 보시기에는 피해자가 즉사한 겁니까?"

"딱 잘라 말하기가 어렵습니다. 그렇게 머리에 일격을 당하면 즉사할 수도 있지만 몸의 일부가 마비된 상태로 한참 동안 살아 있을 수도 있습니다. 현재는 피해자가 몇 시간 동안 그 상태로 있었다고 보고 있습니다. 해부 당시 뇌 상태를 보고 이런 결정을 내렸습니다만, 그림볼드 박사와 저는 그 점에서는 완전한 의견의 일치를 보지는 못했습니다."

"피해자의 신원과 관련해서 다른 사건과의 연관성이 제기된 것으로 알고 있습니다. 경께서는 피해자의 신원을 알고 계신 건 아니지요?"

"네. 전에 이 사람을 본 적은 없습니다. 지금 말씀하시는 사건과의 연관성이라는 것은 아주 상식 밖의 이야기로 누가 그랬는지 모르지만 절대로 해서는 안 되는 일이었습니다. 오늘 아침까지는 그런 얘기가 있다는 사실도 몰랐습니다. 미리 알았다면, 제가 잘 처리할 수 있었을 텐데요. 그 부인과는 오래 알고 지내는 사이인데, 그분께 그처럼 쓸데없는 충격과 슬픔을 안겨드리다니 정말 혐오스럽다고밖에 말할 수 없군요."

"제 잘못이 아닙니다, 줄리언 경. 저는 그 일과는 전혀 상관 없습니다. 경께 미리 의논드리지 않았다니 그야말로 유감이라는 데 저 또한 동의합니다."

검시관이 변명했다.

기자들은 분주하게 받아 적었다. 법정에 앉아 있던 방청객들은 서로에게 이게 무슨 뜻인지를 물었고 배심원들은 애써 아무 일 없는 태도로 앉아서 미리 알고 있었던 척했다.

"시체에서 발견된 안경에 대해서인데요, 줄리언 경. 의학 전문가로서 거기서 뭔가 발견하신 점이 있습니까?"

"뭔가 특이한 렌즈로 되어 있더군요. 검안사가 좀 더 정확하게 말해 줄 수 있겠습니다만, 제 짐작으로는 피해자보다 나이가 많은 사람용입니다."

"의사로서 인간의 신체를 관찰할 기회가 많으셨을 텐데요. 피해자의 외관을 보고 개인적 습관 같은 걸 알아채셨나요?"

"이 남자는 유복한 환경에서 산 사람 같다고 생각했습니다만 비교적 최근에 벼락부자가 된 듯하더군요. 치아 상태가 아주 좋지 않았고, 손에는 육체 노동을 한 흔적이 있었습니다."

"예를 들자면 호주로 이민 간 식민지 개척자처럼요?"

"뭐 그런 종류지요. 물론 확실히 말씀드릴 순 없습니다."

"그러시겠지요. 고맙습니다, 줄리언 경."

그 다음으로 증언하러 나온 그림볼드 박사는 저명한 동료 줄리언 경의 의견에 거의 동의했으며 한 가지 점에만 이의를 제기했다. 즉, 피해자는 둔기에 맞고도 며칠 동안 죽지 않았다는 것이다. 박사는 줄리언 경과 다른 의견을 피력한 후, 아주 망설이면서 자신이 틀릴 수도 있다고 조심스레 말했다. 어느 경우든 확실히 말하기 어렵지만 시체를 보았을 때는 이미 죽은 지

스물네 시간이 넘었던 것 같다고 했다.

서그 경위가 다시 증언대에 올라왔다. 어떤 절차를 밟아 피해자의 신원을 확인하고 있는지 배심원에게 말해 줄 수 있겠는지? 피해자의 인상착의가 전국 경찰서에 배포되었고 신문마다 실렸다. 줄리언 프레크 경이 말한 사건과의 연관성에 대해서 항구 수색을 해 보았는지? 해 보았다. 결과는 없었고? 전혀 없었다. 시체의 신원을 알고 있다는 제보는 없었는지? 수십 명이 제보를 했지만 하나도 맞지 않았다. 안경을 단서로 삼아 추적은 해 보았는지? 서그 경위는 법률상 이해관계가 얽혀 있으므로 그 질문에는 대답하지 않겠다고 했다. 배심원들이 안경을 봐도 되겠는지? 안경이 건네졌다.

윌리엄 와츠가 증언대로 나와 줄리언 프레크 경이 해부실의 시체에 대해서 한 증언을 확인해 주었다. 와츠는 시체를 등록하는 절차에 대해서 설명했다. 보통 구빈원이나 무료 병원에서 시체가 온다. 시체는 와츠가 단독으로 관리한다. 학생들은 열쇠에 접근할 수 없다. 줄리언 프레크 경이나 입주 외과의사들은 열쇠를 갖고 있지 않은지? 아니, 줄리언 프레크 경도 열쇠는 가지고 있지 않다. 월요일 밤에 열쇠가 잘 보관되어 있는지 확인했는지? 잘 보관되어 있었다. 그럼 부적절한 질문이지만 시체가 없어진 적은 없다는 것인지? 예전에도? 그렇다.

그러고 나서 검시관은 배심원들을 향해서 매서운 어조로, 지금 피해자가 누군지 수다나 떨려고 와 있는 게 아니라 사인에 대한 의견을 내리려고 나와 있는 것임을 상기시켰다. 검시관은 의학적 증거에 따라 사고사인지, 자살인지 아니면 고의적 살인인지 우발적 살인인지를 고려해야 한다고 재차 강조했다. 만약 이 지점에서 증거가 불충분하다고 한다면 판결을 내리지 않고 돌려보낼 수 있다. 어떤 경우라도 특정인에게 편향된 판결을 내려서는 안 된다. 만약 이 사건을 '살인'이라고 본다면, 치안 판사에게 사건을 보내기 전에 모든 증거를 살펴봐야 한다. 그러고 나서 검시관은 빨리 결정을 내리라고 말없이 눈치를 주면서 배심원들을 내보냈다.

줄리언 프레크 경은 증언을 하고 나오다가 공작부인을 알아보고 다가와서 인사했다.

"정말 오랜만이에요. 어떻게 지내시나요?"

공작부인이 안부를 물었다.

"일하느라 바빴죠. 새 책이 막 출간되어서요. 그 바람에 시간을 꽤 썼습니다. 최근에 레비 부인을 보신 적이 있으십니까?"

"아뇨. 난 오늘 아침에 막 올라온 참이에요. 이 사건 때문에요. 팁스 부인이 우리 집에 묵고 있거든요. 피터의 괴상한 성격이 또 발동한 거죠. 크리스틴은 참 안됐어요! 가는 길에 들러서 만나봐야겠어요. 참, 이쪽은 파커 씨. 그 사건을 담당하고 있답니다."

"아."

줄리언 경은 이렇게만 말하더니 잠시 침묵했다. 그러고는 나지막한 목소리로 파커에게 말을 건넸다.

"이렇게 만나게 되어 참 반갑군요. 레비 부인은 만나보았소?"

"오늘 아침에 뵈었습니다."

"부인이 파커 씨에게 수사를 계속해 달라고 부탁하시던가요?"

"네. 부인은 루벤 경께서 재계의 라이벌에게 납치되었거나 몸값을 노린 악당들에게 유괴당한 게 아닌가 하시더군요."

"파커 씨도 같은 생각이오?"

"그럴 수도 있다고 생각합니다."

파커는 솔직하게 대답했다. 줄리언 경은 다시 머뭇거렸다.

"심리가 끝나면 돌아갈 때 나 좀 볼 수 있겠소?"

"물론이고말고요."

파커가 대답했다.

그때, 배심원들이 다시 돌아와서 자리에 앉자 수군대는 소리로 법정이 약간 어수선해졌다. 검시관은 배심장을 향해 배심원들이 모두 판결에 합의했는지 물었다.

"모두 판결에 합의했습니다, 검시관님. 피해자는 척추를 둔기로 얻어맞아 사망했지만 어떤 원인으로 이런 상처가 발생했는지에 대해서는 증거가 불충분하다는 게 저희 생각입니다."

파커와 줄리언 프레크 경은 함께 길을 걸어 올라갔다.

"오늘 아침 레비 부인을 볼 때까지만 해도 이 일에 대해서는 전혀 모르고 있었지요."

줄리언 경이 운을 뗐다.

"누가 이 사건과 루벤 경의 실종을 연결시키려고 할 줄은 전혀 몰랐다오. 정말 사악하기 그지없는 생각이지요. 그 어리석은 경찰관의 정신 상태에서나 할 수 있는 생각이랄까. 그자가 머릿속에서 무슨 생각을 하는지 알았다면 헛생각 말라고 당장 깨우쳐 주고 여기 나오지도 않았을 거요."

"저도 그렇게 하려고 최선을 다했습니다. 루벤 경 실종 사건에 대한 신고를 받자마자……."

파커가 대답했다.

"누가 신고를 했는지 물어봐도 될까요?"

"음, 먼저 하인들이 신고를 했고 그 다음에는 포트만 스퀘어에 사시는 루벤 경의 숙부께서 조사를 해 달라고 서신을 보내셨습니다."

"그럼 이제 레비 부인도 그렇게 해 달라고 재차 부탁하신 셈이고?"

"물론이죠."

파커는 살짝 놀라며 대답했다. 줄리언 경은 잠시 침묵했다.

"사실 서그가 그런 생각을 한 건 제 탓이 아닐까 싶습니다."

파커가 약간 잘못을 뉘우치듯 고백했다.

"루벤 경이 실종되고 나서 저는 일단 그날 일어난 사고와 자살 사건들을 다 조사했습니다. 그 와중에 습관대로 이 배터시 공원 근처에 발생한 시체 발견 사건을 알아보러 갔었죠. 물론 거기 가 보니 두 사건을 연관시킨다는 것이 아주 터무니없다는 것을 알았습니다만 서그는 이 가능성에 완전히 매달려 버리더 군요. 물론 죽은 사람과 제가 본 루벤 경의 초상화가 아주 닮았 다는 것은 사실입니다만."

"닮긴 했지만 겉으로 봤을 때만 그럴 뿐이죠. 얼굴 윗부분은 별로 특이한 형태가 아니니까. 게다가 루벤 경은 턱수염을 덥 수룩하게 기르고 있어서 입과 턱을 비교해 볼 수가 없었을 테 니 누구라도 그런 생각을 한다는 건 이해해요. 하지만 그런 생 각은 즉시 버렸어야지. 정말 유감이라오."

줄리언 경은 다시 말을 이었다.

"이 모든 일이 레비 부인에게는 얼마나 괴로울지. 파커 씨도 알겠지만, 나는 레비 가와 오랫동안 친분을 맺어 왔다오. 물론 아주 친밀한 친구라고 할 순 없겠지만."

"어떤 건지 알겠습니다."

"그래요. 젊었을 때 나는…… 간단히 말하자면 레비 부인에 게 청혼을 한 적이 있었지요."

(파커는 평소처럼 동정하듯 살짝 신음 소리를 내뱉었다.)

"아시겠지만 그 후로는 평생 독신으로 살았다오. 우리는 좋 은 친구로 남았소. 그 사람의 고통을 덜어 주기 위해서라면 무 엇이든 했지요."

"줄리언 경, 제가 경과 레비 부인의 상황에 대해서 깊이 공감을 하고 서그 경위가 어리석은 생각을 떨쳐 버릴 수 있도록 최선을 다했다는 것을 믿어 주십시오. 불행하게도 그날 밤 배터시 공원길에서 루벤 경을 우연히 목격한 사람이 있기 때문에……."

"아, 그렇다면서요. 우리 집에 다 왔군. 잠깐 들어가시겠소? 차나 소다를 섞은 위스키라도 한잔 들고 가도록 하시구려."

파커는 뭔가 할 말이 더 남아 있음을 직감하고 즉시 이 초대를 받아들였다.

두 남자는 세련되게 꾸며 놓은 네모난 홀로 들어섰다. 문과 같은 방향에는 벽난로가 있고 반대편에는 계단이 있었다. 오른쪽에 식당 문이 열려 있었고, 줄리언 경이 벨을 울리자 남자 하인이 홀 맨 끝에 대령했다.

"뭐로 하실까?"

의사 선생이 물었다.

"추운 곳에 있다 왔더니 뜨거운 차를 주시면 몇 잔이고 벌컥벌컥 마실 것 같습니다. 신경전문의로서 선생님 보시기엔 괜찮으실지 모르지만요."

"중국 찻잎을 적당히 섞어 마시면 괜찮다오."

줄리언 경은 말투를 전혀 바꾸지 않고 대답했다.

"서재로 차를 갖다 주게나."

줄리언 경은 하인에게 이르고는 위층으로 올라갔다.

"아래층에 있는 방은 식당 말고는 별로 쓰지 않소이다."

줄리언 경은 2층에 있는 작지만 활기찬 서재로 손님을 안내하면서 설명했다.

"이 방은 내 침실로 연결되고 좀 더 편리하지요. 하지만 여기서 보내는 시간은 많지 않다오. 연구는 병원에서 하는 게 편리하니까. 병원에서 내가 주로 하는 일이 그거요. 실용적인 업무들을 뒷전으로 미루는 건 이론가로서는 치명적인 일이지요. 해부는 좋은 이론과 올바른 진단의 기본이 된다오. 손과 눈을 계속 훈련시켜야 하지. 이곳은 내게 할리 가에 있는 병원보다 더 중요해요. 언젠가는 진료를 그만두고 여기에 정착해서 해부를 하고 책이나 쓰면서 편안하게 살 거라오. 그러니 세상만사에 상관하는 것은 내겐 시간 낭비일 뿐이지요."

파커는 이 말에 동의했다.

"연구를 할 수 있는 시간이 모든 일과가 끝난 밤밖에 없을 때가 종종 있어요. 가장 날카롭게 관찰하고 명석한 기술을 발휘하기 위해서는 필수적인 일이지. 여기 해부실 조명처럼 거대한 인공 불빛 아래서 작업하려면 대낮에 하는 것보다 눈이 훨씬 피로하다오. 물론 파커 씨야말로 훨씬 더 피로한 환경에서 일하겠지만."

"네, 가끔은 그렇지요. 하지만 바로 이런 환경이 일의 일부분이죠."

"그렇고말고. 그렇겠지. 예를 들어서 백주대낮에 강도가 드는 법은 별로 없고 형사가 분석하기 쉽도록 축축한 모래밭 한 가운데 발자국을 꾹 찍어 놓는 법도 없을 테지요."

"일반적으로는 그렇지 않지요. 하지만 박사님이 연구하시는 질병들도 강도만큼이나 교활하지 않습니까."

"그럼, 그럼."

줄리언 경은 웃어 댔다.

"사회의 이익을 위해 그런 질병들을 추적하는 게 내 자긍심이라오. 파커씨도 그럴 테지만. 신경병이란 것은 범죄자만큼이나 영악해서. 다른 것으로 변장하고 침투하는 일도 많지요."

"위대한 광대, 레온 케스트렐⁸처럼요."

파커는 평일 휴가 시에는 항상 역 구내매점에서 파는 추리소설을 읽는 습관이 있었다.

"그렇겠지요."

줄리언 경은 추리소설을 읽어 본 적이 없었다.

"게다가 자기 자취를 감쪽같이 덮고 간다오. 하지만 정말 조사를 할 때는 시체, 혹은 살아 있는 사람을 메스로 갈라 보면 더 좋은데, 이렇게 하면 그 발자취를 찾아볼 수 있지요. 광기나 질병, 음주나 유사한 해충들이 남기고 간 잔해나 질병의 흔적이 보이더란 거요. 하지만 겉으로 드러난 증세만 보고 찾아 들어가는 건 어려워요. 히스테리, 질병, 종교, 공포, 수줍음, 양

---

⁸   영국의 유명한 추리 만화이자 소설인《섹스튼 블레이크》시리즈에 등장하는 악당.

심, 혹은 뭐가 되었든 말이오. 파커 씨가 절도나 살인사건을 목격하고 범죄자의 발자국을 찾아볼 때처럼 나도 히스테리 발작이나 불쑥 솟아오르는 신앙심을 보고서는 그런 증상을 만들어 낸 물리적 자극을 찾아나서는 거요."

"이 모든 증상들의 원인이 다 물리적인 거라고 보십니까?"

"그럼요. 나도 사상계에 다른 조류가 있다는 걸 전혀 모르고 있지는 않다오, 파커 씨. 하지만 그 사상의 옹호자들은 돌팔이 의사든가 자기 자신도 속이고 있는 거겠지요. 'Sie haben sich so weit darin eingeheimnisst(그자들은 자기 기만 속에 깊이 빠져 있다)'랄까. 마치 영매 슬러지[§]처럼 말이오. 자기들이 하는 헛소리를 진짜로 믿기 시작한 거겠지. 그 사람들 머릿속을 좀 파헤쳐 보고 싶소이다. 뇌세포 속에 조그마한 오류들과 무너진 부분들이 있다는 것을 증명할 수 있을 거요. 신경 자극이 잘못 전달되었거나 회로가 짧으니 그런 생각이나 지껄이고 이런 책들을 쓰는 거요. 적어도 말이오."

줄리언 경은 손님을 음울하게 쳐다보며 말을 이었다.

"적어도, 오늘 당장 보여 줄 순 없다고 해도 내일, 아니면 일 년 후, 죽기 전에는 증명해 보이리다."

줄리언 경은 몇 분 동안 벽난로의 불을 쳐다보며 앉아 있었다. 빨간 불빛이 갈색 턱수염을 어른어른 비추었고 자기도 모

---

§   로버트 브라우닝의 시에서 유래.

르게 끌려 들어갈 것 같은 눈에는 대답하는 듯한 빛이 어렸다.

파커는 조용히 차를 마시며 경을 쳐다보았다. 하지만 파커는 신경학적 현상의 원인이 무엇인지에 대해서는 별로 관심이 없었고 피터 경이 솔즈베리에 가서 무시무시한 크림플섬 씨를 어떻게 대적하고 있을지에만 마음이 쏠렸다. 피터 경은 파커도 와 주기를 바란다고 했다. 그 말인즉슨, 크림플섬이 만만치가 않든가 후속 조사가 필요한 단서가 나왔든가 둘 중 하나라는 뜻이다. 하지만 번터가 내일 와도 된다고 했으니 크게 문제가 있는 일은 아닌 듯했다. 어쨌거나 배터시 사건은 파커 담당도 아니었다. 결론도 나지 않은 심리에 참석하느라 이미 귀중한 시간을 많이 낭비했으니 이제 자신의 업무를 하러 가야 했다. 레비의 비서도 만나러 가 봐야 하고 페루 유전 사업 문제도 살펴봐야 했다. 파커는 시계를 들여다보았다.

"저 죄송하지만 이제 저는……."

파커는 웅얼거렸다.

줄리언 경은 정신을 차리고 현실로 돌아왔다.

"일 때문에 가 보셔야겠군?"

줄리언 경은 미소를 지으며 말했다.

"이해하오. 붙잡지 않으리다. 하지만 현재 파커 씨가 맡고 있는 일과 관련해서 해 둘 말이 있어요. 물론 내가 아는 바는 별로 없고 끼어들고 싶지도 않지만……."

파커는 얼굴과 태도에서 조급한 기색을 감추며 자리에 도로 앉았다.

"제게 도움을 주시면 아주 고맙겠습니다."

"도움이라기보다 방해가 되지 않을까 싶은데."

줄리언 경이 웃음을 풋 터뜨리며 말했다.

"파커 씨 쪽에서 볼 때는 단서를 없애는 거고 내 입장에서 볼 때는 의사로서 환자의 비밀을 지켜야 하는 의무를 어기는 셈일 테니. 하지만 우연이라고 해도 이미 정보가 조금 새어 나갔으니 아예 제대로 말해 주는 편이 더 나을지도 모르겠군요."

파커는 헛기침으로 독촉했다. 마치 고해성사를 듣는 신부가 고해하는 사람을 부추길 때와 비슷한 태도였다.

"월요일 밤에 루벤 경이 이 근처에 온 건 나를 만나러 온 거요."

줄리언 경이 말했다.

"네?"

파커는 감정을 싣지 않고 되물었다.

"루벤 경은 건강에 무슨 이상이 있지 않나 심각하게 의심을 하고 있었다오."

줄리언 경은 명예를 지키는 한도 내에서 낯선 이에게 환자의 비밀을 얼마나 털어놔야 할지 가늠하는지 천천히 말했다.

"루벤 경은 레비 부인이 사실을 알까봐 심히 걱정이 되었는지 주치의가 아닌 내게 온 거요. 미리 말했지만 우리는 아주 잘 아는 사이였고, 레비 부인은 여름에 신경 이상 때문에 내게 진찰을 받기도 했으니까."

"루벤 경이 박사님에게 예약을 했습니까?"

"뭐라고요?"

줄리언 경은 멍하니 되물었다.

"예약을 했냐고요?"

"예약? 아, 아니오. 생각도 안 했는데 저녁 식사 후에 갑자기 들렀더군요. 그 사람을 서재로 데리고 와서 진찰을 했죠. 그러고 열 시경에 돌아갔소."

"진찰 결과가 어땠는지 여쭤봐도 되겠습니까?"

"어째서 그런 걸 알고 싶은 거요?"

"혹시나 루벤 경의 그 이후의 행적에 관해서 추측할 만한 게 나올 수도 있으니까요."

파커가 조심스럽게 말했다. 이 이야기가 사건의 다른 부분과는 별로 맞아떨어지지는 않았지만 의사를 찾아온 날 밤 공교롭게도 루벤 경이 실종되었다는 게 단지 우연일지 궁금했다.

"알았소. 그럼 비밀을 유지하는 한도 내에서 이 정도만 말하지요. 몇 가지 의심스런 증상을 발견하기는 했으나 아직 확실하게 병이라고 진단 내릴 수는 없는 상태였다오."

"고맙습니다. 루벤 경이 열 시에 떠났다고요?"

"그쯤 될 거요. 처음에 이 사실을 솔직히 털어놓지 않은 건 루벤 경이 비밀로 하길 원한 탓이었소. 거리에서 사고가 일어났다는 소식은 없었으니 자정쯤에는 집에 안전하게 도착했을 거요."

"그렇겠지요."

"결국 환자의 비밀을 털어놓게 되었군요. 하지만 지금 이 얘기를 하는 건 루벤 경을 우연히 목격한 사람이 있다고 해서 파커 씨가 이 주변을 수색하고 다니면서 하인들에게 심문을 하게 놔두는 것보다는, 사적으로 얘기를 해 두는 편이 좋을 것 같아서요. 내가 지나치게 솔직하게 말했다면 양해해 주구려."

"물론이지요. 저도 제 직업이 그다지 유쾌하다고 할 수는 없다는 것 잘 압니다. 얘기해 주셔서 고맙습니다, 줄리언 경. 말씀해 주시지 않았다면 엉뚱한 흔적을 따라다니면서 귀한 시간을 낭비할 뻔했습니다."

"비밀을 지켜 달라고 굳이 부탁할 필요도 없겠지요? 이 문제를 널리 떠들고 다니면 루벤 경의 평판만 상하고 부인이 괜히 고통 받게 될 테니까요. 내가 환자들과 관계가 불편해지는 건 말할 것도 없고."

"비밀을 지키겠다고 약속드리겠습니다."

파커는 이렇게 말했지만 급히 덧붙였다.

"물론 예외는 있습니다. 동료에게는 알려야 하니까요."

"이 사건에 동료가 있소?"

"그렇습니다."

"어떤 사람이요?"

"아주 신중한 사람입니다, 줄리언 경."

"경찰입니까?"

"줄리언 경이 말씀하신 비밀이 경찰청 기록에 남을까 걱정하지 않으셔도 됩니다."

"파커 씨는 신중하게 처신하는 법을 잘 알고 있는 것 같군요."

"저희도 나름대로 직업적 불문율이 있습니다."

그레이트오몬드 가로 돌아오자마자 파커 씨는 대기하고 있던 전보를 받았다. 전보에는 이렇게 쓰여 있었다.

"굳이 귀찮게 올 필요 없네. 다 잘 풀렸어. 내일 돌아가네. 윔지."

*7*장

다음날 오전 피터 경은 벨엄에 가서 빅토리아 역 주변에서 확인 조사를 한 후 점심 식사 전에 아파트로 돌아왔다. 엄격한 간호사 같은 눈을 한 번터가 문간에서 피터 경을 맞으며(번터는 워털루에서 곧장 집으로 돌아왔다), 전화 메시지를 전해 주었다.

"스와프엄 부인께서 전화를 하셨습니다, 주인님. 점심 식사를 같이 하기로 한 약속을 잊지 말라시더군요."

"잊어버렸는데. 앞으로도 잊어버리고 있을 작정이고. 내가 갑작스럽게 기면성 뇌염에 걸렸다고 미리 말해 두었을 거라 믿네. 꽃은 안 받는다고도 해 뒀지?"

"스와프엄 부인께서는 주인님을 믿고 있다고 하시던데요. 어제 덴버 공작부인을 만나셨는데…….

"형수가 오면 난 안 가. 이 얘기는 더 이상 하지 말게."

피터 경이 단호하게 잘랐다.

"죄송합니다, 주인님. 어머님 말씀이십니다."

"어머니가 런던에는 무슨 일로 오신 거지?"

"심리 때문에 오신 게 아닐까 하는데요."

"아, 그렇지. 우린 그만 놓쳤군."

"네, 주인님. 공작부인께서 스와프엄 부인과 점심 식사를 같이 하신답니다."

"번터, 난 안 돼. 난 감기가 심해서 드러누웠다고 하고 어머니께는 점심 식사 후에 들러 주시라고 말 좀 해 주게나."

"그게 말입니다, 주인님. 토미 프레일 부인께서도 스와프엄 부인 댁에 오실 거고 밀리건 씨도…….

"누구라고?"

"존 P. 밀리건 씨 말입니다. 게다가…….

"나 참, 번터. 왜 미리 말하지 않았나? 지금 가면 그 사람이 도착하기 전에 내가 미리 가 있을 수 있으려나? 좋았어. 지금 나가겠네. 택시를 잡으면…….

"그 바지를 입고는 못 가십니다."

번터가 공손하지만 완강하게 문을 가로막으며 말했다.

"번터, 이번 한 번만 봐주게. 얼마나 중요한 일인지 자네도 알잖아."

피터 경이 애원했다.

"절대 안 됩니다, 주인님. 제 자리만큼이나 중요한 일입니다."

"이 바지도 괜찮아, 번터."

"스와프엄 부인 댁에 입고 가기에는 적당치 않습니다. 게다가 솔즈베리에서 우유 배달부와 부딪쳤다는 사실을 잊어버리셨군요."

번터가 책망하듯 손가락으로 가리킨 자리에는 옅은 천에 희미한 얼룩이 한 줄 묻어 있었다.

"자네가 이처럼 특권을 마음대로 휘두를 수 있는 집사로 성장하도록 놔둬선 안 되는 거였는데."

피터 경은 씁쓸히 말하면서 지팡이를 우산대에 던져 넣었다.

"어머니도 못 보고 넘어갈 수 있는 실수를 자네는 그냥 넘기는 법이 없단 말이야."

번터는 엄정한 미소를 지으면서 그의 손에 잡힌 주인을 보내주었다.

꼼꼼하게 몸단장을 한 피터 경이 식사 시간에는 약간 늦게 스와프엄 부인의 응접실에 도착했을 무렵, 덴버 공작부인은 소파에 앉아 시카고에서 온 존 P. 밀리건 씨를 상대로 친밀한 대화를 나누려던 참이었다.

"만나 뵙게 되어서 영광입니다."

사업가가 먼저 말을 시작했다.

"과분한 친절을 베풀어 주신 데 감사드릴 수 있게 되었군요. 이렇게 초청해 주시다니 제게는 큰 칭찬입니다."

공작부인은 그를 말뚱말뚱 쳐다보며 온갖 지성을 재빨리 긁어모아 이 말을 이해하려고 애썼다.

"이리 와 앉아서 얘기 좀 해 보세요, 밀리건 씨."

부인이 대답했다.

"전 밀리건 씨처럼 훌륭한 사업가와 얘기 나누는 걸 참 좋아한답니다. 어디 보자, 철도왕이라고 하셨던가요? 아니면 구석자리 뺏기 게임이랑 비슷한 사업을 하시던가? 아니, 그 게임 얘기를 하려던 게 아니라 카드 게임에 그런 게 있잖아요.ᛃ 밀이랑 귀리 카드도 있고, 황소와 곰 카드도 있고. 아니, 말이었나? 아, 곰이 맞네요. 그게 쓸모없는 카드라서 게임하는 사람들은 그 카드를 내버리려고 애쓰다 보니 항상 구겨지거나 찢어지잖아요. 그러니까 나중에는 그 카드만 티가 나죠. 그러다보면 항상 카드 전체를 새로 사야 하고. 진짜 사업에 익숙하신 밀

ᛃ　지금 공작부인이 말하고 있는 것은 1903년 파커 형제가 만들어낸 'Pit'라고 하는 카드 게임으로 일종의 카드 교환 게임이다. 각 카드는 밀이나 귀리, 건초 같은 9개의 곡물을 나타내게 되어 있는데 게임하는 사람은 한 가지 곡물을 모으면 된다. 황소 카드는 아무 때나 낼 수 있는 와일드카드, 곰 카드는 아무 짝에도 쓸모없는 카드라 버려야 한다. 하지만 여기서 부인이 의미하는 것은 밀리건 씨가 곡물 관련 사업을 하거나 '황소(상승세)와 곰(하락세)'으로 상징되는 주식 관련 사업을 하고 있는지 묻는 것으로 보인다.

리건 씨에게는 참 바보같이 보일 거예요. 게다가 어찌나 수선스러운 게임인지. 하지만 잘 모르는 사람들끼리 있을 때 어색한 분위기를 누그러뜨리는 데는 참 도움이 된답니다. 그 게임을 이제 하는 사람이 없다니 참 아쉬워요."

밀리건이 자리에 앉았다.

"음, 저희 같은 사업가가 영국 귀족들을 만난다는 건 참 흥미로운 일 같습니다. 영국분들이 미국인 철도왕을 만나면 흥미로울 것처럼요. 게다가 제가 얼마나 말실수도 많이 하겠습니까. 공작부인께서 시카고에서 밀 사업을 하실 때 할 수 있는 것과 비슷한 실수겠죠. 참, 일전에 아드님을 윔지 경이라고 불렀지 뭡니까. 그랬더니 아드님은 제가 형님하고 혼동했다고 생각하시더군요. 스스로가 어찌나 미욱하게 여겨지던지."

예기치 못한 실마리가 나오자 공작부인은 신중하게 파고들었다.

"어머나. 밀리건 씨가 그 아이를 만나 보셨다니 참 기쁘네요. 제 아들 둘 다 어미인 제게는 참 위안이 된답니다. 물론 제럴드가 좀 더 격식을 차리는 아이죠. 공작 작위를 잇기에 딱 적격인 성격이에요. 게다가 농장도 얼마나 잘 꾸리는지 몰라요. 덴버에서는 피터를 잘 볼 수가 없어요. 하지만 그 아이는 런던에서 이것저것 하는 일이 많아서 바빠요. 그리고 가끔은 아주 재미있는 일을 하죠."

"게다가 피터 경이 그런 제안을 해 주셔서 얼마나 감사한지 모릅니다."

밀리건이 계속 말을 이었다.

"부인께서 책임을 맡고 계시는 일이라면서요. 저는 언제든지 부인께서 좋다고 하시는 날에 기꺼이 내려가 보겠습니다. 하지만 저를 너무 과대평가하시는 것 같더군요."

"아, 네. 그런 일은 밀리건 씨보다야 제가 전문이지요. 제가 사업에 대해서 아는 게 하나도 없는 거나 마찬가지죠."

부인은 덧붙였다.

"요새 저는 약간 구식이 되어서 좋은 분을 만나도 주제넘게 가서 아는 척을 못 한답니다. 그래서 다른 일은 아들에게 다 맡겨 놓고 있지요."

이 말에 우쭐한 밀리건은 누가 들어도 알 정도로 만족스러운 어조로 말했다.

"무슨 말씀을요. 진정한 아름다움과 전통을 존중하는 정신을 가진 숙녀분이 요새 젊은 애들 같은 수다쟁이들보다야 훨씬 낫지요. 그런 분에게 친절하게 행동하지 않을 남자가 몇이나 되겠습니까. 물론 그렇게 해도 진정한 숙녀는 비천한 사람들을 밑바닥까지 꿰뚫어 볼 수 있지요."

'하지만 그래서 내가 지금 이 지경에 처한 거지.'

공작부인은 속으로 이런 생각을 뇌까리고는 큰 소리로 말했다.

"참, 덴버 공작령 주교님의 이름을 빌어 밀리건 씨에게 감사드려야겠네요. 어제 교회 재건 비용으로 엄청난 액수가 적힌 수표를 받으셨다네요. 주교님이 깜짝 놀라기는 했지만 또 어찌나 기뻐하시던지요."

"오, 그런 건 아무것도 아닙니다. 우리나라에는 여기처럼 예스럽고 섬세한 전통적인 건축물이 없지요. 그러니 전통이 깊은 나라의 건물이 노쇠하여 붕괴하려고 한다는데 제가 약간의 힘이나마 보탤 수 있다니 오히려 영광이지요. 그래서 아드님께서 덴버 공작령에 대해서 말씀하시자, 바자까지 기다리지 않고 제 임의대로 수표를 보내 버렸습니다."

"아주 친절하시군요. 그럼, 바자에도 오실 거죠?"

공작부인은 밀리건의 얼굴을 부탁하는 눈길로 바라보며 물었다.

"당연히 가야지요."

밀리건은 즉각 대답했다.

"피터 경 말로는 공작부인께서 날짜를 확실히 정해서 알려주실 거라던데요. 하지만 어쨌건 자선과 관련된 일이라면 항상 시간을 낼 수 있습니다. 물론, 부인의 친절한 초대에 응할 수 있도록 시간을 만들어 놓을 수 있을 것 같습니다만, 너무 바쁘면 잠깐 들러서 강연만 하고 곧 돌아와야 할지도 모르겠습니다."

"시간이 났으면 좋겠네요. 그럼 날짜를 정할 수 있는지 알아보죠. 물론, 장담할 수는 없지만……."

"그럼요, 그럼요."

밀리건은 열렬히 말했다.

"정해 놔야 할 일이 많이 있겠지요. 그리고 어디 저뿐이겠습니까. 아드님이 그러시는데 전 유럽에서 저명한 거물들이 강연을 위해 다 와 주신다면서요."

공작부인은 이 저명인사들을 누군가의 응접실에서 만나게 될지도 모른다는 생각에 얼굴이 창백해졌다. 하지만 부인은 다시 편안하게 참호를 파고, 사정거리를 다시 가늠해 보기 시작했다

"저희가 얼마나 감사드리고 있는지 도무지 말로 다 할 수가 없답니다. 정말 저희에게는 큰 기쁨이에요. 그럼 강연 내용이 뭔지 미리 귀띔 좀 해 주세요."

"그게……."

밀리건 씨가 입을 열었다.

갑자기 모든 사람들이 자리에서 일어났고 뒤이어 사과하는 목소리가 들려왔다.

"정말 죄송하게 됐습니다. 용서해 주시겠죠, 스와프엄 부인? 뭐라고요? 제가 초대를 잊어버린 줄 아셨다고요? 실은, 솔즈베리에 만날 사람이 있어서 갔다 오는 길입니다. 정말입니다. 그 사람이 절 놔 주지 않아서요. 이런, 부인 앞에서 넙죽 엎드려서 잘못을 빌어야겠습니다. 그럼 이제 구석에 박혀서 점심 좀 먹어도 되겠습니까?"

스와프엄 부인은 우아하게 죄인을 용서해 주었다.

"어머님이 여기 와 계세요."

스와프엄 부인이 알려 주었다.

"잘 지내셨어요, 어머니?"

피터 경이 어색하게 인사했다.

"잘 지냈니, 애?"

공작부인이 대답했다.

"하필 지금 나타나면 어쩌니? 밀리건 씨가 막 바자회에서
어떤 흥미진진한 연설을 하실지 말씀해 주시려던 참인데. 네가
와서 방해가 되었지 뭐니."

점심 식사의 대화는 별로 부자연스럽지 않게 배터시 사건의
심리로 옮겨갔고, 공작부인은 팁스 부인이 검시관에게 심문받
을 때의 광경을 생생하게 묘사했다.

"'그날 밤 뭔가 이상한 소리를 듣지 못했습니까?' 조그만 검
시관이 몸을 앞으로 숙이면서 부인을 향해 소리를 질렀어요.
얼굴은 새빨개지고 귀는 바짝 튀어나와서는. 마치 테니슨의 시
에 나오는 지품천사 같았지요. 파란 천사라고 해야 하나? 치품
천사라고 해야 하는지도 모르겠네. 어쨌건 다들 내 말이 무슨
뜻인지 아시겠죠? 얼굴에는 눈뿐이고 머리에 작은 날개가 달
린 천사 말예요. 그랬더니 팁스 부인이 이렇게 대답했지요. '물
론이죠. 80년 동안 계속 그랬으니.' 그래서 법정이 약간 소란스
러워졌어요. 나중에 알고 보니 부인은 검시관이 '불을 끄고 잡
니까?'라고 물어본 걸로 들었다지 뭐예요. 사람들이 다 웃었

어요. 그랬더니 검시관이 더 큰 소리로 '망할 할망구'라고 하더라고요. 그런데 영문은 모르겠지만 부인이 그 말은 재깍 알아듣고 이러더라고요. '하느님이 보시는 앞에서 욕을 하면 안 되지, 젊은이. 요새 젊은이들은 어째서 저 모양 저 꼴인지 모르겠다니까.' 검시관도 적어도 예순 살은 되었을 텐데 말이지요."

대화는 자연스럽게 이어져 토미 프레일 부인이 욕조에서 신부 세 명을 살해한 죄로 교수형당한 남자에 대한 얘기를 꺼냈다.

"그건 정말 창의적인 범죄라고 생각했었는데요."

부인은 감정적으로 피터 경을 쳐다보며 말했다.

"그 사건이 터졌을 때에 남편이 제 생명보험을 들었던 것 아세요? 난 어찌나 겁이 났는지 아침에 목욕하는 걸 그만두고 그이가 의회에 가는 오후에 하기로 했죠."

"부인도 참."

피터 경이 책망하듯 말했다.

"이 신부들은 정말로 매력이라고는 하나도 없는 이들이었다는 걸 똑똑히 기억하고 있습니다. 하지만 계획 자체는 보기 드물게 창의적이었죠. 한 번만 했다면요. 꼬리가 기니 밟힌 거죠."

"요새는 조금이라도 독창성이 필요하답니다. 심지어 살인자들도 말이죠. 극작가처럼. 셰익스피어 시대에는 훨씬 더 쉬웠죠. 그렇지 않겠어요? 항상 여자는 남장을 하고. 심지어 보카치오나 단테도 써먹은 속임수죠. 제가 만약 셰익스피어의 주인공이었다면 다리가 얇은 전령 소년을 보고 금방 알아챘을 거예요. '에구머니나! 또 여자애야!'"

스와프엄 부인이 말했다.

"사실상 진짜 그렇게 된 겁니다."

피터 경이 말했다.

"스와프엄 부인도 아시겠지만, 살인을 저지르고 싶으면 우선 해야 할 일은 사람들이 여러 생각을 연결할 수 없도록 막는 거죠. 대부분의 사람들은 이런저런 것을 생각하지 않습니다. 사람들의 생각이란 그냥 쟁반 위에 놓인 마른 콩처럼 덜그럭덜그럭 굴러다닐 뿐, 결과를 낳지 못하죠. 하지만 일단 콩을 줄을 꿰서 목걸이로 만들어 버리면, 사람을 매달 만큼 강력해지는 겁니다. 네?"

"세상에! 제 친구들 중에는 생각이 있는 사람이라고는 하나도 없으니 참 다행이군요!"

토미 프레일 부인이 살짝 비명을 질렀다.

피터 경은 오리 고기를 포크 위에 얹으면서 살짝 얼굴을 찡그렸다.

"사람들이 논리적으로 일을 생각해 나간다는 건 셜록 홈스 이야기에나 나오는 거죠. 보통, 누군가 뭔가 일상에서 어긋난 얘기를 하면, 사람들은 그냥 '세상에나!'나 '참 안 됐네!'라고 말해 버리고 그냥 놔두죠. 그 뒤에 이해할 수 있는 일이 발생하지 않는 한 반은 잊어버릴 테죠. 예를 들자면 말입니다, 스와프엄 부인. 제가 들어올 때 솔즈베리에 갔다 왔다고 말씀드렸지요. 그건 사실입니다. 하지만 그 사건이 부인의 마음에 깊은 인상을 남기진 못했을 겁니다. 만약 내일 솔즈베리에서 변호사 시체가 발견되었다는 기사가 난다고 해도 부인의 마음속엔 별로 깊은 인상이 남지 않을 겁니다. 하지만 제가 다음주에 솔즈베리에 또 가고 그 다음 날 의사의 시체가 발견된다고 한다면 부인은 제가 솔즈베리 주민들에게는 불길한 징조를 알려 주는 존재라고 생각하고 말 겁니다. 그런데 제가 그 다음주에 다시 그곳에 갔다 온 다음 솔즈베리 관구에 갑자기 공석이 났다는 기사가 뜨면, 부인은 제가 왜 솔즈베리에 가는지 궁금하게 여기겠죠. 게다가 이전에 제가 거기 친구가 있다는 얘기를 한 적도 없으니 도무지 영문을 알 수 없는 노릇이지 않겠습니까. 그러면 직접 솔즈베리에 내려가서 그곳 사람들에게 자두 색깔 양말을 입은 남자가 주교관 근처를 돌아다니는 걸 본 적 없는지 물어보고 싶은 마음이 들지도 모릅니다."

"나라면 꼭 가 볼 것 같아요."

스와프엄 부인이 말했다.

"그러시겠죠. 그러다 부인은 죽은 변호사와 의사가 한때 포글턴온더마시라는 곳에서 영업을 했었고 죽은 주교 또한 거기에서 재직했다는 걸 알아낼 수도 있습니다. 그러면 제가 아주 오래전에 포글턴온더마시를 방문했었다는 얘기를 들은 기억을 되살리고 관구 인명부를 찾아보겠죠. 그러다가 제가 가명으로 부유한 농장주의 미망인과 결혼을 했었고 그때 주례를 선 사람이 그 주교라는 사실을 알게 됩니다. 아내는 그 후 급성복막염으로 사망했고 사망진단서를 떼 준 사람이 그 의사였으며 제게 모든 재산을 상속한다는 유언장을 집행한 사람은 그 변호사라는 사실을 알게 됩니다. 그러면 부인은 제가 그 변호사와 의사, 주교를 제거할 이유가 있다는 걸 알게 되죠. 이 사람들은 언제든 협박을 할 수 있으니까요. 하지만 제가 이 사람들이 모두 한곳에 살고 있을 때 제거하려는 마음을 품지 않아 연상 작용을 할 빌미를 만들지 않으면, 부인은 포글턴온더마시를 찾아볼 생각도 못할 겁니다. 그러면 제가 거기 살았다는 사실도 기억 못하겠죠."

"거기 살긴 살았나요, 피터 경?"

토미 프레일 부인이 걱정스럽게 물었다.

"그런 것 같진 않습니다. 그 이름을 들어도 마음속에서 별로 떠오르는 게 없거든요. 하지만 그랬을지도 모르는 일이죠."

"하지만, 범죄 수사를 할 때는 일상적인 것부터 시작해야 하잖아요."

스와프엄 부인이 말했다.

"제 생각에는 그 사람이 평소에 무엇을 해 왔는지, 누구를 만났는지 알아내고 동기를 찾아봐야 할 것 같은데. 그렇지 않아요?"

"아, 그럼요. 하지만 우리들 대부분은 내게 해를 끼치지 않은 사람들을 죽일 수 있는 동기가 십여 개는 될 겁니다. 저도 그렇게 살해하고 싶은 사람이 꽤 많은데, 부인은 아니신가요?"

"산더미처럼 있죠. 그렇게 끔찍한 사람들이야…… 아, 말하지 않는 편이 낫겠어요. 피터 경이 나중에 기억해 낼지도 모르니까요."

스와프엄 부인이 대답했다.

"제가 부인이라도 말하지 않겠습니다."

피터 경이 다정하게 수긍해 주었다.

"절대 알 수 없는 일이니까요. 내일 당장 그 사람이 급사하면 아주 공교롭지 않겠습니까."

"배터시 사건이 어려운 점은 욕조에 있던 남자가 아무런 연상 작용을 일으키지 못한다는 데 있는 것 같은데요."

밀리건 씨가 끼어들었다.

"불쌍한 서그 경위만 힘들게 된 거죠."

공작부인이 대답했다.

"그 사람이 거기 서서 할 말도 없는데 질문 공세에 시달리는 걸 보니 마음이 어찌나 안됐던지."

피터 경은 손놓고 있던 오리 고기를 입에 넣었다. 그때 누군가 공작부인에게 레비 부인을 만났느냐고 물어보는 소리가 들렸다.

"아주 비참한 지경에 빠져 있답니다."

대답한 사람은 프리맨틀 부인이었다.

"하지만 아직도 남편이 나타날 거라는 희망에 매달려 있어요. 밀리건 씨도 그분과 알던, 아니 알고 지내는 사이시죠? 이렇게 현재형으로 말해야겠네요. 그분이 어딘가에서 아직도 살아 있기를 바라니까요."

프리맨틀 부인은 저명한 철도 회사 중역의 부인으로 재계에서는 무지한 것으로 유명했다. 이와 관련한 부인의 실수는 재계 부인들의 차 모임에서 즐겨 다루어지는 화제였다.

"그분과 식사한 적은 있습니다."

밀리건 씨는 사람 좋게 말했다.

"그분과 저는 서로를 파산시키기 위해 최선을 다했지요, 프리맨틀 부인. 여기가 만약 미국이었으면, 루벤 경을 안전한 곳에 숨겨 놓고 차라리 의심을 받을 겁니다. 하지만 여기 영국에서는 그런 식으로 사업을 할 수 없죠. 그렇게는 못합니다, 부인."

"미국에서 사업한다는 건 정말 흥미진진한 일이겠군요."

피터 경이 말했다.

"그렇지요. 제 형제들은 지금 거기서 아주 재미있게 지내고 있겠지요. 저도 이쪽 일을 정리하는 대로 거기 가서 합류할 작정입니다."

"어머, 바자회 전에는 가시면 안 돼요."

공작부인이 붙잡았다.

피터 경은 그날 오후 내내 파커를 찾으러 다녔지만 헛수고였다. 그는 마침내 저녁 식사 후 그레이트오몬드 가에서 파커를 만날 수 있었다.

파커는 낡았지만 보기 좋은 안락의자에 앉아 다리를 벽난로 위에 올려 두고 갈라디아 인들에게 보낸 사도 서간에 대한 현대적 주해본을 읽으며 마음을 가라앉히고 있었다. 파커는 기뻐 날뛸 정도는 아니었지만 조용히 반갑게 피터 경을 맞으며 소다를 섞은 위스키를 만들어 주었다. 피터는 친구가 내려놓은 책을 집어 들고 페이지를 훌훌 넘겼다.

"이 자들은 다 마음속에 편견을 품고 작업을 하고 있어. 이쪽으로든 저쪽으로든. 자기들이 찾고자 하는 걸 찾을 뿐이지."

"아, 그럼."

형사도 동의했다.

"하지만 그런 걸 거의 자동적으로 감안하는 방법을 배우면 되니까. 내가 대학 다닐 때는 항상 다른 쪽에 빠져 있었지. 코니베어라든가 로버트슨이라든가, 드루스 같은 사람들.⁸ 그러나 이 사람들 시각은 아무도 보지 못한 강도를 찾느라고 분주하게 돌아다니느라 집안 식솔들의 발자국은 알아보지 못하게 되는 거나 다름없다는 사실을 깨닫게 될 때까지는 그랬지. 그다음에 이 년 동안은 신중하게 독서하는 법을 배웠다네."

"흠. 신학은 두뇌 운동하기는 좋은 과목이었겠지. 게다가 자네는 내가 아는 사람 중에서 가장 신중한 사람이니까 말이야.

---

⁸ 세 사람 다 신학과 관련한 책을 저술했다.

계속 독서하게나. 이렇게 찾아와서 자네 여가 시간까지도 시시콜콜 참견하고 든다면 실례일 테니."

"괜찮아, 뭘."

파커가 말했다.

두 사람은 잠시 말없이 앉아 있었다. 피터 경이 먼저 입을 열었다.

"자넨 자네 일이 좋은가?"

형사는 이 질문을 곰곰이 생각해 보고 대답했다.

"음, 좋아하지. 보람도 있고 적성에도 맞고. 나름대로 잘하고 있다고 생각하네. 타고난 영감이 있는 건 아니지만 자부심을 느낄 수 있을 만큼은 잘하는 것 같고. 일의 종류도 다양한 데다가 항상 기준에 맞춰 실수없이 해야하니 몸이 늘어질 틈도 없고. 게다가 전망도 괜찮아. 그러니 좋아한다고 할 수 있겠군, 왜?"

"아, 아니야. 내게 이게 취미잖나. 사물의 밑바닥까지 파헤치다 보면 너무 재미있으니까 이 일을 하는 거지. 게다가 더 안 좋은 건 내가 이 일을 즐긴다는 거야. 어느 정도까지는. 이게 이론뿐이라면 속속들이 즐길 수 있겠지. 처음은 좋아. 여기 관련된 사람들을 모를 때는 그저 흥미롭고 재미있기만 하네. 하지만 정말로 살아 있는 사람까지 파고 들어가 그 사람을 교수대로 보내야 하거나 못해도 감옥에 보내야 한다면 내가 이런 일에 끼어들 핑계가 없어지거든. 이 일은 내 생업이 아니니까. 그리고 이런 일을 재미있어하면 안 된다는 생각이 드는 거지.

하지만 재미있는 걸 어쩌나."

피터는 이 말을 조심스럽게 귀 기울여 들었다.

"무슨 뜻인지 알겠네."

"예를 들어 이 밀리건이란 사람 말이야."

피터 경이 계속 설명했다.

"이론적으로는 밀리건을 잡아들이는 것보다 더 재미있는 일은 없을 것 같았네. 하지만 실제로 얘기를 해 보니 점잖은 노인네더군. 어머니도 이 사람을 좋아하네. 게다가 내게 호감까지 품고 있어. 교회 기금 마련 바자회 얘기를 꾸며 내면서 이 사람에게서 정보를 뽑아내려고 한 일은 참 재미있었네. 그런데 이 사람이 너무 기꺼이 돕겠다고 나오니까 양심의 가책이 느껴지는 거야. 밀리건이 레비의 목덜미를 따서 죽여 버리고 템스 강에 던져 버렸다면 어쩔 거야. 그건 내가 상관할 바가 아니거든."

"왜 상관할 바가 아닌가. 이유 없이 사람을 죽인 게 아니고 돈 때문에 그렇다고 해도 별로 변명거리가 되지 않아."

"왜 안 되나."

피터 경이 고집스럽게 말했다.

"생존이라는 건 그런 일을 저지른 데에 대한 유일한 변명거리인걸."

"하지만 이거 보게! 밀리건이 단지 더 부자가 되고 싶다는 이유만으로 루벤 경의 목을 칼로 그어 버렸다면, 그 사람이 어째서 덴버 공작령에 있는 교회 지붕 수선비로 천 파운드를 기부했다고 해서 죄를 모면할 수 있는지 이유를 모르겠어. 게다가 그 사람이 단지 유치하게 허영심이 많다거나 유치하게 속물적이라는 이유만으로 어째서 용서를 해 줘야 하는지도 모르겠고."

"그런 건 너무 천박한 이유야."

피터 경이 말했다.

"그럼 그 사람이 자네에게 호감을 품고 있으니 용서해 줘야한단 건가?"

"아니지, 하지만……."

"이거 보게, 윔지. 이 사람이 레비를 살해했다고 생각하나?"

"뭐, 그럴 수도 있겠지."

"하지만 그렇게 생각하는 거야?"

"별로 그런 생각 하고 싶지 않네."

"그 사람이 자네에게 호감을 품고 있으니까?"

"뭐, 그 때문에 편견을 가진 거겠지, 물론……."

"과감하게 말하자면 그건 합당한 편견이라고 생각하네. 흉악한 살인자가 자네에게 호감을 품을 리는 없다고 생각하는 거지?"

"게다가, 나도 그 사람에게 약간 호감을 갖고 있네."

"그 또한 합당한 거지. 사람을 계속 관찰해 오면서 잠재적인 추론을 한 거잖나. 그 사람이 그런 짓을 했을 리가 없다는 결론을 내린 거겠지. 뭐, 그러면 안 되나? 자네는 그렇게 생각해도 돼."

"하지만 내가 틀렸고 그 사람이 범죄를 저질렀을 수도 있겠지."

"그럼 어째서 인간 판단 능력에 허영심이 넘칠 만큼 자신감을 갖고 있는 사람이 결백하고 존경받는 인간을 잔혹하게 죽인 범인을 밝혀내는 일을 하면서 머뭇거리고 있는 건가?"

"나도 알아, 하지만 어쨌거나 게임을 하고 있다는 기분이 안 드네."

"이봐, 피터."

파커는 아주 진지하게 말했다.

"세상은 모두 이튼 학교의 경기장과 같다는 콤플렉스를 당장 버리게나. 루벤 레비 경이 뭔가 불쾌한 일을 당했다는 데는 별로 의심의 여지가 없잖나. 얘기가 되도록 일단 살해당했다고 하자고. 루벤 경이 살해당했다면 그게 게임인가? 그리고 이 사건을 게임으로 취급하는 게 옳은 일이야?"

"내가 정말 부끄러워하는 게 바로 그거야."

피터 경이 말했다.

"우선 그게 게임이라면 힘을 내서 계속 해 나가겠지. 그런데 갑작스럽게 누군가 상처를 입을지도 모른다는 생각을 하니까 이 일에서 빠지고 싶은걸세."

"그래, 그래, 알겠네. 하지만 그거야 자기 체면을 챙기니까 그런 거지. 일관성 있게 행동하고 싶은 것 아닌가. 근사하게 보이고 싶고. 인형극을 하듯 활기차게 우쭐거리면서 돌아다니거나 인간 슬픔의 비극을 장중하게 따라가고 싶은 거겠지. 하지만 유치해. 살인에 대한 진실을 밝혀내는 일에 있어서 사회에 대한 의무감을 조금이라도 느낀다면, 아무거나 손에 잡히는 대로 이용하겠다는 태도로 해결해야만 하네. 우아하고 초연하고 싶어? 그런 식으로 해서 진실을 찾아낼 수 있다면 그렇게 하게. 하지만 그 자체에는 아무런 가치도 없어. 위엄 있고 일관성 있는 사람으로 보이고 싶지? 그게 무슨 상관인가? 재미 삼아 살인자를 쫓아가서는 악수하면서 '좋은 경기였습니다. 정말 진땀 뺐어요. 내일 복수전을 기대하죠!'라고 말하고 싶어? 그럴 수는 없어. 인생은 축구 경기가 아니네. 스포츠맨이 되고 싶지? 스포츠맨은 될 수 없어. 자넨은 책임감 있는 인간일 뿐이야."

"자네는 신학 책을 읽어서는 안 되겠어. 그 책들이 아주 악영향을 끼쳤군."

피터 경은 자리에서 일어나 한가로이 책꽂이를 살피면서 방안을 걸어 다녔다. 그러더니 다시 자리에 앉아 파이프에 담배를 채워 넣었다.

"음, 그럼 이제 자네에게 잔혹하고 비정한 크림플섬에 대해서 말해 줘야겠군."

피터 경은 솔즈베리에 갔던 일을 상세하게 설명했다. 일단 피터 경의 진의를 확인하자 크림플섬은 런던에 간 일을 세세하게 설명해 주었다.

"그리고 그 말을 다 입증하러 갔다네."

피터 경이 신음했다.

"벨엄 사람들 반을 매수한 게 아니라면 거기서 밤을 보낸 건 확실해. 그날 오후는 정말로 은행 사람들과 있었나 봐. 그리고 솔즈베리 주민들 반이 그 사람이 월요일 점심 이전에 떠난 걸 보았고. 그리고 그 사람 식구나 동업자인 윅스 젊은이 말고는 크림플섬이 죽어 봤자 이득을 보는 사람이 없네. 윅스가 그 사람을 없애 버리고 싶었다고 해도 안경으로 크림플섬을 얽어매기 위해 팁스의 집에 있던 낯선 사람을 가서 죽였다는 건 아무리 생각해도 과하지."

"윅스라는 청년은 월요일엔 어디에 있었대?"

"성가대 선창자가 여는 무도회에 갔었다는데."

피터 경이 거칠게 말했다.

"데이비드, 그 사람 이름이 데이비드야. 그 친구는 클로즈 대성당 신자들이 훤히 보는데 십계명을 넣은 궤 앞에서 춤을 췄다네."§

잠시 동안 침묵이 흘렀다.

"심리 이야기 좀 해 보게."

웜지가 말했다. 파커는 순순히 증언들을 요약해 주었다고 물었다.

"결국 시체가 줄곧 그 아파트에 숨겨져 있었다고 생각하나? 우리도 찾아보긴 했지만 뭔가 놓친 게 있을 수도 있으니까."

"그럴 수도 있겠지. 하지만 서그도 찾아봤으니까."

---

§ 사무엘하 서 6장 14절을 패러디한 것.

"서그!"

"자넨 서그한테 너무 편파적이야. 팁스가 이 사건에 공모한 흔적이 있다면 서그가 발견해 냈을 거네."

"어째서?"

"어째서냐니? 그 친구는 그 흔적을 찾고 있었으니까. 서그는 갈라디아서에 대한 자네 주해본과도 같아. 서그는 팁스나 글래디스 호록스, 아니면 글래디스 호록스의 남자친구가 살인을 저질렀다고 생각하지. 그러니까 글래디스 호록스의 남자친구가 창틀로 넘어 들어왔거나 글래디스에게 뭔가 건네줬다고 의심하고 거기서 흔적을 찾아 낸 거야. 하지만 지붕에서는 아무런 흔적도 찾지 못했지. 거기서는 뭔가 찾을 생각을 하지 않았으니까."

"하지만 나보다 먼저 지붕에 올라가긴 했어."

"그랬지. 하지만 거기에 아무런 흔적도 없다는 걸 증명하기 위해서였어. 서그의 추론은 이런 식일세. 글래디스 호록스의 남자친구가 유리업자다. 유리업자들은 사다리로 오르락내리락한다. 유리업자들은 사다리에 쉽게 접근할 수 있다. 그러니까 글래디스 호록스의 남자친구는 사다리에 쉽게 접근할 수 있다. 따라서 글래디스 호록스의 남자친구는 사다리를 타고 올라온다. 그러니까 창틀에는 흔적이 남아 있겠지만 지붕 위에는 없을 것이다. 그러므로 창틀에서는 흔적을 찾아낼 수 있지만 지붕 위에서는 찾아낼 수 없다. 땅에서도 흔적은 찾을 수 없겠지만 만약 아스팔트 도장만 깔려 있지 않았더라면 찾았을지도 모른다. 이와 비슷하게 서그는 팁스 씨가 시체를 골방이나 다른 곳에 숨겨 놓았을지도 모른다고 생각했네. 그러니 골방하고 다른 곳들에 누가 있었던 흔적이 없나 확인해 본 건 당연지사지. 만약 거기 뭔가 있었다면 찾아냈겠지. 흔적을 찾고 있었으니까. 하지만 찾지 못했네. 그 말인즉은, 거긴 아무것도 없었다는 거지."

"잘 알았네."

파커가 승복했다.

"됐어. 자네 말을 믿네."

파커는 의학적 증거를 상세히 설명했다. 그때 피터 경이 물었다.

"그건 그렇고, 이건 다른 사건 얘기인데. 혹시나 레비 경이 월요일 밤에 프레크 경을 만나러 갔을지도 모른다는 생각은 안 들던가?"

"사실 만나러 갔더군."

파커는 예기치 않았던 질문에 슬며시 놀라며 신경 전문의와 면담을 했던 사정을 계속 설명했다.

"흠!"

피터 경이 콧소리를 냈다.

"이건 참 우스운 사건일세. 그렇게 생각 안 하나, 파커? 이리저리 심문을 해 봤지만 오히려 실마리만 없어졌지. 지금까지는 참으로 재미있게 흘러갔지만 뭐 하나 나온 게 없네. 마치 모래 속으로 숨어 버린 강 같아."

"그렇지. 게다가 오늘 아침에 실마리를 하나 더 잃어버렸지 뭔가."

"그게 뭔가?"

"아, 레비의 비서에게 사업에 관한 질문을 했거든. 아르헨티나 거래와 기타 사업에 대해서 더 자세한 설명을 들은 것 말고는 별달리 중요한 정보를 찾아내지 못했네. 그 다음에는 페루 유전 산업 주식에 대해서 알아보러 시티 지구에 가 봐야겠다는 생각이 들었지. 하지만 내가 이제까지 알아낸 바로는 레비는 그에 대해선 얘기도 들은 바가 없더군. 증권 전문가들을 파헤쳐 봤는데, 뭐 그렇게 수수께끼와 비밀이 많은지. 아시겠지만 누군가 시세를 조작하려고 할 때는 그렇지 않나. 하지만 마침내 그 배후에 있다는 사람 이름을 알아냈지. 하지만 그건 레비가 아니었네."

"아니라고? 누구였나?"

"기이한 일이지만 프레크던데. 이상하게 보이긴 하더군. 프레크는 지난주에 비밀스러운 방법으로 주식을 잔뜩 사들였다고 하네. 그중 자기 이름으로 산 몇 주는 이윤을 조금만 남기고 화요일에 조용히 팔아 버렸다고 하는군. 몇백 파운드 정도라서 그렇게 수고로운 일을 할 만한 가치가 있는 액수는 아니었다고 하네."

"프레크가 그런 종류의 도박에 빠져 있다고는 생각하지 못했는데."

"일반적으로 안 한다네. 그러니까 이상한 일이지."

"뭐, 알 수 없는 일이지. 사람들은 그냥, 자기가 원하면 얼마든지 돈을 벌 수 있다는 것을 자기 자신이나 남에게 증명해 보이고 싶어서 그런 일을 하기도 하니까. 나도 규모는 작지만 그런 일을 한 적이 있네."

피터 경은 파이프의 담배를 털어놓고 가려고 일어섰다.

"참, 친구."

파커가 배웅하려고 일어서자 피터 경은 갑자기 말을 꺼냈다.

"프레크의 얘기가, 월요일 저녁 식사에서 레비가 참 기운차 보였다는 앤더슨의 이야기와는 너무 어긋난다는 생각은 안 해 봤나? 고민거리가 있을 때 자네라면 그렇게 행동할 수 있을까?"

"아, 난 못하지."

하지만 파커는 습관대로 조심스럽게 덧붙였다.

"그렇지만, 치과 대기실에서 앉아 농담을 하는 남자들도 있거든. 자네만 해도 그렇지 않나."

"뭐, 그 말도 맞지."

피터 경은 이렇게 대꾸하고 아래층으로 내려갔다.

8장

피터 경은 자정쯤 집에 돌아왔다. 여느 때와 다르게 정신이 맑고 졸리지도 않았다. 뭔가 머릿속에서 춤을 추면서 성가시게 빙빙 돌고 있었다. 마치 막대기로 쑤셔 놓은 벌집 같았다. 복잡하게 얽힌 수수께끼를 쳐다보고 있는 느낌이었다. 해답을 들은 적이 있지만 잊어버리고 다시 기억이 날 듯 말 듯한 느낌.

"어딘가, 어딘가에 이 두 가지로 이어지는 열쇠가 있었는데."

피터 경은 혼잣말로 중얼거렸다.

"분명히 있었다는 건 알겠는데 그게 뭔지 모르겠군. 누군가 말을 했는데. 아니, 내가 말했는지도 모르지. 어딘지 기억은 안

나지만 내 손에 있었던 건 알아. 이제 잠자리에 들게, 번터. 나는 좀 더 앉아 있겠네. 그냥 실내복으로 갈아입을 테니까."

피터 경은 파이프를 문 채로 벽난로 앞에 앉았다. 실내복 가운에 수놓인 어지러운 빛깔의 공작새들이 주위에 모여드는 듯했다. 그는 수사의 이쪽저쪽 흐름을 되짚어보았다. 모래 속으로 스며들어 버린 강. 생각의 강줄기는 레비가 마지막으로 목격된 게 그날 열 시 프린스오브웨일스 길에서였다는 사실에서 뚝 끊겼다. 그러다가 다시 팁스 씨의 욕실에 있던 무시무시한 시체의 영상으로 거슬러 올라갔다. 그리고 다시 지붕 위를 흐르다가 사라져 버렸다. 모래 속으로. 모래 아래를 흘러간다. 땅 밑으로, 아주 깊은 곳 아래까지.

성스러운 강 알프가 흐르는 곳
인간이 헤아릴 수 없는 동굴을 지나
햇빛도 들지 않는 바다 밑으로[§]

고개를 숙이자 피터 경의 귓속 어딘가 어둠 속에서 희미하게 파도가 찰싹찰싹 치면서 물이 콸콸 흐르는 소리가 들리는 듯했다. 하지만 어디에서? 피터 경은 분명히 누구에겐가 들었던 기억이 났지만, 잊어버린 듯했다.

[§] 사무엘 테일러 쿨리지의 시 〈쿠블라 칸의 연가Ballad of Kubla Kahn〉의 한 부분.

피터 경은 자리에서 일어나 장작을 벽난로에 던져 넣고는 책을 하나 집어 들었다. 피곤함이라고는 모르는 번터가 특수 임무를 맡아 흥분한 와중에도 일상적 업무를 잊지 않고 수행하여 타임스 북 클럽에서 가져온 책이었다. 공교롭게도 그 책은 줄리언 프레크 경이 지은《양심의 생리학적인 기초》였다. 피터 경은 이 책에 대한 리뷰를 이틀 전에 읽은 기억이 났다.

"읽으면 잠이 잘 오는 책이어야 할 텐데."

피터 경은 중얼거렸다.

"이 문제를 잠재의식에 맡겨 놓지 않는다면 내일 아침이면 넝마처럼 축 쳐져서 기운도 못 쓰겠어."

그는 책을 천천히 펴고 서문을 대충 훑어보았다.

"레비가 정말 아팠는지조차 의심스럽군."

피터 경은 책을 내려놓으며 생각했다.

"별로 그랬을 것 같지 않은데. 게다가 아직, 젠장. 도대체 사건에서 생각을 떨칠 수가 없잖아."

그는 마음을 굳게 먹고 잠시 동안 책을 더 읽어 나갔다.

"어머니가 전부터 레비 가와 친분이 있었던 건 아닐 거야."

생각의 줄기는 머릿속에서 흘렀다.

"아버지는 언제나 자수성가한 사람들을 싫어해서 덴버 저택에도 들이지 않으셨지. 게다가 제럴드 형은 전통을 따르니까. 어머니가 전에도 프레크를 잘 알고 계셨는지 궁금한데. 밀리건은 마음에 들어 하시는 것 같아. 어머니의 판단은 아주 믿을 만하지. 바자회 문제는 어머니를 믿고 맡겨 둬야겠다. 미리 말씀을 드렸어야 했는데. 어머니가 뭔가 말씀하신 게 있었는데……."

피터 경은 잠시 동안 잡힐 듯 잡히지 않는 기억을 더듬어 보았다. 그러나 기억은 비웃듯 반짝이는 꼬리만 남기고 사라져 버렸다. 피터 경은 다시 책으로 돌아갔다.

그러나 수술에 쓰이는 실험 사진을 보자 이내 다른 생각이 떠올라 마음속을 스치고 지나갔다.

"프레크와 와츠라는 남자가 한 증언이 그렇게 확실치만 않다면, 굴뚝에서 발견한 실보무라지의 문제를 더 파고들어 볼 텐데."

피터 경은 이 문제를 생각해 보고는 고개를 저으며 단호하게 계속 책을 읽었다.

물질과 정신은 하나라는 것이 이 생리학자의 주제였다. 물질은 소위 사상으로 분출될 수 있다. 수술로 머릿속의 정열을 깎아낼 수 있다. 상상력을 약으로 없애 버리고 케케묵은 전통 관념은 질병처럼 치료할 수 있다. 예를 들면 이런 문구가 있었다.

"선과 악에 대한 인식은 관찰할 수 있는 현상으로 뇌세포의 특정 환경에 수반하므로 제거할 수 있다."

또 이런 문구도 있었다.

"인간에게 있어서 양심은 실상 벌의 침과 비견할 수 있다. 둘 다 소유자에게 절대 이익을 가져다주지 않는데, 심지어 한 번만 사용했다고 할지라도 그 기능을 발휘할 경우 주인이 죽을 수밖에 없기 때문이다. 각각의 경우 생존 가치는 순전히 사회적이다. 몇몇 철학자들이 예견하는 대로 만약 인류가 현재의 사회적 발달단계를 지나 고도로 발전된 개인주의의 단계에 들어서면 이 흥미로운 정신 현상은 점점 줄어들게 될 것이다. 귀와 머리가죽의 움직임을 조절하는 신경과 근육들이 진화가 덜된 인간들 몇몇에게서만 발견되는 것처럼 사용하지 않는 정신적 기능들은 점점 퇴화하여 오로지 생리학자들의 연구 대상만으로 남게 될 것이다."

"세상에나!"

피터 경은 나른한 정신으로 생각했다.

"범죄자들에게 이상적인 발상이군. 이런 사상을 믿고 있는 사람이라면 결코……."

그때 바로 그 생각이 떠올랐다. 거의 반쯤 무의식적으로 기대하고 있던 것. 그 생각은 마치 일출처럼 갑자기, 하지만 의심의 여지없이 확실하게 떠올랐다. 피터 경은 기억해 냈다. 한둘도 아닌, 모든 것이 논리적인 연관관계 없이 전체로서 떠올랐다. 완벽하고 완전하게. 있는 그대로 다면적인 모습이 즉각적으로 드러나 버렸다. 마치 그가 세계의 바깥에 서서 무한히 다차원적인 공간에 매달려 있는 진실을 바라본 것 같았다. 더이상 그에 대해서 추론할 필요도 없었고, 생각할 필요도 없었다. 이제 그는 진실을 알게 되었다.

알파벳 글자를 섞어 놓고 거기서 단어를 만들어 내는 게임이 있다. 예를 들자면 이런 식이다.

COSSSRI

이 문제를 천천히 풀려면 하나하나 교대로 모든 순열과 조합을 맞춰 보면서 불가능한 결합을 소거하면 된다. 즉,

SSSIRC

라거나,

SCSRSO

같은 것들을 없애 가면서 단어를 찾는다.

요소를 섞지 않고 그냥 그대로 쳐다보는 것도 방법이다. 이 방법으로는 의식으로 탐지해 낼 수 있는 논리적인 과정이나 외부의 자극이 필요하지 않다. 그러면 그 조합이 조용하고도 확실하게 모습을 나타낸다.

SCISSORS

그 후에는 글자를 다시 순서대로 배열해 볼 필요도 없다. 수수께끼는 이렇게 해결된다.

피터 경의 마음속에 뒤죽박죽으로 흩어져 있던 소름끼치는 수수께끼의 요소 두 가지가 스스로 풀리면서 그 후로는 모든 게 분명해졌다. 맨 끝에 있던 집의 지붕 위에 쿵 하는 소리나 차가운 비가 몰아치는 밤에 배터시 공원길에서 매춘부와 말을 나누었다는 레비. 붉은 머리카락 한 올. 붕대에서 풀려 나온 실보무라지. 서그 경위가 병원의 해부실에 있는 유명한 의사에

게 전화한 일. 신경쇠약 증세가 있는 레비 부인. 콜타르 성 비누 냄새, 공작부인의 목소리. "진짜로 약혼은 하지 않았고, 여자의 아버지하고 말이 오갔던 정도지만." 페루 유전의 주식. 욕조에서 발견된 시체의 검은 피부와 통통하고 불룩한 옆얼굴. 피해자는 둔기에 맞고도 며칠 동안 죽지 않았다고 한 그림볼드 박사의 증언. 인도산 고무장갑. "생체해부반대 선전문을 한 아름 안고 불청객으로 들이닥쳤다"고 말하는 애플도어 씨의 희미한 목소리. 이 모든 것들이 함께 어우러져 성당의 종소리처럼 뎅뎅 울렸다. 그리고 왁자지껄 시끄러운 소리를 뚫고 테너의 깊은 목소리가 울려 퍼졌다.

"선과 악에 대한 인식은 관찰할 수 있는 현상으로 뇌세포의 특정 환경에 수반하므로 제거할 수 있다."

피터 윔지 경은 평소에 진지한 태도로 자기 자신을 보는 젊은이는 아니었지만 이번만은 솔직히 소스라치게 놀랐다.

"그런 일은 불가능해."

이성이 연약하게 호소했다.

"Credo quia impossbile(그런 일은 불가능하다고 생각한다)."

내면에 숨어 있던 확신이 패배를 모르는 자기만족과 어우러졌다.

"좋아."

양심이 즉시 맹목적인 신념과 한데 뭉쳐 말했다.

"이제 어떻게 할 거야?"

피터 경은 일어나서 방 안을 이리저리 걸어 다녔다.

"하느님, 맙소사!"

그는 전화기 위에 놓인 작은 책꽂이에서 '인명부'를 꺼내서 페이지를 넘기며 그 속에서 위안을 찾았다.

프레크, 줄리언 경. 1916년 기사 작위 수여. 1919년 왕립 빅토리아 기사단 대십자기사, 왕립 빅토리아 기사단 상급기사 작위 수여. 1918년 배스 상급기사 작위 수여. 의학박사, 왕립 의과 대학 내과 및 외과 특별 회원. 파리 대학 명예 의학박사. 캔터베리 대학 명예 이학 박사. 예수살렘 성 요한 기사단 기사 작위. 배터시 성 류크 병원 자문 외과의.

출생 및 이력: 1872년 3월 16일 그릴링엄 출생. 그릴 코트의 에드워드 커즌 프레크 향사의 장남. 해로우 졸업 후 케임브리지의 트리니티 대학에서 수학. 군의관으로 복무. 전직 육군 의료 서비스 위원회의 자문 위원.

저작: 천재의 병리학적 측면에 대한 소고(1892), 잉글랜드와 웨일스 내 소아마비 연구에 관한 통계학적 연구(1894), 신경계의 기능적 이상(1899), 중추신경계 질병(1904), 광기의 경계지대(1906), 대영제국 내 빈민 광기의 치료 고찰(1906), 심리치료의 현대적 발전에 대한 비판(1910), 범죄적 광기(1914), 공습 후유증 치료에 있어서 심리 요법의 적용(1917), 아미앵 후방 기지 병원에서 행해진 실험 결과 보고와 프로이트 박사에

게 보내는 답변(1919), 주요한 신경증에 수반하는 구조적 수정(1920)

소속 클럽: 화이트 클럽, 옥스퍼드와 케임브리지, 알파인 클럽 등

취미: 체스, 등산, 낚시

주소: 런던 2구 배터시 공원 프린스오브웨일스 길, 성 류크 병원과 할리 가 사이 282번지

피터 경은 인명부를 내동댕이치며 신음 소리를 내뱉었다.

"딱 필요했던 것만큼 확증이 있군!"

피터 경은 다시 자리에 앉아 손에 얼굴을 파묻었다. 갑자기 몇 년 전, 파란 반바지를 입고 식성이 까다롭던 소년 시절, 덴버 성 아침 식탁 앞에 두근거리는 마음으로 서 있던 기억이 났다. 식구들은 아직 위층에서 내려오지 않았다. 알코올램프 위에 커다란 은제 커피 기구가 놓여 있었고, 정교한 커피포트가 유리 덮개 속에서 부글부글 끓어오르고 있었다. 피터는 식탁보의 모서리를 홱 비틀었다. 더 세게 비틀어 보자 은제 커피 기구가 묵직하게 앞으로 끌려오며 찻숟가락이 덜그럭거렸다. 어린 피터는 식탁보를 꼭 움켜쥐고 있는 힘껏 잡아당겼다. 커피 포트와 기구, 아침 식사가 담긴 세브르 도자기 일습이 순식간에 산산조각 나는 순간 느꼈던 미묘하고도 장엄한 전율이 아직까지 생생했다. 어이없어하는 집사의 얼굴, 손님으로 온 부인의

비명 소리가 기억 속에 떠올랐다.

타오르던 장작 하나가 옆으로 갈라지며 하얀 재 속으로 풀썩 파묻혔다. 밤늦은 시각인데 화물 자동차가 덜그럭대며 창문 옆을 지나갔다.

번터는 진실하고 충실한 하인답게 얕은 잠에 빠져 있다가 "번터!"라고 나지막이 부르는 속삭임이 들려오자 벌떡 깨어났다.

"네, 주인님."

그는 몸을 일으켜 앉으며 램프 불을 켰다.

"불을 끄게, 빌어먹을!"

어둠 속의 목소리가 꾸짖었다.

"잘 들어봐. 귀 기울여 보게. 들리지 않나?"

"아무 소리도 안 나는데요."

번터는 서둘러 침대에서 일어나 주인을 잡았다.

"괜찮습니다. 침대에 드시면 제가 곧 진정제를 좀 가져다 드리겠습니다. 이런, 주인님 떨고 계시네요. 너무 늦게까지 안 주무시고 깨어 계시니까 그렇죠."

"쉿! 아니, 아냐. 물소리야."

피터 경은 이를 덜덜 떨었다.

"저기 허리까지 찼어. 불쌍한 놈들. 하지만 들어 봐! 안 들려? 똑, 똑, 똑. 적들이 갱도를 파서 우리를 묻어 버리려 해. 하지만 어딘지 모르겠군. 소리가 안 들려. 내게는 안 들려. 자네가 들어보게! 자, 다시 들리잖아. 찾아내야 해. 멈추게 해야

해……. 들어 봐! 세상에! 안 들리네! 총소리 말고는 아무것도 안 들려! 저 자들이 총을 못 쏘게 할 방법이 없을까?"

"이런!"

번터는 혼잣말로 중얼거렸다.

"아니, 아닙니다. 괜찮습니다. 소령님. 걱정하지 마십시오."

"하지만 소리가 들리는걸."

피터가 우겼다.

"저한테도 들려요."

번터가 단호하게 말했다.

"아주 잘 들립니다. 아군 공병대원이 통신 참호를 파고 있는 겁니다. 초조해하지 마십시오."

피터 경은 열에 들뜬 손으로 자기 손목을 잡았다.

"아군 공병대원이라고? 확실해?"

"그렇고말고요."

번터가 기운차게 말했다.

"저들이 요새를 함락시키겠지."

피터 경이 말했다.

"물론이죠. 아주 잘해 낼 겁니다. 그냥 들어가서 잠시 누우십시오. 아군 부대가 이 구역을 떠맡아 주러 온 겁니다."

"자리에서 떠도 안전하다는 걸 확신하나?"

피터 경이 물었다.

"집에 있는 것만큼 안전합니다."

번터는 주인의 겨드랑이 아래에 팔을 끼고 부축해서 침실로 데리고 갔다.

피터 경은 더 이상 반항하지 않고 순순히 약을 먹고 침대에 누웠다. 평소답지 않게 줄무늬 파자마 바람에 빳빳한 검은 머리카락이 마구 헝클어져 있는 차림새라 낯설게 보이는 번터는 엄숙하게 자리에 앉아 젊은 주인의 날카로운 광대뼈와 눈 아래 드리워진 자주색 얼룩들을 쳐다보았다.

"발작은 끝났다고 생각했는데."

번터는 혼잣말로 중얼거렸다.

"요새 과로하신 모양이야, 잠드셨나?"

번터는 주인을 걱정스럽다는 듯 쳐다보았다. 그의 목소리에 애정이 묻어났다.

"어리석고 가여운 분 같으니!"

번터 하사관은 한탄했다.

9 장

다음 날 아침 파커가 피커딜리 110번지로 부름을 받고 가 보니 공작부인이 이미 집을 점령하고 있었다. 부인은 매력적인 태도로 인사를 건넸다.

"이 바보 같은 아이를 주말 동안 덴버로 데리고 가려고 왔어요."

부인은 피터를 가리키며 말했다. 그는 뭔가 글을 쓰고 있느라 친구가 들어오는데도 고개만 살짝 끄덕여 아는 척할 뿐이었다.

"얘가 너무 과로를 해서. 한밤중까지 솔즈베리다 어디다 계속 뛰어다니고. 파커 씨, 얘를 그렇게 부추기면 어떻게 해요. 정말 짓궂으시다니까. 어젠 한밤에 불쌍한 번터를 깨워 독일군

이 어쩌고 하면서 겁을 잔뜩 주었다지 뭐예요. 벌써 몇 년이나 지난 일이고 한동안 발작이 없더니만 또다시! 신경이란 참 이상하지요. 피터는 어렸을 때 항상 악몽을 꾸곤 했답니다. 물론 작은 알약 하나만 먹으면 다 해결되었지만. 하지만 파커 씨도 알겠지만 1918년에는 꽤나 상태가 나빴답니다. 그렇게 큰 전쟁이 있었는데 한두 해 사이에 잊어버릴 수는 없겠죠. 정말 우리 아들들이 무사히 돌아온 것만 해도 얼마나 다행인지. 하지만, 덴버에서 평화롭고 조용하게 보내는 게 얘한테 별로 나쁜 일도 아닐 거예요."

"심한 발작을 겪었다니, 유감이네. 약간 몸이 불편해 보이는군."

파커가 모호하게 동정적인 태도로 말을 건넸다.

"찰스."

피터 경은 목소리에 전혀 아무런 감정도 싣지 않고 말했다.

"이제 런던에 있어 봤자 자네에게 별로 도움이 안 되니 이틀 정도 갔다 오겠네. 이 시점에서 해야 할 일이 있다면 나보다는 자네가 더 잘 할 거야. 이걸 받게나."

피터 경은 쓰고 있던 종이를 접어 봉투 안에 넣었다.

"즉시 경시청에 가져다주고 런던에 있는 모든 구빈원이나 보건소, 지구대나 YMCA 등에 배포하라고 하게. 팁스의 집에서 발견된 시체가 면도와 목욕을 하기 전의 인상착의야. 이 인상착의에 들어맞는 사람이 살아 있는 상태로든 시체로든 지난

이 주일간 그런 곳에 들어온 적이 있는지 알고 싶네. 자네는 개인적으로 앤드루 매켄지 경을 만나서 그 분의 권한 하에 이 서류를 배포해 달라고 하게. 레비 살인사건과 배터시의 수수께끼를 풀었다고 말씀드려."

파커는 깜짝 놀라 신음 소리를 냈지만 그의 친구는 아무 신경도 쓰지 않았다.

"그리고 앤드루 경께 언제라도 신호만 보내면 아주 위험하고 중요한 범죄자를 체포할 수 있도록 영장을 받아 놓고 부하들을 대기시켜 달라고 하게. 이 서류에 대한 답이 오면, 성 류크 병원이나 성 류크 병원과 관련 있는 사람을 수색할 수 있도록 하고 즉시 나를 부르게나. 그동안 성 류크 병원에 있는 학생 중 하나를 포섭해 봐. 방법이야 마음대로 하고. 살인사건이나 영장이 있다고 떠들면서 쳐들어가지는 마. 그랬다간 낭패를 볼지도 모르니까. 나는 자네에게 소식을 듣는 대로 런던에 돌아오겠네. 돌아오면 훌륭하고 영리한 의사 선생을 여기서 만나보길 고대하겠네."

피터 경은 슬며시 웃었다.

"이 사건의 진상을 다 파헤쳤다는 뜻인가?"

파커가 물었다.

"그래. 내가 틀렸을 수도 있겠지. 그러길 바라네. 하지만 나는 틀리지 않았다는 걸 알아."

"하지만 말은 안 해 주겠지?"

"솔직하게 말하면 하지 않는 편이 낫다는 걸 알잖아. 내가 틀릴 수도 있다고 했지. 마치 캔터베리 대주교를 비방하고 모욕한 죄를 저지른 기분이야."

"그럼 이것만 말해 주게. 이건 하나의 사건인가, 아니면 별개의 일인가?"

"하날세."

"레비 살인사건이라고 했지. 그럼 레비는 죽었단 거야?"

"그래!"

피터 경은 몸을 부들부들 떨면서 대답했다.

태틀러 지를 보고 있던 공작부인이 고개를 들었다.

"피터, 다시 오한이 드니? 지금 하고 있던 얘기가 뭐든 간에 흥분이 되면 즉시 그만두는 편이 좋겠다. 게다가 이제 떠나야 할 시간이야."

"알았어요, 어머니."

피터 경은 외투와 여행가방을 들고 문간에 정중히 서서 기다리고 있던 번터 쪽으로 몸을 돌렸다.

"자네가 해야 하는 일을 알겠지?"

"아주 잘 알고 있습니다. 고맙습니다, 주인님. 차가 막 도착했습니다, 마님."

"팁스 부인이 그 안에 타고 계시다."

공작부인이 말했다.

"부인이 너를 보면 아주 기뻐하실 게야. 너를 보면 아들 팁스 씨가 생각난다고 하시더라. 잘 있게나, 번터."

"안녕히 가십시오, 마님."

파커는 두 사람을 아래층까지 배웅했다.

두 사람이 떠나자, 파커는 손에 든 서류를 멍하니 바라보았다. 그때서야 오늘이 토요일이니 서둘러야겠다는 생각이 들었고 그는 급히 택시를 잡았다.

"경시청으로!"

화요일 아침, 피터 경과 벨벳 재킷을 입은 한 남자는 7에이커약 삼만 평 가까이 되는 너른 순무 밭을 따라 명랑하게 걸어갔다. 순무 꼭대기는 이른 서리에 덮여 노릇하게 변해 있었다. 약간 앞쪽으로 나무 이파리가 흥분한 듯 파르르 떨리는 것으로 보아 눈에 보이지는 않지만 덴버 공작령의 사냥개 한 마리가 막 뛰어갔다는 것을 짐작할 수 있었다. 이윽고 메추라기 한 마리가 경찰 호루라기 소리를 내며 날아올랐고, 피터 경은 며칠 전 밤 독일 공병대원의 환상을 보고 들은 사람치고는 꽤나 차분하게 새를 겨냥했다. 사냥개가 순무 사이를 멍청하게 헤집고 다니다가 죽은 새를 물고 돌아왔다.

"잘했어."

피터 경이 개를 칭찬했다.

이에 용기백배한 개는 갑자기 우스꽝스럽게 펄떡펄떡 뛰면서 짖어 댔다. 그 바람에 귀가 머리 위에서 뒤집힌 채로 펄럭였다.

"따라와."

벨벳 옷을 입은 남자가 거칠게 명령했다. 개는 부끄럽다는 듯 옆걸음질을 쳤다.

"바보 같은 강아지."

벨벳 옷의 남자가 말했다.

"가만히 있지를 못해요. 성격도 불안하고. 검둥이가 낳은 새끼 중 하나입죠."

"세상에나. 그 늙은 개가 아직도 살아 있어?"

"아닙니다요, 나리. 봄에 편히 가게 죽일 수밖에 없었습니다요."

피터는 고개를 끄덕였다. 그는 항상 시골을 싫어했고 가족의 영지와는 아무런 관련이 없다는 게 얼마나 감사한지 모르겠다고 주장하고 다녔지만 오늘 아침에는 상쾌한 공기 속에 윤을 낸 부츠를 신고 젖은 이파리를 헤치며 걷는 시간을 한껏 즐기고 있었다. 덴버에서는 사물이 질서정연하게 움직였다. 나이든 사냥개들 말고는 갑작스럽게 사고로 죽는 일도 일어나지 않았다. 물론 메추라기들도 죽지만. 피터 경은 감상하듯 가을의 향기를 들이마셨다. 주머니에는 오늘 아침 우편으로 도착한 편지가 한 통 들어 있었지만 아직 읽을 마음은 들지 않았다. 파커는 전보를 치지 않았다. 서두를 만한 일은 없었다.

피터 경은 점심 식사 후 끽연실에서 편지를 읽었다. 형이 거기서 타임스 지를 읽다가 졸고 있었다. 16대 덴버 공작인 제럴드는 점잖고 단정한 영국인으로 튼튼하고 전통을 따랐으며, 약간 헨리 8세의 젊은 시절을 닮았다. 공작은 자신의 동생이 약간 타락했으며 별로 상태가 좋지 않다고 생각했다. 형은 경찰과 법정 소식에 관심을 갖는 동생의 취미를 싫어했다.

편지는 번터가 보낸 것이었다.

W1구 피커딜리 110번지

주인님께

저는 주인님이 지시하신 대로 조사의 결과를 알려드리기 위해 이렇게 편지를 보냅니다. (번터는 세심하게 교육을 받았으므로 1인칭 단수형으로 편지를 시작하지 않으려고 애쓰는 게 오히려 더 천박한 글쓰기 습관이라는 것을 알고 있었다.)

줄리언 프레크 경의 시종과 안면을 트는 데는 별 문제가 없었습니다. 프레더릭 아버스노트 훈작사의 시종과 같은 클럽에 다니더군요. 훈작사의 시종이 제 친구기 때문에 기꺼이 소개해 주었습니다. 그 친구가 저를 어제(일요일) 저녁 클럽으로 데리고 가서 프레크 경의 시종과 함께 저녁 식사를 했습니다. 그의 이름은 존 커밍스로, 후에 저는 커밍스를 집으로 불러서 술과 시가를 대접했습니다. 제 맘대로 이런 일을 저지른 걸 용서해 주십시오. 보통은 제가 이러지 않는다는 것 아시겠지요. 하지만 경험상 하인의 신뢰를 얻으려면 저 또한 주인을 이용하고 있다는 인상을 주는 게 제일 좋은 방법이더라고요.

("번터가 항상 인간 본성을 연구하고 있지 않은가 싶더라니." 피터 경은 이렇게 평했다.)

저는 그에게 가장 좋은 포트와인을 내놓았습니다. ("이럴 수가!") 주인님과 아버스노트 씨가 얘기를 하시는 걸 들었거든요. (흠!)

지금 당면한 문제를 해결하는 데 있어서 포트와인의 효과는 제 기대대로였습니다. 하지만, 속상하게도 그 하인이 제가 내놓은 와인이 얼마나 귀중한 것인지 전혀 모르고 와인을 마시면서 시거를 피웠다는 이야기를 하지 않을 수가 없군요. (주인님이 즐겨 피시는 빌라 빌라였습니다.) 주인님은 그 당시 제가 아무 말도 할 수 없었던 심정을 이해하시고 동정하시리라 믿습니다. 이 기회를 빌려 음식과 술, 의상에 관한 한 주인님의 탁월한 취향에 감사를 드리고 싶습니다. 이런 말을 드려도 될지 모르겠지만 주인님의 시중을 들 수 있다는 것은 이루 말할 수 없는 즐거움이며 일종의 교육이나 다름없지요.

피터 경은 근엄하게 고개를 숙여 절했다.

"도대체 너 거기서 뭐하는 거냐? 앉은 자리에서 멍청이같이 고개를 끄덕이고 히죽히죽 웃으면서?"

공작은 꾸벅꾸벅 졸다가 말고 갑자기 깨어나 물었다.

"편지에 뭐 재미있는 내용이라도 적혀 있니?"

"아주 근사한 내용이야."

피터 경이 대답했다. 공작은 의심스럽다는 듯 쳐다봤다.

"네가 코러스 걸과 결혼하는 일은 없기를 바란다."

형은 속으로 중얼거리며 다시 타임스 지를 들여다보았다.

저녁을 들면서 저는 커밍스의 취향을 파악해 보니 악극 쪽이라는 것을 알 수 있었습니다. 첫 잔을 마시면서 이쪽 방향으로 얘기를 몰고 갔습니다. 주인님 덕분에 런던에서 상연되는 모든 공연을 봐 둔 터라 생각보다 얘기가 술술 나왔고 평소대로 행동하면서도 그의 환심을 살 수 있었습니다. 여성과 음악에 대한 커밍스의 관점은 주인님의 포트와인을 마시면서도 시거를 피울 수 있는 사람에게서 기대할 수 있는 수준이었습니다.

와인을 두 잔째 따라 주면서 저는 주인님의 수사와 관련한 주제를 꺼냈습니다. 시간을 절약하기 위해서 저희가 나눈 대화를 가능한 한 실제 일어난 그대로 적어 보겠습니다.

커밍스　　번터 씨는 인생을 즐길 기회가 많은 것 같습니다.

번터　　방법만 알면 누구라도 언제든지 기회를 만들 수 있죠.

커밍스　　아, 번터 씨야 그렇게 쉽게 말할 수 있죠. 무엇보다도 아직 미혼 아닙니까.

번터: 미혼이지만 철은 들었답니다, 커밍스 씨.

커밍스　　저도 그렇습니다. 자, 너무 늦었군요. (그가 한숨을 푹 쉬기에 저는 그의 잔을 채워 주었습니다.)

번터   커밍스 씨는 배터시에서 부인과 함께 사십니까?

커밍스   네, 아내와 저 둘 다 주인님 밑에서 일합니다. 사는 게 뭐 그런지! 낮에는 잡일을 해 주는 사람이 하나 옵니다. 하지만 잡역부가 무슨 도움이 되겠습니까? 그 배터시 촌구석에서 우리끼리 사는 게 얼마나 지겨운지.

번터   극장에 가기는 별로 편하지 않겠군요.

커밍스   그럼요. 번터 씨는 여기 피커딜리에 사시니 괜찮겠습니다. 바로 지척이지 않습니까. 게다가 이 댁 주인님은 종종 밤에도 안 들어오시죠?

번터   아, 자주 외박하시죠.

커밍스   그러면 밤에 자주 몰래 빠져나갈 기회가 많겠네요?

번터: 음, 커밍스 씨 생각엔 어떨 것 같습니까?

커밍스   바로 그겁니다. 그럴 줄 알았죠! 하지만 저처럼 잔소리하는 마누라가 딸려 있고 지독히도 과학적인 의사인 주인이 밤새 시체나 자르고 개구리를 가지고 이런저런 실험을 하고 있으면 도대체 뭔 일을 할 수 있겠습니까?

번터   그 댁 주인님도 가끔은 외출하시겠죠.

커밍스   별로 자주는 아닙니다. 게다가 항상 자정 이전에 돌아오시고요. 주인님이 벨을 눌렀는데 바로 안 나가면 어떻게 하시는 줄 아십니까? 정말이지 말입니다, 번터 씨.

번터   역정을 내시나요?

커밍스　아, 아니오. 하지만 아주 역겹다는 듯이 뚫어져라 보시죠. 수술대 위에 놓인 시체를 막 해부하려고 할 때의 눈초리랄까요. 역겹다는 듯 쳐다보는 것 가지고는 뭐라 불평할 수가 없잖습니까. 주인님이 아주 부당하다는 건 아닙니다. 배려 없이 행동하셨을 때는 사과를 하시죠. 하지만, 그렇게 주인님이 외출하고 돌아오지 않으셔서 잠을 못 자게 하면 무슨 소용이 있겠습니까?

번터　어떻게 그렇게 하시죠? 그러니까 늦게까지 자지 않고 기다리게 한다는 거죠?

커밍스　주인님이 그렇게 하시는 게 아닙니다. 그것과는 거리가 멀죠. 열 시 반이 되면 문단속을 하고 식구들은 다 잠자리에 듭니다. 사소하지만 주인님이 정해 두신 규칙이죠. 보통 규칙대로 하는 게 싫다는 건 아닙니다. 조금 따분하기는 하지만요. 하지만 잠자리에 일단 들면 계속 자고 싶죠.

번터　주인님은 뭘 하십니까? 집 안을 돌아다니시나요?

커밍스　그러시지 않을까요? 밤새요. 게다가 병원으로 연결된 문을 들락날락 하십니다.

번터　진담은 아니시겠죠, 커밍스 씨. 줄리언 프레크 경처럼 위대한 전문가가 병원에서 숙직을 보신다고요?

커밍스　아니, 아닙니다. 주인님은 당신 연구를 하시는 거죠. 사람을 해부하고요. 주인님이 아주 총명한 분이시라고 사람들이 그럽디다. 사람을 시계처럼 조각조각 분해했다가 도로 맞추실 수도 있다고.

번터　　그럼 커밍스 씨는 프레크 경이 들어오는 기척이 잘 들리라고 1층에서 주무십니까?

커밍스　　아니오. 저희 침실은 꼭대기 층에 있습니다. 하지만, 어떤지 아십니까? 주인님은 문을 아주 세게 쿵쿵 두드리셔서 그 소리가 집 안 전체에 울리거든요.

번터　　아, 저도 피터 경에게 그에 대해서 여러 번 얘기한 적이 있죠. 밤에 말씀하시는 것과 목욕하는 문제요.

커밍스　　목욕이요? 그것 참 말씀 잘하셨습니다. 목욕 말이죠? 저와 아내는 물탱크가 있는 방 옆에서 잡니다. 물소리가 얼마나 큰지 죽은 사람도 벌떡 일어날 정도죠. 시도 때도 없이요. 지난 월요일 밤에는 몇 시에 목욕을 하셨는지 아십니까?

번터　　새벽 두 시에 하는 분도 있다고 들었습니다.

커밍스　　들으셨군요? 글쎄, 이 경우에는 세 시였습니다. 새벽 세 시에 벌떡 깨어났다니까요. 정말입니다.

번터　　설마요, 커밍스 씨.

커밍스　　아시겠지만 주인님은 병으로 죽은 시체 해부를 하시지 않습니까. 그러니까 박테리아를 씻어 내기 전에는 잠자리에 들지 않으시죠. 아주 당연한 겁니다. 하지만 제 말은, 그런 한밤중은 신사분이 질병이나 생각하고 그러기에는 적당한 시간이 아니란 겁니다.

번터　　위대하신 분들은 자기 나름대로의 활동 방식이 있는 법이죠.

커밍스　　뭐, 제 방식은 아니라는 말밖에 할 수 없군요.

(이 말은 일리가 있었습니다. 커밍스는 어느 모로 보나 위대한 구석이라곤 찾아볼 수 없었으니까요. 게다가 제가 보기에 그 사람이 입고 있는 바지도 그와 같은 직책에는 걸맞지 않았습니다.)

번터　　프레크 경은 그렇게 습관적으로 늦으시나요?

커밍스　　음, 아니오. 보통은 안 그러시죠. 게다가 아침에 사과도 하시더군요. 물탱크를 손봐야 하겠다고 하십디다. 공기가 파이프 안으로 들어가서 그렇게 끔찍한 신음 소리 비슷한 게 들리는 거라고 하니 꼭 필요한 공사죠. 마치 나이아가라 같았어요. 내 말이 무슨 뜻인지 번터 씨가 알지는 모르겠지만. 정말입니다.

번터　　오, 그거 참 훌륭한데요. 사과할 줄 아는 예의가 있는 신사분이시라면 그 정도는 참아 드릴 만하죠. 물론 때로 그분들도 스스로를 주체할 수 없을 때가 있으시겠죠. 손님이 예고 없이 찾아오기도 하고, 늦게까지 붙잡아 두시기도 하고.

커밍스　　지당한 말씀이십니다. 지금 생각해 보니 월요일 저녁에서 신사분이 찾아오셨더랬죠. 손님이 늦게까지 계시다 가셨던 건 아니지만 한 시간 정도 머물다 가셨기 때문에 주인님 일이 지체되었을 겁니다.

번터　　그렇겠군요. 포트와인을 좀 더 드릴까요, 커밍스 씨. 아니면 피터 경의 오래된 브랜디라도 좀 마시겠습니까?

커밍스   브랜디 조금 마시겠습니다. 고맙습니다. 번터 씨가 여기 술 저장고를 아주 꽉 쥐고 계시군요. (커밍스가 제게 윙크를 하더군요.)

"맡겨 주십시오."

저는 이렇게 말하고 나폴레옹을 가져다주었습니다. 그런 남자에게 브랜디를 따라 줄 때 제 마음이 얼마나 아팠는지 주인님은 아시겠죠. 하지만 일이 제대로 돌아가고 있는 걸 보고, 저는 브랜디도 아깝지 않다고 생각했습니다.

"밤에 찾아오는 손님들이 남자분이기만 하면 얼마나 다행이겠습니까."

저는 이렇게 말했습니다. (이런 식으로 은근한 말을 흘리다니 주인님께는 정말 죄송하지만 용서해 주시겠죠.)

("맙소사, 번터가 이렇게까지 철저한 방법을 쓸 필요는 없는데." 피터 경은 중얼거렸다.)

커밍스   오, 댁의 주인님은 그런 분이시군요?

(그는 킬킬대면서 저를 찔렀습니다. 그가 한 대화를 여기 다 적지는 않겠습니다. 주인님만큼이나 제게도 불쾌하기 그지없는 말들이었습니다. 그는 계속 말을 이었습니다.)

아뇨, 줄리언 경에게는 해당 안 되는 말입니다. 밤에는 손님도 거의 없지만 항상 남자 분들이십니다. 게다가 보통은 일찍 가시죠. 이번 손님처럼.

번터   그게 낫죠. 손님을 배웅하러 늦게까지 자지 않고 있어야 하는 것만큼 피곤한 일이 없습니다.

커밍스　아, 이 손님이 나갈 때는 배웅하지 않았어요. 줄리언 경이 직접 열 시쯤 손님을 배웅하셨지요. 신사분이 나가면서 "안녕히 계십시오!"라고 큰 소리로 인사하는 소리를 들었습니다.

번터　줄리언 경은 언제나 그러시나요?

커밍스　뭐, 때에 따라 다르죠. 아래층에서 손님을 맞으면 직접 배웅하시고요. 위층 서재에서 맞으시면 저를 부르시고.

번터　그럼 이 손님은 아래층에서 맞으셨나 보죠?

커밍스　아, 네. 줄리언 경이 직접 문을 열어 주신 걸로 기억합니다. 마침 홀에 계셨거든요. 그런데 지금 생각해 보니 나중에 손님과 서재로 가셨군요. 그 참 이상하네. 손님들이 서재로 갔다는 걸 아는 게 또 마침 제가 석탄을 가지고 홀로 가는데 두 분이 위층으로 올라가는 소릴 들었기 때문이죠. 더욱이 줄리언 경이 몇 분 후 저를 서재로 부르셨거든요. 하지만 어쨌거나 손님은 열 시경에, 아니면 그보다 약간 전에 나가셨어요. 사십오 분 정도 계셨을까. 그렇지만 말한 대로 밤새 줄리언 경이 개인 문을 쾅쾅 열고 닫으면서 드나드셨고 새벽 세 시에는 목욕을 하시더니 아침 여덟 시에 아침 식사를 하러 일어나시더군요. 정말 알다가도 모를 노릇입니다. 제가 주인님처럼 그렇게 돈이 많다면 뭐 하러 한밤중에 시체나 찔러 보러 다니겠습니까. 그 시간에 더 좋은 일을 하지, 참, 번터씨…….

그 후에 커밍스가 한 말을 굳이 옮길 필요는 없겠지요. 아주 불유쾌하고 일관성이 없는 대화였으니까요. 그러고는 월요일 밤의 사건으로 다시 화제를 돌릴 수 없었습니다. 그 자를 세 시까지 쫓아 버릴 수도 없었고요. 제 목에 얼굴을 파묻고 울면서 정말 제가 좋다느니 제 주인님이야말로 정말 따르고 싶다느니 그러더군요. 줄리언 경은 자기가 집에 늦게 돌아가면 아주 언짢아하실 테지만 일요일 밤은 외출하는 날이니 그에 대해서 뭐라고 한마디 하면 그만두겠다고 엄포를 놓을 거라고 했죠. 전 그렇게 한다면 그야말로 경솔한 짓이겠거니 생각했죠. 양심적으로 말해서 내가 줄리언 프레크 경의 입장이라도 좋은 추천서를 써 주진 않을 것 같더군요. 게다가 부츠 굽도 살짝 닳아 있는 게 눈에 띄었습니다.

참, 주인님의 술 창고 덕을 많이 봤다는 사실을 덧붙일 수밖에 없겠습니다. 쿡번 68년도 산과 1800년도 산 나폴레옹을 둘 다 꽤 마셨는데도 아침에 일어났을 때 두통이나 숙취가 느껴지지 않더군요.

마지막으로 주인님께서 시골 공기를 마시고 건강을 회복하셨기를 바라마지 않으며, 적게나마 제가 모은 정보가 만족스러우셨기를 바랍니다.

    공작 가문에 충심과 존경을 보내며,
    주인님의 충실한 종
    머빈 번터

"이런, 가끔 머빈 번터는 나를 놀리는 것 같단 말이지."

피터 경은 혼자 골똘히 생각했다.

"뭔가, 솜즈?"

"전보입니다, 주인님."

"파커로군."

피터 경은 편지를 뜯었다. 편지에는 이렇게 쓰여 있었다.

"첼시 구빈원에서 인상착의에 맞는 사람이 있었다고 확인. 수요일에 거리에서 사고를 당해 실려 온 신원미상의 노숙자라고 함. 월요일 저녁 구빈원에서 사망. 같은 날 프레크의 명령으로 성 류크 병원으로 이동. 영문을 당최 모르겠음. 파커."

"야호!"

피터 경은 갑자기 얼굴을 빛냈다.

"파커가 영문을 모르겠다고 하니 참 기쁜걸. 자신감이 생기는데. 마치 셜록 홈스가 된 기분이야. '아주 단순하네, 왓슨.' 하지만, 제기랄! 이건 정말 잔혹한 사건이야. 그렇지만 파커가 당최 영문을 모르겠다니 대단한 사건이지."

"무슨 일이야?"

공작이 일어나서 하품을 했다.

"출동 명령이야."

피터가 대답했다.

"다시 시내로 돌아오라는군. 그동안 잘 보살펴 줘서 고마워, 형. 몸도 한결 나아졌어. 이제 모리아티 교수건 레온 케스트렐

이건 상대를 할 준비가 됐지."

"난 네가 경찰 놀음은 이제 그만 했으면 좋겠구나. 나보다 더 사람들 눈에 띄는 동생이 있다는 건 어색하단 말이다."

공작이 투덜거렸다.

"미안해, 제럴드 형. 내가 가문에 큰 오점을 냈다는 건 알아."

"결혼하고 정착해서 조용히 살면 어떻겠냐? 좀 더 쓸모 있는 일을 하면서."

공작은 짜증을 가라앉히고 말했다.

"형도 잘 알다시피 난 인생의 낙오자잖아."

피터 경은 이렇게 대답하고 명랑하게 덧붙였다.

"게다가 난 전혀 쓸모없는 짓을 하는 게 아니라고. 형도 내 도움이 필요한 일이 생길지 어떻게 알아? 누가 제럴드 형을 협박하거나 형이 버린 전처가 갑자기 예기치 않게 서인도에서 돌아오거나 하면 집 안에 사립탐정이 있는 게 좋다고 생각하게 될걸? '미묘한 개인사를 솜씨를 발휘해 신중하게 처리해 드립니다. 조사 착수, 이혼 증거 전문. 완전 보장!' 자, 어때?"

"웃기지 마셔."

덴버 공작은 신문을 격하게 안락의자 위에 내던졌다.

"차 몇 시까지 대기시킬까?"

"지금 즉시. 참, 형. 어머니를 모시고 가야겠어."

"왜 어머니까지 그런 일에 말려들어야 하냐?"

"뭐, 내가 어머니 도움이 필요하니까."

"내가 볼 때 그보다 더 어울리지 않는 일이 없는걸."

공작이 대꾸했다.

하지만 공작 미망인은 아무런 반대도 하지 않았다.

"그 부인과는 아주 잘 아는 사이지. 부인이 결혼 전 크리스틴 포드였을 때부터 말이야. 그런데, 왜?"

"그 부인에게 남편에 대한 끔찍한 소식을 전해야 하거든요."

피터 경이 설명했다.

"그 사람 죽었다니?"

"네. 그래서 부인이 가서 남편 신원을 확인해야 해요."

"불쌍한 크리스틴."

"그것도 아주 혐오스러운 환경 하에서 해야 해요, 어머니."

"내가 너와 함께 가 주마."

"고마워요, 어머니. 어머니는 정말 든든해요. 그럼 곧장 짐을 챙겨서 저와 함께 올라가실 수 있으시겠어요? 차 안에서 말씀드릴게요."

10 장

　파커 씨는 토머스라는 성실하지만 영문을 몰라 어리둥절하고 있는 의과대학생 한 명을 확보해서　지체없이 데리고 왔다. 토머스라는 이 젊은이는 웃자란 강아지처럼 덩치가 컸으며 순진한 눈을 한 얼굴에는 주근깨가 가득했다. 그는 피터 경의 서재 모닥불 앞, 긴 의자에 앉아 자신이 해야 하는 일과 주변 환경, 마시고 있는 술에 완전히 압도당해 얼떨떨한 표정이었다. 그의 혀는 미식을 먹어 본 적은 없었지만 타고나게 미각이 좋은 터라 지금 마시는 음료가 평소에 마시던 싸구려 위스키나 전후 나온 맥주, 소호 식당들이 내놓는 의심스러운 클라레 와인과 같이 술이라고 부르기에는 너무 황송스럽다는 것 정도는 알 수 있었다. 이건 흔히 할 수 있는 경험이 아니었다. 램프의 요정이라도 만난 기분이었다.

　전날 우연히 프린스오브웨일스 모퉁이에 있는 술집에서 만난 이 파커라는 남자는 좋은 사람 같았다. 파커는 피커딜리에서 호화스럽게 살고 있는 자기 친구를 만나러 가자고 우겼다. 파커의 말에는 설득력이 있었다. 토머스는 파커가 공무원일 거라고 생각했다. 아마도 시티 지구의 거물인지도 몰랐다.

　그 친구라는 이는 당혹스러운 사람이었다. 먼저 작위가 있는 귀족이었고 그의 깔끔한 옷차림을 보면 세상 나머지 사람들은 다 부끄러워할 듯했다. 게다가 당황스러운 방식으로 바보 같은 장광설을 계속 늘어놓았다. 농담을 하거나 재미있자고 하는 말도 아닌 것 같았다. 물 흐르듯이 얘기를 하면서 뭔가 반박을 하기도 전에 다른 얘기로 쏙 빠져나가 버리는 것이었다.

　게다가 정말로 끔찍한 하인을 두고 있었다. 책을 읽는 하인이라니! 그 하인이 가만히 비난하는 눈길로 쳐다보면 뼛속의 골수까지 얼어붙어 버릴 듯했다. 파커가 이런 긴장을 잘 견뎌 내는 모습을 보니 그에 대한 평가가 한층 더 높아졌다. 이런 대단한 환경에 파커는 보기보다 훨씬 더 익숙한 게 분명했다. 그는 파커가 무심코 담뱃재를 떨어뜨리는 양탄자 가격이 얼마나 될까 궁금했다. 그의 아버지, 피곳 씨는 실내장식업자로 리버풀에서 피곳&피곳이라는 상점을 운영하고 있어서 토머스도 양탄자 가격에는 훤했지만 이 양탄자 가격은 짐작조차 할 수 없었다. 소파 구석에 놓인 불룩한 비단 쿠션에 머리를 기대고 있노라니 좀 더 깔끔하게 면도를 하고 올 걸 하는 생각이 들었다. 소파는 흉측했지만 그렇다고는 해도 자기 몸이 다 들어갈 만큼 그렇게 커다랗게 보이지는 않았다. 피터 경은 그렇게 키가 크지는 않았다. 오히려 키가 작은 편에 가까웠다. 하지만 전혀 왜소해 보이지 않고 적당한 키로 보였다. 그의 이런 분위기 때문에 190센티미터에 육박하는 자기 키가 천박하리만큼 껑충하게 느껴졌다. 어머니의 응접실에 걸린 새 커튼이 된 기분이었다. 커다란 얼룩이 여기저기 묻어 있는 커튼.

하지만 모두들 친절했고 아무도 이해할 수 없는 얘기를 하지 않고 비웃지 않았다. 무시무시할 정도로 어려워 보이는 책들이 방 안을 빙 두른 책장에 꽂혀 있었다. 탁자 위에 놓여 있는 책은 위대한 단테 판본이었지만, 이 집 주인들은 아주 평범하고 합리적으로 평소에 그가 읽는 종류의 책, 좋은 연애소설이나 탐정소설에 화제를 맞추고 이야기를 했다. 토머스는 이런 책들을 많이 읽었기 때문에 의견을 말할 수 있었고 그들은 그가 하는 이야기를 경청했다. 물론 피터 경은 우스꽝스럽게도 마치 작가들이 자신에게 몰래 속마음을 털어놓고 이 이야기가 어떻게 맞춰졌으며 어떤 부분이 먼저 쓰였는지 말해 준 것처럼 이야기하기는 했지만 말이다. 그걸 보니 프레크가 시체를 맞추는 방식이 떠올랐다.

"내가 탐정소설에서 싫어하는 점은 말입니다."

피곳 씨가 입을 열었다.

"사람들이 지난 6개월 동안에 일어난 일을 하나하나 세세하게 다 기억하고 있다는 거예요. 언제가 되었든 준비를 하고 있다가 그때 비가 왔는지 안 왔는지, 그런 날에 뭘 하고 있었는지를 금방 말해 주죠. 마치 시집의 한 페이지처럼 술술 거침없이 말하지요. 실생활에서는 그렇지 않아요. 그렇게 생각하지 않으십니까, 피터 경?"

피터 경이 미소를 짓자 피곳 군은 즉시 당황해서 먼저 알게 된 친구에게 호소했다.

"제 말이 무슨 뜻인지 아시죠, 파커? 자, 이거 보세요. 매일이 비슷하잖아요. 나는 기억하지 못한다고요. 뭐, 어제 정도는 기억할 수도 있죠. 하지만 지난주에 뭘 했는지 말하라고 하면 못할걸요."

"못하겠지."

파커가 대답했다.

"경찰에 진술한 증언이라는 건 그만큼 말도 안 되는 소리처럼 들려. 하지만 경찰에서는 실제로 그런 식으로 증언을 받진 않아. 내 말은, 사람이 이렇게 말할 순 없다는 거지. '지난 주 금요일 나는 오전 열 시에 양고기 다리를 사러 갔습니다. 모티머 가를 돌아가는데 검은 머리에 갈색 눈을 한 스물두 살 처녀가 로열 선빔 자전거를 타고 지나갔습니다. 아가씨는 초록 점퍼에 체크무늬 치마를 입고 파나마모자를 쓰고 검은 구두를 신고 있었지요. 자전거는 시속 16킬로미터의 속도로 성 시몬과 성 유다 교회 옆 모퉁이를 돌아 마켓 플레이스 쪽을 향해 길 반대방향으로 갔지요.' 결국 합치면 이런 이야기가 되지만 실은 계속 질문을 던져서 그런 증언을 끌어 내는 것일 뿐이야."

"잘라 말하면, 나중에 진술 형태로 정리할 뿐 실제의 대화는 훨씬 길고 실없는 소리인데다가 지루하다는 거지. 그렇게 되면 어떤 독자가 인내심을 갖고 읽겠는가. 작가들은 독자들을 항상 고려한다네. 물론 독자가 있을 경우의 애기지만."

피터 경이 거들었다.

"네. 그렇겠죠."

피곳은 대답했다.

"하지만 대부분의 사람들은 전혀 기억하지 못할걸요. 그런 질문을 받아도 기억해 내기가 어렵겠죠. 물론, 제가 약간 머리가 나쁘다는 건 압니다. 하지만 대부분 사람들이 다 그렇지 않나요? 제 말 뜻 아시겠죠? 증인들은 형사가 아니잖습니까. 여러분이나 저와 같은 평범한 바보들일 뿐이죠."

"맞는 말일세."

피곳이 경솔하게도 마지막 말을 뱉어 놓고 그 말이 의미하는 바를 서서히 깨닫는 동안 피터 경은 미소를 지으며 이렇게 말했다.

"예를 들어, 내가 자네에게 일주일 전 오늘 뭘 했는지 일반적인 방식으로 물어본다면 즉각 대답하지 못할 거란 말이지?"

"네, 하나도 못할 겁니다."

그는 곰곰이 생각했다.

"못하죠, 보통 때처럼 병원에 있었던 것 같습니다. 그리고 화요일이었으니까 무슨 주제에 대한 강연이 있었을 거고요. 그게 뭔지 알 리는 없죠. 그리고 저녁에는 토미 프링글하고 외출했습니다. 아니, 그건 월요일이었을 거예요. 수요일이었나? 아무튼 말씀드리지만, 아무것도 장담할 순 없습니다."

"자신을 너무 얕보는군."

피터 경은 엄하게 말했다.

"예를 들면 그날 해부실에서 뭘 했는지 정도는 분명히 기억하고 있잖나."

"아니, 아뇨! 전혀 기억 안 납니다. 오랫동안 생각해 보면 기억이 좀 날지도 모르지만, 법정에서 맹세할 수 있을 정도는 아닙니다."

"육 펜스를 걸면 내가 반 크라운 걸지. 오 분 안에 기억할 수 있다에."

"기억 안 날 겁니다."

"어디 두고 보자고. 해부할 때 작업을 필기하지 않나? 그림으로 그린다거나?"

"아, 그렇죠."

---

§   반 크라운은 2실링 6펜스. 1실링은 12펜스이다. 즉, 1:5의 내기다.

"그걸 생각해 보게. 거기다가 마지막으로 그린 게 뭐지?"

"그거야 쉽죠. 바로 오늘 아침에 그렸으니까요. 다리 근육이었습니다."

"좋았어. 대상은 누구였지?"

"할머니 같은 사람이었어요. 폐렴으로 죽었다나."

"좋아. 그럼 이제 머릿속에서 스케치북을 한 장씩 뒤로 넘겨 보게. 그 전에는 뭐가 있었나?"

"아, 어떤 동물이에요. 역시 다리죠. 요즘 운동 신경 연구를 하고 있거든요. 커닝엄 교수의 비교 해부학 시범이었죠. 전 토끼 다리와 개구리 다리 하나, 뱀 다리 하나로 나름대로 훌륭하게 해 냈습니다."

"그래. 커닝엄 교수의 강의는 무슨 요일인가?"

"금요일."

"금요일이라, 좋아. 뒷장을 넘겨 보게. 또 그 전에 뭐가 나오지?"

피곳 씨는 고개를 저었다.

"다리 그림이 오른손으로 넘기는 페이지부터 시작하나, 아니면 왼손으로 넘기는 페이지부터 시작하나? 첫 번째 그림이 보이나?"

"네, 네. 맨 위에다 날짜를 적어 놨어요. 개구리 뒷다리 해부하던 날이군요. 오른손으로 넘기는 페이지네요."

"그래. 그럼 마음의 눈으로 펼쳐 놓은 스케치북을 생각해 봐. 그 반대편에는 뭐가 있지?"

상당히 정신적 집중을 요하는 질문이었다.

"뭔가 둥근 것, 색깔도 있고. 아, 손이네요!"

"좋아. 손의 근육에서 팔을 거쳐 다리나 발 근육으로 갔지?"

"아, 맞아요. 팔 스케치도 했어요."

"그렇군. 팔은 목요일에 그렸나?"

"아뇨. 목요일에는 해부실에 가지 않습니다."

"그러면 수요일이겠지?"

"네. 수요일에 그렸던 게 분명해요. 그래, 그랬어요. 아침에 파상풍 환자를 보고 나서 해부실에 갔어요. 수요일 오후에 그렸죠. 스케치를 끝마치고 싶어서 돌아갔었어요. 그때는 평소보단 좀 열심히 일한 편이라 생각이 납니다."

"그래. 스케치를 끝마치러 돌아갔다고 했지. 그럼 시작은 언젠가?"

"음, 그 전날요."

"그 전날이라. 그러면 화요일이 되겠군. 그렇지?"

"잠깐 셈을 놓쳤어요. 맞아요, 수요일 전날이니까. 네. 화요일이네요."

"그래요. 남자의 팔이었나, 여자의 팔이었나?"

"아, 남자의 팔이었어요."

"그렇군. 그럼 지난 화요일, 바로 일주일 전 오늘 자넨 해부실에서 남자의 팔을 해부하고 있었던 거야. 자 육 펜스 내게나."

"세상에나!"

"잠깐만. 그것보다 더 많은 것을 기억하고 있을지도 몰라. 자기가 얼마나 알고 있는지 짐작도 못할걸. 그 남자가 어떤 사람이었는지도 알고 있을 거야."

"아, 전 그 남자를 온전한 형태로 본 적도 없는걸요. 그날은 약간 늦게 해부실에 간 걸로 기억합니다. 팔 하나를 달라고 특별히 부탁해 놓았지요. 전 팔에 약간 약하거든요. 그리고 와츠는, 아, 와츠는 조교예요, 하나 챙겨 두겠다고 약속했었고요."

"그렇군. 늦게 갔더니 팔 하나가 기다리고 있더라는 거지. 그리고 팔을 해부했고. 가위를 들고 피부를 갈라 뒤집어 핀으로 고정했겠지. 아주 젊고 고운 피부였나?"

"오, 아니, 아닙니다. 평범한 피부였어요. 제 생각엔 팔에 검은 털이 있었던 것 같아요. 네, 바로 그거예요."

"그래. 마르고 힘줄이 울퉁불퉁한 남자 아니었나? 지방이라고는 남아돌지 않는?"

"아, 아니었어요. 그 때문에 다소 기분이 나빴지요. 난 상태가 좋고 근육이 있는 팔을 원했거든요. 그런데 그 팔은 별로 근육이 발달 안 했고 지방이 많아서 해부하기 어려웠어요."

"그렇군. 육체노동을 별로 안 하고 주로 앉아서 일하는 사람이었군."

"맞습니다."

"그래. 그럼 손을 해부해서 스케치를 했다는 거지. 손에 박힌 못 같은 것도 봤겠고."

"아, 그런 건 없던데요."

"없다 이거지. 그렇지만 젊은 남자의 팔이라고 하지 않았나? 단단하고 어린 살에 관절이 유연한?"

"아니, 아니었는데요."

"아니라고. 그러면 늙고 힘줄이 많은 팔이었나 보군."

"그것도 아닙니다. 중년이었어요. 류머티즘을 앓았더군요. 관절 부분에 침전물이 축적되어 있더군요. 게다가 손가락은 약간 부어올랐고."

"그래, 한 쉰 살 쯤 되는 남자군."

"그 정도 될걸요."

"그렇군. 같은 시체를 작업한 학생들이 또 있었겠지."

"아, 그럼요."

"그렇군. 그리고 학생들끼리는 시체를 두고 평소 하는 대로 농담도 했을 테고."

"그랬을걸요. 아, 그랬습니다!"

"몇 개는 기억나지 않나? 자네 실험실에서 재담꾼은 누군가? 소위 말하자면?"

"토미 프링글요."

"토미 프링글은 뭘 하고 있었지?"

"기억 안 나는데요."

"토미 프링글은 어디쯤에서 작업하고 있었나?"

"기구를 넣어 놓은 장 옆에서요. C번 싱크대 옆."

"그래. 마음의 눈으로 토미 프링글을 그려 보게나."

피곳은 웃어 대기 시작했다.

"이제 기억나네요. 토미 프링글이 말하기를 이 늙은 유태인이……."

"어째서 프링글은 이 시체를 유태인이라고 말한 거지?"

"모르겠는데요. 하지만 프링글이 그렇게 말한 건 생각납니다."

"유태인처럼 보였나 보지. 시체 머리를 보았나?"

"아뇨."

"머리를 맡은 사람은 누구였지?"

"모르겠어요. 아, 생각납니다. 프레크 선생님이 직접 머리를 차지했어요. 그래서 허풍쟁이 빈스가 뿌루퉁했죠. 그 친구가 머리를 받기로 되어 있었거든요."

"알았네. 줄리언 경은 그 머리를 어떻게 하던가?"

"우리를 불러 모아서 턱을 보여주면서 경추 출혈과 신경 손상을 보라고 했습니다."

"그래. 잘했어. 그럼 다시 토미 프링글 얘기로 돌아가 볼까?"

피곳은 토미 프링글의 농담을 옮겨 주었다. 몇 가지는 좀 당황스러운 내용이었다.

"그렇군. 그게 다인가?"

"아뇨. 토미와 함께 작업하고 있던 친구가 그런 건 과식으로 일어나는 현상이라고 말했어요."

"토미의 파트너는 소화관에 관심이 있나 보군."

"네. 그리고 토미가 이런 말도 했죠. 구빈원에서 그렇게 잘 먹여 준다면, 자기라도 구빈원에 제 발로 찾아가겠다고요."

"그러면 그 남자는 구빈원에서 온 거지였군?"

"음, 그랬을걸요."

"보통 구빈원의 거지들이 그렇게 지방이 많고 잘 먹는 편인가?"

"아이구, 그럴 리가요. 생각해 보세요. 보통은 그렇지 않죠."

"그러면 사실 토미 프링글이나 그 친구는 이 구빈원에서 온 시체가 여느 시체와는 약간 다른 점이 있다는 생각이 들었다는 거겠지?"

"네."

"그리고 이 청년들이 소화관을 가지고 농담을 했다면, 이 시체는 죽기 직전에 거한 식사를 한 게로군."

"네, 아, 네. 그랬을 겁니다. 그랬겠죠?"

"글쎄, 난 잘 모르겠군."

피터 경이 대답했다.

"그거야 자네 전문 분야지. 그 사람들이 한 말로 자네가 추론한 내용이고."

"아, 네. 그렇고말고요."

"그렇지. 예를 들어 그 환자가 오랫동안 병을 앓았고 형편없는 음식만 먹었다면 자네 친구들이 그렇게 관찰을 했으리라고 생각할 순 없잖나."

"물론 그렇죠."

"그래, 이거 보게나. 그 시체에 대해서 정말 많이 알고 있지 않나. 지난 주 화요일에 자네는 류머티즘을 앓은 경력이 있는 중년의 유태인 팔 근육을 해부한 걸세. 그 남자는 앉아서 일하는 습관이 있었고 거한 식사를 한 후에 척추에 출혈을 일으키고 신경에 손상이 가는 부상으로 죽었네. 그리고 이 사람은 구빈원에서 왔을 거라고 추측하고 있고?"

"네."

"그럼 필요하면 이런 사실이 진실이라고 맹세할 수도 있겠지?"

"뭐, 그런 식으로 말씀하시면 그럴 수도 있겠죠."

"물론 그렇겠지."

피곳 씨는 잠깐 동안 앉은 채로 곰곰이 생각에 잠겨 있다가 마침내 말했다.

"그럼, 내가 이 모든 사실을 알고 있었네요. 그렇죠?"

"아, 그럼. 줄곧 알고 있었지. 소크라테스의 노예처럼."

"그 사람이 누굽니까?"

"내가 어렸을 때 읽은 책에 나오는 사람."

"아, 《폼페이 최후의 날》에 나왔던 사람인가?"

"아니, 다른 책일세. 그 책을 안 읽어서 다행이라고 하고 싶군. 약간 지루하거든."

"전 학교 다닐 때 헨티와 페니모어 쿠퍼 말고는 별로 안 읽었어요……. 하지만 정말 제 기억력 좋지 않습니까?"

"자기가 생각하는 것보다 기억력이 더 좋지."

"그럼 어째서 의학 공부는 하나도 기억 안 나죠? 마치 체로 치는 것처럼 술술 빠져나간다니까요."

"글쎄, 왜 그럴까?"

피터 경은 난롯가 앞 깔개 위에 서서 웃으면서 손님을 내려다보았다.

"글쎄요."

젊은이가 말했다.

"환자를 진찰하는 사람들은 피터 경이 물어보는 것 같은 질문을 하진 않거든요."

"안 하나?"

"안 하죠. 그냥 혼자 기억하라고 놔둡니다. 진짜 골 아프게 어려워요. 하나도 이해할 수가 없다니까요? 하지만, 참. 토미 프링글이 재미있는 친구라는 걸 어떻게 알았죠?"

"몰랐는데. 자네가 말해 주기 전까지는."

"몰랐군요. 알겠습니다. 그렇지만 어떻게 그런 사람이 있는지 알고 물어본 거죠? 내 말 뜻은……."

소화관에서 일어나는 현상의 영향도 받아 약간 대담해진 피곳은 웅얼거렸다.

"내 말은, 피터 경이 약간 똑똑한 겁니까, 아니면 내가 약간 멍청한 겁니까?"

"아니, 아닐세."

피터 경은 부인했다.

"내가 그렇지. 나는 항상 바보 같은 질문을 하지. 모두들 내가 그런 질문을 하면서 뭔가 속뜻을 감추고 있다고 생각하더군."

피곳에게는 너무 복잡한 말이었다.

"신경 쓰지 말게."

파커가 위로하듯 말했다.

"저 사람은 항상 저러니까. 별로 깊이 받아들이지는 말게. 저 사람도 어쩔 수가 없어. 대대로 국회의원을 하는 가문에는 흔히 볼 수 있는 조기 치매랄까. 저쪽으로 가게, 윔지. 가서 '거지들의 오페라'나 뭐 그런 걸 연주하라고."

"이 정도면 충분히 좋은 결과지, 그렇지 않나?"

피곳 씨가 정말로 즐거운 저녁 시간을 보내고 행복한 기분으로 집으로 돌아간 후 피터 경은 이렇게 말했다.

"그런 것 같군. 하지만 거의 믿을 수 없는 얘길세."

파커가 대답했다.

"인간의 천성에 믿을 수 없는 건 없어."

피터 경이 말했다.

"적어도 교육받은 인간의 천성에는. 무덤 발굴 명령서는 받

왔나?"

"내일 받을 거야. 내일 오후에 구빈원 사람들을 만나 볼까 했었지. 그 사람들부터 먼저 가서 만나 봐야겠군."

"그래야지. 어머니께 일러두어야겠군."

"나도 점점 자네와 비슷한 기분이 드는데. 이 일이 싫어져."

"나는 이전보다 더 좋아졌는데."

"정말 우리가 실수하는 게 아니라는 확신이 있나?"

피터 경은 창문 쪽으로 천천히 걸어갔다. 커튼은 완전히 젖혀지지 않은 채였다. 그는 그 자리에 서서 커튼 틈새로 밝아 오는 피커딜리 거리를 내다보았다. 다음 순간 그는 몸을 휙 돌렸다.

"실수를 하고 있다면 내일 알게 되겠지. 손해 볼 건 아무것도 없어. 하지만 집에 가는 길에 상당히 확신을 얻게 될 거라 생각하네. 여기 보게, 파커. 자네도 알다시피 내가 자네라면 여기서 밤을 보내겠네. 남는 침실도 있어. 여기서 자네를 편안히 재워 줄 수 있어."

파커는 그를 뚫어져라 쳐다보았다.

"지금 자네 말뜻은 내가 공격당할 수도 있다는 건가?"

"그럴 가능성이 아주 높다고 생각하네."

"누가 거리에 있나?"

"지금은 아니야. 삼십 분 전에는 있었지."

"피곳이 나갈 때?"

"그래."

"이런, 그 청년이 위험한 일을 당하지 않아야 할 텐데."

"내려가서 보니 별 일 없겠더군. 위험할 것 같진 않아. 사실, 우리가 피콧을 정보원으로 삼으리라고 생각할 사람은 없을 것 같네. 하지만 자네와 나는 위험에 빠져 있어. 자고 갈 텐가?"

"내가 미쳤어? 뭐 하러 도망가?"

"허튼 소리 말게! 지금 내 말을 믿으면 곧장 도망가겠지, 왜 안 그러겠나? 내 말을 안 믿는 거 아냐. 사실 내가 맞게 가고 있는지 별로 확신이 없는 거겠지. 그럼 편히 잠들라고. 하지만 내가 경고해 주지 않았다고 원망하진 말게."

"그런 건 안 해. 마지막 숨을 거둘 때면 이제 확신하게 되었다는 유언을 남기도록 하지."

"그럼, 걸어가지는 말게. 택시를 타."

"좋아. 그렇게 하겠네."

"그리고 다른 사람과 합승하진 말고."

"하지 않도록 하지."

으스스하고 불쾌한 밤이었다. 때마침 극장에서 돌아온 사람들을 옆 블록 아파트 앞에 내려 준 택시가 한 대 있어 파커는 그 택시를 잡았다. 그가 막 기사에게 주소를 알려줄 때 한 남자가 옆 골목에서 허겁지겁 뛰어왔다. 야회복에 오버코트를 입은 남자였다. 그는 미치광이처럼 손을 흔들며 돌진해 왔다.

"이봐요, 이봐요! 세상에! 이런, 파커 씨군요! 이거 다행이로군. 부탁 좀 드리겠소, 클럽에서 연락이 오는 바람에. 친구가 아프다고 하오. 모두들 극장 갔다가 집으로 가 버려서. 합승 좀 할 수 있을까요? 블룸즈버리로 가시오? 나는 러셀 광장으로 간다오. 이렇게 생각해도 될 런진 모르겠지만. 이건 생사가 달린 문제라서."

남자는 아주 멀리서 힘껏 뛰어온 사람처럼 숨을 헐떡였다. 파커는 즉시 택시에서 내려섰다.

"도와드릴 수 있어서 오히려 기쁩니다, 줄리언 경."

파커는 말했다.

"제 택시를 타시지요. 저는 크레이븐 가로 갑니다만 별로 급할 게 없어서요. 제 택시를 이용하시지요."

"아, 정말 친절하시군요."

의사는 감사의 인사를 했다.

"정말 부끄럽소만……."

"괜찮습니다. 전 기다려도 되니까요."

파커는 명랑하게 말했다. 그는 프레크 경이 택시를 타게 도와주었다.

"주소가요? 러셀 광장 24번지랍니다, 기사 양반. 서둘러 주십시오."

택시가 떠나자 파커는 계단을 다시 올라가 피터 경 집의 초인종을 눌렀다.

"실례 좀 하지. 결국 여기서 자고 가야겠네."

"들어오게."

윔지가 말했다.

"봤어?"

파커가 물었다.

"뭔가 보긴 봤어. 정확히 무슨 일이었나?"

파커가 설명해 주었다.

"솔직히 자네가 약간 정신이 나갔다고 생각했는데. 하지만 지금 보니 그런 것 같지도 않네."

피터는 웃음을 터뜨렸다.

"보지 않고서 믿는 사람은 행복하다.§ 번터, 파커 씨가 묵고 가신다네."

"이보게, 윔지. 이 사건을 다시 한 번 보자고. 그 편지는 어디 있나?"

피터 경은 대화 형태로 된 번터의 편지를 꺼냈다. 파커는 아무 말도 하지 않고 잠깐 동안 편지를 살폈다.

"자네도 알고 있겠지만, 나는 이 생각에 완전히 반대하고 있네."

"나도 그래, 친구. 그래서 첼시의 가짜 시체를 파내 보자는 거야. 그렇지만 자네의 반대 의견은 마음껏 펼쳐도 되네."

"뭐……."

"뭐, 이거 보게. 나도 내가 빠진 부분을 다 채울 수 있는 척

---

§　요한복음 20:29.

하고 싶진 않네. 하지만 이번에 하룻밤에 기묘한 사건이 두 건이나 발생했어. 그리고 특정한 사람 하나를 통해서 한 사건이 다른 사건에 완벽하게 연결되지. 끔찍한 일이야, 허나 생각할 수 없는 일은 아닐세."

"그래, 나도 알아. 하지만 아주 결정적인 장애물이 한두 개 있잖나."

"그렇지, 나도 아네. 하지만 여기 보게. 한 편에선 레비가 아홉 시경 프린스오브웨일스 길을 찾던 모습이 마지막으로 목격된 후 실종되었네. 다음 날 여덟 시에 전체적인 골격으로는 레비와 크게 다르지 않은 남자 하나가 퀸 캐롤라인 맨션의 한 아파트 욕조에서 시체로 발견되었네. 레비는 프레크 본인도 인정하였듯이 프레크를 만나러 갈 작정이었네. 첼시 구빈원에서 받은 정보에 의하면, 배터시에서 발견된 시체가 자연 상태에 있었을 때로 추정되는 인상착의와 일치하는 남자가 거기서 죽었고 같은 날 프레크의 병원으로 옮겨졌다고 했지. 우리가 알고 있는 레비는 과거는 없고 미래도 없다고 할 수 있네. 신원미상의 노숙자는 미래는 있고 (공동묘지로 가겠지) 과거는 없네. 그리고 프레크가 그들의 미래와 과거 사이에 서 있는 거야."

"그건 맞는 것 같네만……."

"그래, 자, 좀 더 들어 봐. 프레크는 레비를 제거할 동기도 있네. 오래된 질투심이지."

"지나치게 오래되지 않았나. 게다가 별로 동기라고 하기도 그렇고."

 "사람들이 사소한 동기로 범죄를 저지른다는 건 널리 알려져 있네.⁵ 자네야 사람들이 오래된 질투심을 이십 년이나 간직하지는 않는다고 생각하겠지. 어쩌면 아닐지도 몰라. 아주 원초적이고 잔인한 질투심이라면 그렇지 않겠지. 말 한마디나 한 대쯤 얻어맞은 것 가지고 그럴 수도 있어. 그러나 여전히 부글거리는 건 상처받은 허영심이야. 그런 건 달라붙어 있지. 모욕. 우리 모두가 건드리고 싶지 않은 아픈 상처가 있네. 나도 있어. 자네도 있겠지. 어떤 사람들은 여자가 한을 품으면 오뉴월에도 서리가 내린다고 하지 않나. 여자들만 탓할 것도 없어, 불쌍한 인간들! 연애 문제가 관련되면 남자들은 조금씩은 다 돌게 되지. 그렇게 안절부절못할 필요 없네. 자네도 이게 사실이라는 걸 알지 않나. 남자는 실망은 받아들일 수 있지만 모욕은 참

---

⁵ (원주) 피터 경은 권위 있는 근거도 없이 이런 의견을 펼치는 것은 아니었다. "이제껏 알려진 동기에 관해서 말하자면, 어떤 범죄를 저지를 만한 동기가 있는지 없는지, 혹은 그런 범죄를 저지른다는 건 도저히 불가능해서 어떤 실재 증거를 갖다 대도 눌리지 않을 정도인지 알아보는 게 대단히 중요하다. 하지만 연결할 수 있는 동기가 존재하기만 있다면 그 동기가 적절한지 아닌지는 그다지 중요하지 않다. 형사 법정의 경험에서 볼 때 이런 종류의 잔학한 범죄는 아주 사소한 동기 때문에 저질러지기도 한다. 단순한 악의나 복수뿐만 아니라 아주 작은 금전상의 이득을 얻기 위해서, 순간의 어려움을 떨쳐 버리기 위해서 그런 범죄를 저지르기도 하는 것이다." 재판장 캠벨 경. 여왕 대 파머 재판을 개괄하며, 속기록 308페이지 순회 형사법정, 1856년 5월. 제5회기. (작은 글씨로 표시된 부분은 작가 도로시 세이어즈가 첨가한 것임.)

을 수 없네. 난 전에 약혼한 여자에게 파혼당한 남자를 본 적이 있어. 아주 대놓고 차였지. 하지만 그는 그 여자에 대해서 점잖게 말했어. 나는 그 여자는 어떻게 됐냐고 물어봤다네. 그랬더니 그 친구는 이렇게 대답하더군. '아, 다른 남자와 결혼했어요.' 그러더니 갑자기 폭발하는 거야. 자기도 주체할 수 없었던 것 같더군. '세상에, 그랬다고요!' 고함을 질렀어. '생각해 보세요. 스코틀랜드 놈 때문에 차이다니!' 그 친구가 어째서 스코틀랜드 인을 싫어하는진 모르겠지만, 그게 그 사람의 쓰린 상처를 건드린 거야. 프레크를 보게. 난 그의 책을 읽었어. 그 사람이 자기 적을 공격하는 방식은 잔혹하더군. 게다가 그 남자는 과학자였다고. 그럼에도 불구하고 반대 의견을 참을 수 없어했네. 일류 과학자라면 가장 이성적이고 열린 마음으로 받아들여야 하는 일에서도 말이야. 그 사람이 사소한 문제에 대해서 누군가에게 패배를 당했다면 그걸 받아들일 수 있을 것 같은가? 사소할지는 몰라도 남자의 가장 민감한 문제에 대해서라면? 사람들은 사소한 문제에 아주 완고하네. 난 누가 내 책에 대한 지식을 문제 삼으면 아주 노발대발하지. 레비를 보게. 이십 년 전에는 아주 미천한 인물이었어. 그런데 그가 쓱 밀고 들어와서 프레크의 여자를 코앞에서 낚아채 가 버린 거지. 프레크는 여자는 신경도 안 썼어. 하찮은 유태인에게 귀족인 프레크가 코가 납작해진 거지.

　게다가 문제가 하나 더 있네. 프레크에게는 사소한 문제가 하나 더 있었어. 그는 범죄를 좋아하네. 그 사람이 쓴 범죄학 책을 보면 냉정한 살인자를 아주 흡족하게 바라보고 있더군. 난 그 책을 읽었네. 프레크가 성공적으로 범죄를 저지른 자에 대해서 냉정하게 서술한 부분마다 문맥 속에 감탄하는 마음이 숨겨져 있었어. 피해자들이나 참회한 사람들, 머리가 잘린 채 발견된 사람들에게는 경멸을 보내고 있었지. 그의 영웅은 정부를 설득해서 살인사건의 종범으로 만들어 버린 에드몽 들 라 포므레나 아내들의 시체를 욕조에 감춘 사건으로 유명한 조지 조지프 스미스 같은 인간이지. 스미스는 밤에는 아내를 정열적으로 사랑해 주고 아침에는 죽여 버릴 계획을 세울 수 있는 사람 아니었나. 무엇보다도 프레크는 양심을 일종의 충양돌기처럼 여겼어. 잘라 버리면 기분이 훨씬 좋아질 거라더군. 프레크는 일반적인 양심의 가책 따위는 받지 않았지. 그가 직접 쓴 책이 바로 그 증거네. 자, 다시 보게. 레비 대신에 레비 저택에 갔던 남자는 그 집을 잘 알고 있었다네. 프레크는 그 집을 알고 있었어. 그 집에 간 남자는 빨강 머리고 레비보다 약간 키가 작지만 아주 작지는 않지. 레비의 옷을 입었어도 별로 우스꽝스러워 보이진 않았으니까. 자네도 프레크를 봐서 알겠지. 키도 알잖나. 대략 180센티미터 가까이 되었지. 그리고 다갈색 머리고. 범인은 수술용 장갑을 꼈을 거야. 프레크가 외과의사지. 범인은 아주 꼼꼼하고 대담했네. 외과의사들은 꼼꼼하고 대담해야 하고. 이제 다른 쪽을 볼까?

배터시 시체를 가지고 온 남자는 시체에 접근할 수 있어야 했네. 프레크는 분명히 시체에 접근을 할 수 있지. 욕조에 시체를 넣은 남자는 분명 시체를 다루는 데 있어서 냉정하고 민첩하며 잔혹했네. 외과의사들이 그렇지. 그 남자는 시체를 이고 지붕을 가로질러 와서 팁스의 창문에 던져 넣어야 했을 테니 아주 힘이 센 남자겠지. 프레크는 힘이 세고 등산 클럽의 회원일세. 시체를 가지고 온 남자는 수술용 장갑을 꼈을 거고 수술용 붕대로 지붕에서 시체를 내린 것 같네. 이것도 역시 외과의사지. 이 남자는 의심할 여지없이 이웃에 살고 있을 거야. 프레크는 바로 옆집에 살지. 자네가 탐문한 여자는 맨 끝집 지붕에서 쿵 하고 떨어지는 소리를 들었다고 했지. 그 집은 바로 프레크의 옆집일세. 프레크를 살펴볼 때마다 어딘가로 반드시 이어지지 않나. 반면, 이제껏 우리가 혐의를 두었던 밀리건과 팁스, 크림플섬이나 다른 사람들은 아무 데로도 연결되지 않네.”

“맞아. 하지만 사건은 지금 자네가 이해하는 것만큼 간단하지가 않네. 어째서 레비 경은 월요일 밤 그렇게 은밀하게 프레크 경의 자택을 방문했던 거지?”

“뭐, 프레크의 설명을 이미 들었잖아.”

“무슨 소리야, 윔지. 그 설명만으로는 다 되지 않는다고 지금 자네 입으로 말했잖나.”

“대단한걸. 그걸로는 안 되지. 그러니까 프레크는 거짓말을 하고 있었겠지. 하지만 진실 속에 감춰야 할 게 없다면 뭣 하러 거짓말을 하겠나?"

"글쎄. 하지만 그럼 애당초 왜 얘기를 꺼낸 거지?"

"왜냐면 계획이 틀어져서 레비가 그 길의 모퉁이에 있는 모습이 목격되었기 때문이지. 프레크에게는 아주 재수 없는 사고였어. 그는 잘 생각해서 미리 설명을 준비해 놓고 있었거나 그랬을 거야. 물론 아무도 레비와 배터시 공원을 연결시키지 못할 거라 계산했던 거지."

"뭐, 그러면 다시 처음의 질문으로 돌아가 보자고. 어째서 레비는 그 집에 간 건가?"

"나도 모르겠네. 뭐 어쨌거나 거기 갔었지. 어째서 프레크가 그 페루 유전 주식을 샀겠나?"

"모르겠는데."

이번에는 파커의 차례였다.

"어쨌건, 프레크는 레비가 오기를 기다리고 있었고 그를 직접 맞으려고 준비를 갖춰 놓고 있었네. 방문객이 누구였는지 커밍스가 볼 수 없도록 말일세."

"하지만 방문객은 열 시에 떠났잖나."

"아, 찰스! 자네가 이럴 줄은 정말 몰랐네. 이러면 순진한 서그와 하나 다를 바 없잖아. 방문객이 나가는 걸 본 사람이 있어? 누가 '안녕히 계십시오'라고 말하고 거리로 나갔다 뿐이지. 그런데 자네는 그 사람이 레비였다고 믿는단 말인가? 프레크가 그 사람이 레비였다고 말했다는 이유만으로?"

"그럼 자네 말은 프레크가 명랑하게 집을 나서 파크레인으로 나갔단 말인가? 레비는 집에 남겨 두고서? 그때 죽었는지 살았는지 모를 레비를 커밍스가 발견할 수도 있는데도?"

"커밍스 본인이 그런 일은 없었다고 하지 않았나. 발걸음 소리가 멀어진 후 몇 분 후에 프레크는 서재 벨을 울려서 커밍스에게 문단속을 하라고 했지."

"그런 후……."

"뭐, 그 집에는 옆문이 하나 더 있었지 않아? 사실, 자네도 옆문이 있었다는 건 알고 있었지. 커밍스가 그렇게 말했잖아. 병원으로 통하는 문이 있다고."

"그래. 그럼, 레비는 어디 있었던 거지?"

"레비는 서재로 올라갔다가 다시 내려오지 않았네. 자네도 프레크의 서재에 가 봤지. 자네라면 시체를 어디다 숨기겠나?"

"옆문으로 이어진 침실이겠지."

"그럼 거기다 숨겼겠지."

"하지만 하인이 들어가서 잠자리 준비를 하면 어떻게 하나?"

"잠자리 준비는 가정부가 열 시 전에 한다네."

"그래, 하지만 커밍스는 프레크가 밤새 집 안을 왔다 갔다 하는 소리를 들었다고 했잖아."

"프레크가 들어왔다 나갔다 하는 소리를 두세 번 들었지. 어쨌건 커밍스도 주인이 평소에도 그런다는 걸 알고 있었고."

"그럼 프레크가 새벽 세 시 전에 모든 일을 다 끝마쳤다는 말을 하고 싶은 건가?"

"안 될 게 뭐 있나?"

"참 빠르군."

"빠르다고 하자고. 게다가 어째서 세 신가? 커밍스는 여덟 시 아침 식사에서 주인을 만나기 전까지는 모습을 본 적이 없었잖아."

"하지만 프레크는 세 시에 목욕을 했다잖아."

"그가 세 시 전에 파크레인에서 돌아왔다고 하진 않았네. 하지만 커밍스가 가서 욕실 열쇠 구멍에 눈을 대고 주인이 목욕을 하고 있나 본 건 아닐 거 아닌가."

파커는 다시 한 번 생각해 보았다.

"크림플섬의 코안경은 어떻게 된 건가?"

"그건 나도 약간 미스터리일세."

피터 경이 대답했다.

"그럼 어째서 팁스 씨의 욕실을 선택한 거지?"

"정말 왜일까? 어쩌면 순전한 우연일 수도 있겠지. 아니면 순전한 악의일 수도 있고."

"그럼 자네는 이 모든 정교한 계획이 하룻밤에 다 짜맞춰졌다고 생각하는 건가?"

"오히려 반대지. 아마 겉으로 보기에는 레비 경하고 닮은 남자가 구빈원에 들어왔을 때부터 이런 계획을 짠 걸 거야. 그러면 며칠 여유가 있었겠지."

"아하."

"프레크는 직접 심리에 출두했네. 프레크와 그림볼드는 죽은 남자가 병을 앓은 기간에 대한 소견에서 불일치를 보였지. 그림볼드처럼 하찮은 의사가 (상대적으로 말해자면 그렇다는 거야) 프레크 같은 거물의 의견에 반대하려고 한다면 자기 의견에 강한 근거가 있어서 그랬겠지."

"그러면, 자네 이론이 논리적으로 옳다면, 프레크는 실수를 한 셈이군."

"그렇지. 아주 사소하긴 하지만. 그는 불필요할 정도로 신중하게 어떤 사람의 마음속에서도 생각이 연결되지 않도록 막았다네. 예를 들어서 구빈원 의사의 경우처럼. 그 때까지 프레크는 사람들은 일단 한 번 설명된 것(예를 들자면 시체)에 대해서는 또 생각하는 일이 별로 없다는 사실에 기대고 있었지."

"어째서 그 사람이 허둥지둥하게 된 건가?"

"예기치 못한 우연이 계속 일어났으니까. 레비를 목격한 사람이 나타났고. 우리 어머니 아들이 바보같이 배터시에서 일어난 기묘한 사건과 자신이 연관이 있음을 타임즈지에 광고를 해서 알렸고. 파커 형사가 (최근에 삽화가 있는 신문에 사진이 실려 얼굴이 약간 알려진 형사지) 심리에서 덴버 공작부인 옆에 앉아 있는 모습을 본 거지. 그의 일생일대의 목표는 사건의 두 끝이 맞물리는 걸 막는 거였네. 그런데 두 연결고리가 말 그대로 나란히 있는 걸 본 거 아닌가. 많은 범죄자들이 지나치게 조심하다가 오히려 망하곤 하지."

파커는 아무 말 하지 않았다.

*11*장

"평소처럼 런던의 안개는 짙군."

피터 경이 말했다.

파커는 툴툴거리며 급히 오버코트를 몸에 꿰었다.

"이런 말을 해도 될지는 모르겠지만 사실 나는 더할 나위 없이 만족스럽다네. 이렇게 함께 일하면 재미없고 귀찮은 잡일은 죄다 자네가 해 주니 말이야."

파커는 다시 툴툴거렸다.

"영장 받는 게 어려울 것 같나?"

피터 경이 물었다.

파커는 세 번째로 툴툴댔다.

"이 일이 모두 조용히 진행되도록 신경은 썼을 테지?"

"물론이지."

"구빈원 사람들 입도 막았고?"

"그럼."

"경찰도?"

"했어."

"그렇게 안 해 뒀다간 아무도 체포할 수 없을걸세."

"이봐 윔지 경, 내가 바보인 줄 알아?"

"그런 희망을 품은 적은 없는데."

파커는 마지막으로 한 번 더 투덜대고는 떠났다.

피터 경은 자리를 잡고 앉아 단테를 음미했다. 그러나 아무런 위안이 되지 않았다. 피터 경은 사립학교에서 받은 교육 때문에 사립탐정 노릇에 마음이 심란했다. 파커가 몇 번 권했지만 피터 경은 그 점을 언제나 무시해 버릴 수는 없었다. 그의 정신은 어린 시절부터 읽은 《래플스》와 《셜록 홈스》, 그리고 그들이 상징하는 감성에 많은 영향을 받아 형성되었다. 그는 여우 사냥조차 하지 않는 집안 출신이었다.

"나는 아마추어일 뿐이야."

피터 경은 중얼거렸다.

---

§ 1890년대 E.W. 호능이 쓴 추리모험소설의 주인공인 신사 도둑. 호능은 아서 코난 도일의 누이와 결혼한 사이로 《래플스》는 《셜록 홈스》 시리즈의 영향을 많이 받았다고 한다.

그럼에도 불구하고 단테를 계속 읽어 나가면서 피터 경은 마음을 굳게 먹었다.

오후에 피터 경은 자기도 모르게 할리 가로 발길을 돌렸다. 줄리언 프레크 경은 화요일부터 금요일, 두 시부터 네 시까지는 신경과 치료를 하고 있었다. 피터 경은 초인종을 울렸다.

"예약하셨습니까?"

문을 열어 준 남자가 물었다.

"아니요, 하지만 줄리언 경에게 내 명함을 좀 전해 줄 수 있겠습니까? 그러면 예약을 하지 않아도 만나 주실 것 같은데."

그는 줄리언 경의 환자들이 진찰을 받기 전에 대기하는 근사한 방에 앉았다. 대기실에는 사람들이 바글거렸다. 세련되게 차려입은 여성 두세 명이 쇼핑과 하인들에 대해서 의견을 나누거나 조그마한 그리폰 종의 강아지를 쓰다듬고 있었다. 구석에 앉아 있는 덩치 큰 남자는 걱정스러운 얼굴로 일 분에 스무 번이나 시계를 들여다보고 있었다. 피터 경도 얼굴은 아는 사람이었다. 윈트링튼이라는 백만장자로 몇 달 전에 자살 기도를 한 사람이다. 그는 5개국의 재계를 주무르고 있었지만 자기 신경은 맘대로 다루지 못하는 모양이었다. 이제 5개국 재계의 운명은 줄리언 프레크 경의 유능한 손에 달려 있었다. 난롯가 옆에는 군인처럼 보이는, 피터 경 또래의 청년이 앉아 있었다. 나이에 어울리지 않게 주름이 팬 얼굴은 지쳐 보였다. 청년은 꼿

꼿이 등을 펴고 앉아 있었지만 아주 작은 소리 하나만 나도 불안한 눈으로 그 쪽을 쏘아보았다.

소파에는 수수한 차림새의 나이가 지긋한 부인이 젊은 소녀와 함께 앉아 있었다. 소녀는 피로에 절어 비참한 얼굴이었다. 부인의 얼굴에는 깊은 애정에 더해, 실낱같은 희망을 품어 약간 누그러진 근심이 어려 있었다. 피터 경 옆에는 어린 소녀를 데리고 온 젊은 여자가 있었다. 피터 경은 두 사람 모두 광대뼈가 넓고 슬라브 인처럼 눈 꼬리가 살짝 기울어진 회색 눈이 아름답다는 공통점을 알아챘다. 아이는 계속 불안하게 돌아다니다가 피터 경의 에나멜 구두 앞코를 밟아 버렸고 어머니는 아이를 프랑스 어로 꾸짖은 후 피터 경에게 사과했다.

"Mais je vous en prie, madame(괜찮습니다). 아무렇지도 않습니다."

피터 경도 불어를 섞어 답했다.

"이 애가 불안한가 봐요. 불쌍한 것."

"아이 때문에 상담 받으러 오신 겁니까?"

"네. 정말 좋은 분이세요. 의사 선생님이요. 무슈도 보시면 알겠지만 이 불쌍한 아이는 이전에 본 걸 잊어버리지 못하고 있답니다."

부인은 아이가 듣지 못하게 몸을 더 가까이 숙였다.

"우리는 여섯 달 전 기아에 허덕이는 러시아에서 탈출했어요. 함부로 말씀드릴 수 없는 게, 저 아이는 귀가 좋거든요. 그런데 그 얘기를 들으면 애가 갑자기 울어 대고 몸을 사시나무 떨듯 떨면서 경련을 일으켜요. 다시 재발할 거예요! 우리가 여기 왔을 때는 거의 뼈다귀밖에 남지 않았어요. 하느님 맙소사. 하지만 지금은 사정이 훨씬 낫죠. 보세요. 얘는 말랐지만 굶어 죽을 정도는 아니죠. 더 살이 붙을 수도 있었겠지만 신경쇠약 때문에 잘 먹을 수가 없었어요. 우리 같은 어른이야 잊어버리죠. enfin, on apprend àne pas y penser(마침내는 생각하지 않는 법을 배우게 돼요). 하지만 이런 어린아이들은 어쩌겠어요! 어릴 때는 tout ça impressionne trop(이 모든 게 깊이 각인되어 버리죠)."

피터 경은 감정을 굳게 감춰야 하는 영국식 어법의 속박에서 벗어나 프랑스 어로 말하며 동정심을 한껏 표현할 수 있었다.

"하지만, 지금은 훨씬 나아졌어요, 훨씬요. 훌륭하신 의사 선생님 덕택이죠. 정말 놀라운 일을 해 내셨어요."

아이의 어머니는 자랑스럽게 말했다.

"C'est un homme précieux(정말 귀중한 분이죠)."

피터 경이 대꾸했다.

"아, 무슈, c'est un saint qui opére des miracles! Nous prions pour lui, Natasha et moi, tous les jours. N'est-ce pas, chérie(기적을 일으키는 성인이시죠! 우리, 나타샤와 나는 그분을 위해 하루 종일 기도한답니다. 그렇지 않니, 아가)? 게다가 생각해 보세요, 무슈. 그 분, ce grand homme, cet homme illustre(그

위대한 분, 그렇게 유명한 분이) 이런 일을 다 대가를 받지 않고 하신다는 걸요. 우리가 여기 왔을 때는 제대로 된 옷가지 하나 없었어요. 땡전 한 푼 없고 완전히 굶주려 있었죠. Et avec ça que nous sommes de boone faimille-mais hélas! monsieur, en Russie, coome vous savez, ça ne vous vaut que des insultes-des atrocités(우리도 태생은 귀족이랍니다. 하지만 무슈, 러시아에서 그런 건 오히려 모욕의 대상이 될 뿐이었죠, 잔악한 행위의 대상이요)! Enfin(마침내)! 이 위대하신 줄리언 경이 우리를 보자 이렇게 말씀하셨어요. '부인, 댁의 따님은 제겐 아주 흥미로운 환자입니다. 더 이상 아무 말 마십시오. 제가 무료로 치료해 드리지요. pour ses beaux yeux(아이의 눈이 참 예쁘네요).' a-t-il ajouté en raint(이렇게 농담까지 하시고). 아, 무슈, c'est un saint, un véritable saint(그분은 성인이세요, 진정한 성인)! 그리고 정말 나타샤는 훨씬, 훨씬 나아졌답니다."

"마담, je vous en félicite(축하드립니다)."

"아, 무슈께서도? 이렇게 젊고 강하신 분이…… 역시 병을 앓고 계시나요? 무슈도 전쟁 때문에?"

"폭격의 후유증이 조금 남아 있습니다."

피터 경이 말했다.

"아, 네. 젊고 용감한 청년들이 너무 많이……."

"줄리언 경께서 몇 분 정도는 시간을 내실 수 있으시답니다. 지금 들어오시라는군요."

하인이 와서 전했다.

피터 경은 옆자리의 부인에게 정중하게 인사하고 대기실을 가로질렀다. 진찰실의 문이 닫히자, 예전에 변장을 하고 독일 장교의 사무실에 침투했을 때가 떠올랐다. 그때와 마찬가지 느낌이었다. 덫에 걸린 느낌, 용맹과 수치가 뒤섞인 느낌.

❖

이전에도 먼발치에서 줄리언 경을 본 적이 있었지만 가까이에서 대면하기는 처음이었다. 피터 경은 조심스럽게, 하지만 솔직하게 최근에 겪은 신경 발작의 정황을 묘사하면서 자기 앞에 있는 남자를 관찰했다. 그는 피터 경보다 키가 컸고, 어깨가 떡벌어졌으며 손이 근사했다. 아름다운 얼굴에는 정열과 냉혹함이 동시에 흘렀고, 붉은 빛이 도는 머리카락과 턱수염 사이로 보이는 푸른 눈동자는 광인처럼 강렬했다. 그 눈은 가족 주치의들의 침착하고 친절한 눈이 아니었다. 재기가 번득이는 과학자의, 생각에 잠긴 눈이었다. 마치 사람을 꿰뚫어 보는 듯한 눈.

'이런, 너무 노골적으로 말하면 절대로 안 되겠군.'

피터 경은 속으로 생각했다.

"그래요, 그렇군요. 최근 너무 과로하셨군요. 그러니 마음이 혼란해지신 게지. 그보다 마음이 괴롭다는 게 더 맞으려나."

줄리언 경이 말했다.

"어쩌다 보니 아주 우연히 사건에 휘말리게 되었습니다."

"그렇군요, 아주 예상치 않았던 일이셨겠지?"

"전혀 예상하지 못한 일이었지요."

"그래요, 한동안 정신적으로 육체적으로 긴장하셨겠구려."

"네, 아마도요. 별로 이상한 일은 아니지만요."

"그래요, 그 예상치 않은 사건이라는 게 개인적인 일이셨소?"

"제가 행동에 착수해야 할지 말아야 할지 즉각적으로 결정을 내려야 하는 일이라서요. 네, 그런 면에서는 아주 개인적이라고 할 수 있습니다."

"그러겠구만, 참으로 책임감을 느끼셨겠지."

"아주 엄중한 책임감을 느꼈지요."

"경 말고 다른 사람에게도 영향을 끼치는 일이오?"

"한 사람에게는 아주 중대한 영향을 끼치는 일이고, 간접적으로는 수많은 사람에게까지 그 여파가 미치는 일이지요."

"그래요, 발작이 일어난 게 밤이었다고 하셨지. 컴컴한 데 앉아 계셨소?"

"처음에는 아니었습니다. 나중에야 불을 껐던 것 같습니다."

"그렇군요. 자연스럽게 그렇게 해야 한다는 생각이 떠오르게 마련이지. 몸은 따뜻했소?"

"난롯불이 꺼졌던 것 같습니다. 우리 집사에게 갔을 때 내가 이를 덜덜 떨고 있더라고 집사가 그러더군요."

"그래요, 피커딜리에 사시지요?"

"그렇습니다."

"가끔 밤에도 차들이 많이 지나다닐 듯 하오만."

"아, 종종 그렇지요."

"딱 그렇군요. 그럼 말씀하셨던 결정 말인데, 그 결정을 내리셨다는 말이구려."

"네."

"마음은 정하셨고?"

"아, 그럼요."

"그러니까 그게 뭔진 모르겠지만 행동을 취하기로 결정하셨다는 거지요."

"네."

"그렇군요. 그럼 한동안은 행동을 안 하고 있었겠구려."

"상대적으로는 행동을 취하지 않았다고 할 수 있죠."

"그동안 전율도 느끼셨을 테고."

"네, 전율도 느꼈더랍니다."

"어느 정도는 위험도 느꼈겠지요?"

"그때 그런 생각이 들었는지는 잘 모르겠습니다."

"그러지는 않으셨다. 자기 자신의 안전은 생각할 수 없는 경우인가 보군요."

"그런 식으로 말씀하실 수도 있겠지요."

"그렇군요. 1918년에 이런 발작이 자주 일어났다고요?"

"네. 그때는 몇 달 동안 아팠습니다."

"그렇겠군요. 그때 이후로는 재발하는 횟수가 그렇게 많지는 않고?"

"훨씬 적어졌습니다."

"그래요. 마지막으로 일어난 게 언제지요?"

"아홉 달 전쯤입니다."

"그때 상황은 어떠셨소?"

"그때는 집안에 일이 있어서 걱정을 하고 있었습니다. 어떤 투자를 할 것이냐 말 것이냐 결정을 내려야 했는데 제가 큰 책임을 지고 있었지요."

"그래요. 지난해에는 어떤 경찰 사건에 흥미를 갖고 계셨던 것 같은데."

"네, 아텐버리 경의 에메랄드 목걸이를 찾는 일에 관심을 조금."

"정신을 혹사시키는 일이었지요?"

"그랬던 것 같습니다. 하지만 아주 재미있는 일이었지요."

"그래요. 사건을 해결하느라 신경을 써서 신체적으로 나쁜 결과가 나타나지는 않았소?"

"그렇진 않았습니다."

"그렇진 않았다라. 흥미는 있었지만 별로 우울하진 않았군요."

"바로 그거죠."

"그래요. 최근까지도 그런 사건 조사를 했지요?"

"네, 사소한 사건들이죠."

"건강에 나쁜 영향은 없었고?"

"전혀 없었습니다. 오히려 반대죠. 저는 이런 사건들을, 정신을 다른 곳으로 돌릴 수 있는 소일거리로 삼고 있습니다. 전쟁 직후에 심한 타격을 받았지만, 그렇다고 상황이 별반 나아지지도 않았습니다."

"아! 아직 미혼이시지?"

"네."

"미혼이시구먼. 그럼 내가 이제 진찰을 해 봐도 괜찮겠소? 전등 아래로 좀 더 가까이 오시구려. 눈을 좀 보고 싶으니. 이제까지는 누구에게 진찰을 받으셨소?"

"제임스 호지 경에게요."

"아! 그랬구려. 그런 분을 잃다니 의학계의 큰 손실이지. 정말 훌륭한 분이셨소. 진정한 과학자시지. 그래요. 고마워요. 자, 그럼 이제 이 새로운 발명품을 좀 시험해 보고 싶소만."

"그게 뭡니까?"

"신경 반응을 확인해 주는 장치라오. 여기 앉아 보시겠소?"

그 다음에 이루어진 진찰은 순전히 의학적인 것이었다. 진찰이 다 끝나자, 줄리언 경은 말했다.

"자, 피터 경. 이젠 상당히 평이한 언어로 진찰 결과를 말씀 드리리다."

"고맙습니다. 참 친절하시군요. 저는 긴 단어만 나오면 바보가 되거든요."

"그래요, 경은 개인적으로 연극적으로 행동하기를 좋아하시는군?"

"딱히 그렇진 않습니다."

피터 경은 솔직히 깜짝 놀라서 대답했다.

"보통은 아주 지루한 사람이라고들 하죠, 왜 그러십니까?"

"그럴지도 모른다고 생각했을 뿐이라오."

의사는 건조하게 대답했다.

"자, 이것 봐요. 전쟁 때 지나치게 신경에 무리가 가서 손상이 아직도 남아 있다는 것을 본인도 잘 알고 있겠지요. 그래서 경의 두뇌에 오래된 상처라고 할 수 있는 손상이 남아 있다오. 신경말단에서 자극을 받아 두뇌로 전달하면 거기에서 미세한 물리적 변화가 일어나게 되지요. 의학계에서도 최근에야 아주 섬세한 기기들을 써서 발견하기 시작한 증상이오. 이러한 변화들이 다시 역으로 자극을 만들어 내요. 아니 좀 더 명확하게 말하면 의사들이 이런 세포 변화를 인지하고 거기에 자극이라는 이름을 붙였다고 해야 맞겠지요. 그런 변화를 공포라거나 두려움, 책임감, 뭐 이런 이름으로 부를 수 있다오."

"네, 여기까지는 이해가 되는군요."

"좋아요. 자, 만약 뇌의 손상된 부분에 그런 자극을 다시 가하게 되면 오래된 상처가 벌어질 위험이 있는 거요. 내 말은,

우리가 공포나 두려움, 책임감이라고 할 수 있는 반응들을 만들어 내는 신경자극이 뇌에 가해지면, 옛날에 생긴 통로를 따라 흘러가며 교란을 일으키게 되지. 그러면 경의 뇌는 그런 감각에 과거에 알고 있던 익숙한 이름을 붙이게 되는 거라오. 독일군 갱도에 대한 두려움, 부하들을 살려야 한다는 책임감을 느끼고 긴장해서 집중하거나, 작은 소리를 들어도 귀가 멍멍할 정도로 시끄러운 총소리라고 생각하게 되는 거라오."

"알겠습니다."

"이런 효과는 다른 유사한 신체적 자극을 야기하는 외적 환경 때문에 더 증가할 수도 있어요. 예를 들자면 밤이나 추위, 차들이 지나가는 소리 같은 것이지."

"그렇군요."

"그렇다오. 오래된 상처들은 거의 치료가 되었지만 완전히 나은 건 아니지. 평소처럼 정신적인 활동을 하는 데에는 별로 나쁜 영향이 없어요. 오로지 뇌의 부상당한 부분을 활성화할 때만 일어나게 되오."

"그렇군요. 알겠습니다."

"그래요. 그런 경우를 피해야만 해요. 무책임하게 행동하는 법을 배워야 하오, 피터 경."

"제 친구들은 제게 이미 벌써 지나치게 무책임하다고들 합니다만."

"있을 법한 일이오. 신경이 민감한 기질을 가진 사람들은 종종 그렇게 보인다오. 대신 이런 사람들은 재기가 있지."

"오! 그런 거군요!"

"그래요. 경이 말한 이런 특별한 책임감이 아직도 남아 있소?"

"예. 그렇습니다."

"결정했다는 일을 아직 다 완수하지도 못하셨고?"

"아직 못했습니다."

"그걸 꼭 끝마쳐야 한다는 의무감이 드시오?"

"아, 네. 이제 다시는 빠져나올 수 없습니다."

"할 수 없군요. 그럼 앞으로 좀 더 무리할 일이 남아 있겠구려?"

"꽤 남아 있겠지요."

"시간을 더 끌 거라 생각하시오?"

"이젠 별로 오래 끌진 않을 것 같습니다."

"아! 경의 신경은 지금 제 상태가 아니라오!"

"아니라고요?"

"아니오. 그렇게까지 놀라지 않아도 되오. 하지만 이렇게 무리해서 일을 할 때는 특히 조심하시고 일이 끝나면 아주 편안히 쉬시구려. 지중해나 남쪽 바다 같은 곳으로 휴양을 다녀오시면 어떨까?"

"고맙습니다. 생각해 보겠습니다."

"그동안 당장 고통을 진정시키기 위해서 신경을 강하게 할 수 있는 약을 드리겠소. 알고 계시겠소만, 영구적인 효과는 없어요. 하지만 한동안 힘든 고비는 넘기게 해 줄 거요. 자, 처방전을 써 드리리다."

"고맙습니다."

줄리언 경은 일어서서 진찰실에 이어져 있는 작은 수술실로 들어갔다. 피터 경은 그가 이리저리 움직이며 뭔가 끓이고 적는 모습을 보았다. 이윽고 줄리언 경은 종이 한 장과 피하주사기를 가지고 왔다.

"여기 처방전이외다. 자, 그리고 소매를 좀 걷어 봐요. 지금 당면한 문제는 해결해 드리지."

피터 경은 순순히 소매를 걷었다. 줄리언 프레크 경은 피터 경의 팔뚝 한 부분을 짚고 요오드를 발랐다.

"저한테 지금 놔 주시려는 게 뭡니까? 세균이요?"

의사는 껄껄 웃었다.

"틀렸소."

줄리언 경은 엄지와 다른 손가락으로 살을 살짝 집었다.

"이런 주사, 전에도 맞아 봤을 텐데."

"아, 그럼요."

피터 경은 뭔가에 홀린 듯 가만히 앉아 차가운 손가락과 다가오는 피하주사기를 바라보았다.

"전에도 맞아 봤죠. 하지만 아시겠지만요. 그게 뭔지는 별로 신경 쓰지 않았던 터라."

피터 경은 오른손을 들어 의사의 팔목을 집게처럼 죄었다.

아주 강렬한 침묵이 흘렀다. 줄리언 경의 푸른 눈동자는 전혀 동요하지 않았다. 눈동자는 두터운 하얀 눈꺼풀 아래서 흔들림 없이 타올랐다. 줄리언 경이 천천히 눈을 들었다. 회색 눈이 푸른 눈동자와 마주쳤다. 회색 눈도 차갑고 흔들림이 없었다. 두 사람은 그렇게 한참을 마주보았다.

연인들이 포옹할 때는 숨소리 말고는 세상의 아무런 소리도 들리지 않는다. 마치 연인들의 포옹처럼 두 사람은 숨을 내쉬며 얼굴을 마주하고 있었다.

"물론 내키지 않으시면 안 맞으셔도 됩니다, 피터 경."

줄리언 경이 친절하게 말했다.

"저는 정말 바보 멍청이인가 봅니다. 하지만 이런 조그만 주사도 별로 반기지 않아서요. 한번 잘못 맞았다가 크게 혼난 적이 있었거든요. 그래서 주사를 맞을 때면 약간 신경이 날카로워집니다."

피터 경이 대답했다.

"그러시다면, 주사는 안 맞는 게 좋겠군요. 우리가 피하려고 하는 그런 자극을 도로 불러올지도 모르니 말이오. 처방전은 가져가시구려. 그리고 가급적이면 무리가 되는 일은 피하시고."

"아, 그럼요. 편히 쉬겠습니다, 고맙습니다."

피터 경은 감사의 인사를 올렸다. 그는 단정하게 소매를 내렸다.

"정말 감사드립니다. 또 문제가 생기면 다시 찾아뵙겠습니다."

"그래요, 언제든지 오시구려."

줄리언 경은 명랑하게 말했다.

"하지만 다음번엔 예약을 해 주는 게 좋겠소. 요새는 조금 바빠서. 모친께도 안부 전해 주시구려. 이전번에 배터시 사건 심리에서 뵙기는 했는데. 피터 경도 왔더라면 좋았을 걸 그랬소. 흥미가 있으셨을 텐데."

12 장

사악하고 천박한 안개가 목을 태우고 눈으로 파고들었다. 발밑조차 보이지 않았다. 걷다가 넘어져 가난한 사람들의 무덤 위로 쓰러지기도 했다. 손가락 아래에서 파커의 낡은 트렌치코트 감촉을 느끼고는 안심이 되었다. 이보다 더 끔찍한 곳에 있었을 때도 이런 느낌을 받았었다. 혹시 떨어질까 두려워 파커에게 더 필사적으로 매달렸다. 눈앞에서 어슴푸레하게 움직이는 사람들의 모습은 마치 브로켄의 유령§ 같았다.

---

§ 브로켄은 독일에 있는 하츠 산맥의 최고봉. 마녀의 안식일과 발푸르기스의 새벽으로 유명한 곳. 이 표현은 안개 때문에 사람들이 비정상적으로 길고 확대되어 보이는 광경을 의미한다.

"조심하세요, 신사분들."

누르스름한 어둠 속에서 단조로운 목소리가 들려왔다.

"이 근처에는 아직 덮지 않은 무덤들이 많아요."

오른쪽으로 방향을 바꾸어 막 뒤엎은 진흙더미를 헤치고 나아갔다.

"똑바로 서게나, 친구."

파커가 말했다.

"레비 부인은 어디 있나?"

"시체 임시 안치소에. 덴버 공작부인이 같이 계시네. 피터, 자네 어머님은 정말 대단한 분이야."

"그렇지?"

피터 경이 답문했다.

앞에 선 누군가가 들고 가는 등불에서 어슴푸레한 푸른빛이 흔들리는 듯했으나 다시 잠잠해졌다.

"여깁니다."

누군가 말했다.

단테의 신곡에 나오는 악마들처럼 삼지창을 든 인물들이 어렴풋이 나타났다.

"끝났소?"

누군가 물었다.

"거의 다 됐습니다."

악마들은 삼지창을 들고 다시 일을 시작했다. 아니, 다시 보니 삽이었다.

누군가 재채기를 했다. 파커는 재채기를 한 사람을 보고 그를 소개했다.

"내무성에서 나온 레빗 씨일세. 이쪽은 피터 경. 이렇게 궂은 날에 여기까지 끌어내서 죄송합니다, 레빗 씨."

"일이니까 당연히 나와야지요."

레빗은 쉰 목소리로 대답했다. 그는 머플러를 둘둘 감고 눈만 내놓고 있었다.

삽질하는 소리가 몇 분 동안 계속되었다. 사방에 퍼져 가는 쇳소리. 몸을 숙이고 열심히 일하는 악마들.

검은 턱수염을 기른 유령이 바로 옆에 나타났다. 다른 이가 그를 소개했다. 구빈원장이라 했다.

"아주 고통스러운 일입니다, 피터 경. 외람된 말씀이지만, 전 사실 피터 경과 파커 씨가 잘못 생각한 것이면 좋겠다고 바라고 있습니다."

"저도 그런 희망을 품을 수 있다면 좋겠습니다."

뭔가 힘들게 들어 올려지더니 땅속에서 끌려 나왔다.

"자, 다들 잘 들어요. 이쪽으로. 보이나? 무덤들을 조심하게. 이 근처에는 아주 빽빽하게 들어 차 있으니까. 준비됐소?"

"됐습니다. 자, 등불을 들고 가세요. 우리가 뒤를 따를 테니."

어수선한 발소리. 파커의 트렌치코트 자락을 다시 움켜쥔다.

"자넨가? 아! 죄송합니다, 레빗 씨. 파커인 줄 알았습니다."

"어이, 웜지. 나 여기 있네."

무덤이 더 나왔다. 비딱하게 세워진 묘석 하나를 어깨로 밀고 지나갔다. 날카로운 풀 가장자리에 걸려 넘어질 뻔했다. 발밑에서 자갈이 밟힐 때마다 끽끽 소리가 났다.

"이쪽입니다, 신사분들. 발밑을 조심하십시오."

시체 안치소다. 거친 빨간 벽돌 건물 안, 직직 소리를 내며 타오르는 가스 불. 검은 옷을 입은 여자 둘과 그림볼드 박사. 관은 둔탁하게 쿵 소리를 내며 앞에 있는 탁자 위에 놓여졌다.

"거기 스크루드라이버 있나, 빌? 고마워. 끌을 쓸 때는 조심해. 이 나무판에는 별 내용이 없군요, 나리."

끽끽대는 소리가 몇 번 길게 울려 퍼졌다. 흐느낌 소리. 친절하지만 단호한 공작부인의 목소리.

"쉿, 크리스틴. 울면 안 돼요."

웅얼거리는 목소리들. 단테의 신곡에 나오는 악마들은 비틀거리며 떠났다. 코듀로이 양복을 입은 착하고 점잖은 악마들.

그림볼드 박사의 목소리다. 마치 진찰실에 있는 양 냉정하고 초연한 목소리.

"자, 이제 그 등불을 좀 가져다주시겠소, 윈게이트 씨? 고마워요. 그래요. 여기 탁자 위로. 전기 코드에 팔꿈치가 닿지 않도록 주의하십시오, 레빗 씨. 이쪽으로 오시면 더 좋을 것 같네요. 그래, 그래요. 고맙습니다. 아주 좋습니다."

탁자 위에 전깃불이 켜지면서 갑작스레 환한 빛이 원형으로 비추었다. 그 속에 비치는 그림볼드 박사의 턱수염과 안경. 코를 풀고 있는 레빗 씨. 가까이 몸을 숙이고 있는 파커. 그를 굽어보고 있는 구빈원장. 방 안의 다른 부분은 한층 밝아진 가스불과 안개에 휘감겨 있다.

낮게 웅얼대는 목소리들. 모두들 고개를 숙이고 작업을 하고 있다.

그림볼드 박사의 목소리가 원형의 전등 빛 너머에서 다시 들려왔다.

"저희는 그다지 부인의 마음을 언짢게 해드리고 싶진 않습니다, 레비 부인. 그냥 저희가 어딜 찾아봐야 할지 말씀만 해주시겠습니까? 네, 네. 그렇고말고요. 금으로 때웠다고요? 네, 아래턱이요. 맨 왼쪽에서 두 번째요? 네. 빠진 이는 없고요, 없다고요, 네? 바로 왼쪽 가슴 위에? 네, 머라고요? 바로, 네, 맹장 아래에요. 아, 긴 게 가운데요? 네. 잘 알겠습니다. 팔에 흉터가? 네, 그렇게 작은 체질적 약점은 찾아 낼 수 있을지 잘 모르겠습니다. 아, 네. 관절염요. 네, 고맙습니다. 그건 아주 명확하군요. 제가 부탁드릴 때까지는 이쪽으로 오지 마십시오. 자, 윈게이트."

잠시 침묵. 그 후에 이어지는 웅얼대는 소리.

"빼냈다고요? 사후에 그런 것 같다고요? 네. 저도 그렇게 생각합니다. 콜그로브 의사는 어디 계시죠? 구빈원에서 이 남자를 보셨다고 하셨죠? 네. 기억나십니까? 아니라고요? 확실하십니까? 아시겠지만, 우리는 실수해서는 안 됩니다. 네. 줄리언 경이 여기 와서는 안 되는 이유가 있습니다. 저는 지금 콜그로브 박사님께 묻고 있는 겁니다. 네. 확실하다고요. 제가 알고 싶은 건 그게 답니다. 등불을 좀 더 가까이 대 주세요, 윈게이트 씨. 이런 볼품없는 건물에서는 습기가 금방 스며들어요. 아, 이걸 알아보시겠소? 예, 예, 이런 건 잘못 볼 수가 없죠, 그렇지 않습니까? 머리는 누가 해부했답니까? 아, 프레크요. 물론이죠. 성 류크 병원 의사들은 솜씨가 좋다는 말을 하려던 참이었습니다. 정말 아름답네요, 그렇지 않습니까, 콜그로브 박사님? 대단한 의사시죠. 가이 병원에 계실 때 봤어요, 아니, 아뇨. 몇 년 전에 그만뒀죠. 역시 끊임없이 손을 놀려 녹슬지 않게 하는 게 최고죠. 아, 네. 바로 그겁니다. 수건 가지고 계십니까? 고맙습니다. 머리 위로요. 다른 하나도 여기 있을 것 같은데요. 자, 레비 부인. 전 이제 부인께 흉터를 봐 달라고 부탁드릴 겁니다. 알아보실 수 있는지 한번 보세요. 각오를 단단히 하셔야 저희를 도와 주시는 겁니다. 천천히 하세요. 꼭 필요하지 않은 부분은 보지 않게 해 드리겠습니다."

"루시, 내 옆에서 떠나지 말아요."

"안 갈게요."

탁자 위를 치우고 자리를 만들었다. 전등 불빛이 공작부인의 백발에 어렸다.

"아, 네, 오, 맞아요! 아니, 아니에요. 내가 잘못 볼 리가 없어요. 여기 우스꽝스럽게 꼬인 부분이 있는 걸요. 수백 번도 넘게 봤다고요. 오, 루시. 루벤이에요!"

"조금만 더요, 레비 부인. 사마귀는……."

"내, 내 생각에는 그런 것 같아요. 네, 맞아요. 바로 그 자리에요."

"네, 그리고 흉터 말이죠. 모서리가 세 개죠? 바로 팔꿈치 위에?"

"네, 아, 맞아요."

"이겁니까?"

"네, 네."

"확실히 물어봐야만 합니다, 레비 부인. 이 세 자국으로 미루어 보아 여기 있는 이 시체가 부인의 남편이 맞습니까?"

"아! 그렇다고 해야 하겠죠? 도대체 남편 아닌 누가 그렇게 똑같은 자리에 똑같은 자국이 있겠어요? 이 사람은 내 남편이에요. 루벤이에요. 오!"

"고맙습니다, 레비 부인. 정말 용감하시고 도움이 많이 됐습니다."

"하지만…… 난 아직도 이해를 못하겠어요. 남편이 어떻게 여기 있죠? 누가 이런 흉악한 짓을 저질렀나요?"

"진정해요. 그 자는 곧 벌을 받을 거예요."

공작부인이 위로했다.

"오, 하지만. 어떻게 이토록 잔인할 수가! 불쌍한 루벤. 그 사람을 해치고 싶어한 사람이 대체 누구죠? 남편 얼굴 좀 보여주세요!"

"안 돼요, 크리스틴. 그럴 순 없어요. 이리 와요. 의사 선생님들하고 다른 사람들을 방해하면 안 되죠."

"아니, 아니에요. 다들 너무 친절하게 대해 주셨어요. 오, 루시!"

"집에 곧 가게 될 거예요. 더 이상 우리가 여기 있을 필요는 없겠지요, 그림볼드 박사님?"

"가셔도 됩니다, 공작부인. 고맙습니다. 이렇게 와 주시다니 부인과 레비 부인에게 감사를 드립니다."

두 부인이 나가는 동안 잠시 침묵이 흘렀다. 파커는 정신을 가다듬고 친절하게 두 분을 대기하는 차까지 모셔다 드렸다. 그때 그림볼드 박사가 다시 입을 열었다.

"피터 윔지 경도 보셔야 할 것 같습니다. 경의 추론이 얼마나 정확했는지. 피터 경, 아주 고통스럽겠지만, 직접 보시고 싶으시면…… 네. 저는 심리 때 마음이 불편했습니다. 네, 레비 부인은 아주 명확히 증언을 해 주셨지요. 네, 정말 충격적인 사건입니다. 아, 여기 파커 씨가 오셨군요. 파커 씨와 피터 윔지 경의 말은 완전히 증명되었습니다. 제가 정말 맞게 이해하는 건가요? 네? 정말 믿을 수가 없습니다. 그렇게 저명하신 분이…… 피터 경 말대로라면, 위대한 두뇌가 범죄 쪽으로 향하면…… 네, 여기 보세요! 정말 대단한 솜씨입니다. 대단해요. 지금은 시간이 지나서 약간 흐릿하기는 합니다만, 하지만 정말 정확하게 절개했지요. 여기 보세요. 좌반구하고, 여기. 시상 앞 선조체를 절개한 솜씨를, 여기를 보시죠. 바로 둔기에 입은 손상 자국입니다. 정말 대단합니다. 한 대 내려친 게 즉효였던 것 같군요. 아, 정말 그 사람 뇌를 보고 싶습니다, 파커 씨. 한번 생각해 보세요. 맙소사 피터 경, 지금 피터 경이 의학계에 얼마나 큰 타격을 입혔는지 모르실 겁니다. 전문명 세계에요! 아, 세상에! 저한테 부탁하실 게 있다고요? 물론 저는 입을 다물겠습니다. 여기 있는 분들 다 입을 다물 겁니다."

다시 묘지로 나갔다. 다시 안개와 발밑에서 잘가닥 밟히는 자갈길을 지나서.

"자네 부하들은 준비됐나, 찰스?"

"다들 출동했네. 레비 부인을 차까지 배웅해 드릴 때 부하들을 보냈지."

"누가 따라갔나?"

"서그."

"서그라고?"

"그래, 그 불쌍한 친구. 경시청 윗선에서 서그를 불러 들여 수사를 망쳤다고 문책했다네. 나이트클럽에 대한 팁스의 증언도 다 확증되었지. 팁스가 비터를 넣은 진을 사 주었던 여자가 잡혀 와서는 팁스의 알리바이를 확인해 주었어. 결국 경찰에서는 이 사건이 충분히 증거가 없다고 보고 팁스와 호록스라는 여자를 풀어 주었다네. 그러고 나서 서그한테는 과잉 수사를 했으니 앞으로는 좀 더 주의하라고 경고를 했지. 그래도 싸긴 하지만, 결국 그 친구는 바보 꼴을 면치 못하게 됐네. 서그가 안됐어. 하지만 그렇게 궁지에 몰리는 것도 그 친구에겐 조금은 좋을지 몰라. 결국, 피터. 자네와 내 입장은 특히 유리하게 됐지."

"그래. 뭐, 그런 건 중요치 않아. 누가 가든 제시간에 도착하진 못할 테니까. 다른 사람이나 서그나 그만그만하지."

하지만 서그는—그의 경찰 생활에서는 극히 드물게도—제시간에 도착했다.

파커와 피터 경은 피커딜리 110번지에 있었다. 피터 경이 바흐를 연주하고 파커가 오리게네스의 신학책을 읽고 있을 때 서그가 찾아왔다.

"범인을 잡았습니다."

서그가 알렸다.

"세상에나! 산 채로?"

피터 경이 말했다.

"가까스로 시간에 댔지요. 초인종을 누르고 그 집 하인을 지나쳐 곧장 서재로 갔습니다. 범인은 거기 앉아서 뭔가 쓰고 있더군요. 우리가 들어가자 그는 주사기를 집었지만, 우리가 훨씬 빨라서 막을 수 있었습니다. 여기까지 왔는데 범인이 손아귀에서 빠져나가게 할 수는 없지요. 범인을 철저하게 수색한 다음 연행했습니다."

"그럼 지금은 정말로 감옥에 있는 거요?"

"아, 그럼요. 아주 안전하게 있지요. 자해하지 못하도록 교도관 두 명이 지키고 있습니다."

"정말 놀랍군, 경위. 자, 술 한잔 들어요."

"고맙습니다. 아주 감사하다는 말씀을 드리고 싶군요. 이 사건이 제게 아주 불리하게 돌아가고 있던 참이었거든요. 제가 혹시나 무례하게 굴었다면……."

"아, 괜찮소, 경위."

피터 경이 황급히 말을 막았다.

"경위가 이렇게 훌륭히 일을 해결할 줄은 몰랐소. 나도 운이 좋아서 다른 곳에서 뭔가 알게 된 거니까."

"프레크가 그렇게 말하더군요."

경칭을 빼고 그냥 성으로만 부르는 걸 보니 이미 경위의 눈에는 이 위대한 의사도 보통 범죄자와 다름없이 비치는 모양이었다.

"우리가 잡았을 때 자백서를 쓰고 있던 참이었습니다. 수신자가 피터 경이더군요. 물론 자백서는 경찰이 보관해야 합니다만, 피터 경에게 보내는 자백서이니 먼저 보시라고 가져왔습니다. 자, 여기 있습니다."

서그는 피터 경에게 두툼한 문서를 건네 주었다.

"고맙소. 자네도 들어 볼 텐가, 찰스?"

"아무렴, 물론이지."

그래서 피터 경은 자백서를 큰 소리로 읽기 시작했다.

18 장

친애하는 피터 경,

내가 젊었을 때, 아버지의 오래된 친구분과 체스 경기를 하
곤 했다오. 아주 솜씨가 없었고 늦게 수를 두는 분이어서 체크
메이트가 바로 코앞에 닥쳤는데도 모르시고 매번 한 수만 무르
자고 하셨지. 나는 항상 그런 태도를 참을 수가 없었소. 그러니
이제 맘 편히 이 게임의 승자는 피터 경이라는 것을 인정하려
고 하오. 집에 가만히 있다가 교수형을 당할 수도 있고 해외로
탈출해서 사람들 눈에 띄지 않도록 조심하며 불안하게 몰래 숨
어 살 수도 있겠지. 그러나 나는 패배를 인정하는 편이 좋소.

내 책《범죄적 광기》를 읽었다면 내가 이렇게 쓴 것을 기억하고 있을 테지. "대다수의 범죄자는 신경 세포의 병리학적 상태에 수반되는 비정상적인 특성 때문에 자기 자신을 배반하게 된다. 정신적 불안정성은 여러 형태로 나타난다. 과도한 허영 때문에 범죄자는 자신의 무용을 자랑하기도 하고, 종교적 망상에 빠지면 자백을 하면서 자신이 저지른 공격의 중대함을 과도하게 평가하기도 한다. 또한 자아망상증에 걸려 공포심이나 죄책감을 느끼며 자기 자취를 감추지도 않고 무작정 도망치기도 한다. 때로는 무모할 정도로 자신감이 생겨서 기본적인 주의를 하지 않는 경우도 있다. 헨리 웨인라이트가 이런 경우라고 할수 있는데 그는 전세 마차를 부르러 가면서 직원에게 살해당한여자의 시체 토막을 넣은 꾸러미를 지키라고 하는 바람에 덜미를 잡혔다. 반면, 기억을 믿지 못하고 초조해져서 사건 현장에 남겨 놓은 증거를 안전하게 다 제거했는지 확인하려고 다시 돌아왔다가 잡히는 경우도 있다. 이성적으로는 분명히 다 제거했다는 것을 알고 있으면서도 말이다. 단연코 완벽한 정상인이라면 종교적이건 다른 이유건 간에 망상에 위축되지 않고 수사망을 피해 완벽하게 빠져나갈 수 있다. 물론, 범죄를 미리 충분히 고심해서 계획했으며 시간 압박이나 순전한 우연 때문에 계산이 어그러지지 않았다는 전제 하의 이야기다."

내가 이 주장을 실전에서 꽤 훌륭하게 실천했다는 것을 피터경도 나만큼은 알고 있으시겠지. 내가 미처 예측하지 못한 두 가지 사건이 우연히 일어난 것만 빼면. 첫 번째는 레비가 배터시 공원길에서 그 여자에게 우연히 목격된 것이오. 그 증언 탓에 두 사건이 연결되게 되었지. 두 번째 사건은 팁스가 화요일 아침 덴버로 내려갈 예정이 있었기 때문에 댁의 어머님이 그 소식을 듣고 피터 경에게 전달할 수 있었다는 것이지. 그 덕에 경찰이 미처 치우기 전에 피터 경이 시체를 검사할 수 있었고 때마침 어머님이 내 과거의 개인적 사연을 알고 계시는 바람에 동기를 찾을 수 있게 된 거요. 내가 이렇게 상황을 우연히 연결하는 고리를 깰 수만 있었더라면, 피터 경도 나를 의심하지는 못했을 거라고 확언할 수 있소. 나를 기소할 증거를 충분히 확보할 수 없었을 건 말할 필요도 없고.

모든 인간의 감정 중에서도, 배고픔과 공포를 빼면 성욕이 가장 격렬하고, 특히 어떤 환경에서는 가장 지속적인 반응을 보이지. 그렇지만 내가 책을 썼을 당시에 원래 내가 느꼈던, 루벤 레비 경을 죽이겠다는 감각적인 충동은 이미 벌써 내 사고방식에 의해서 속속들이 변형된 상태였다고 말하는 게 옳을 거요. 다른 존재를 죽이고 싶다는 동물적인 욕심과 복수를 하고 싶다는 원초적인 욕망 위에 내 자신과 세계의 만족을 위해 내 이론을 실천하고 싶다는 이성적인 의도가 더해졌소. 이 모든 일이 계획대로 이루어지기만 했더라면 실험 내용을 상세하게 적어 봉인한 뒤 영국 은행에 보관해 놓고는 내 사후에 공개하라고 유언에 남길 작정이었지. 그런데 그 사고 때문에 시험의

완결성이 깨지자, 그 설명을 대신 당신에게 남기는 것이오. 피터 경이라면 분명 흥미를 가지고 있을 테니. 그러니 부탁컨대, 이 사실을 내 직업적 명성에 흠이 가지 않도록 공정하게 과학자들에게 널리 알려주길 바라오.

어떤 사업이든 정말로 중요한 성공 요소가 있다면 바로 돈과 기회요. 그리고 보통 돈이 있으면 기회도 만들 수 있게 마련이지. 내가 처음 이 길에 뛰어들었을 때 상당한 여유가 있기는 했지만, 환경을 내 마음대로 좌지우지 하지는 못했소. 따라서 나는 내 직업에 헌신하고 루벤 레비와 그의 가족과도 친한 관계를 유지하면서 만족하면서 살았지. 그리하여 난 그의 재산이나 이윤과도 계속 관련을 맺을 수 있었소. 마침내 행동해야 할 때가 왔을 때 어떤 무기를 쓸지 알 수 있도록.

그동안 나는 조심스럽게 문학이나 현실에서 범죄학을 연구했다오. '범죄적 광기'에 대한 내 저작은 이 활동의 부산물이지. 그러면서 모든 살인사건에서 가장 난점은 시체의 처리라는 걸 알아냈지. 의사로서 사인 결정은 항상 내 손에 달려 있었으니까 이쪽 관계에서는 별로 실수할 리가 없었어. 또한 잘못을 저질렀다는 망상을 함으로써 내 자신을 배반할 일도 없었지. 유일한 어려움은 내 개인적 신상과 시체 사이의 관련을 없애 버리는 것이었소. 피터 경도 마이클 핀스버리[a]를 알겠지요. 스티

---

[a]   Robert Louise Stevenson의 소설 《The Wrong Box》에 나오는 인물.

븐슨의 재미있는 로맨스에 나오는 이 인물은 이렇게 말했지.

"사람들이 교수대에 가는 까닭은 불운하게도 유죄가 되는 환경에 처했기 때문이다." 여분의 시체를 하나 더 남겨 놓은들 다른 사람이 유죄로 잡히지 않는다는 건 분명했소. 물론 그 특정 시체와 관련해서 죄를 지은 사람이 없다면 얘기지만. 따라서 시체를 바꿔 놓겠다는 생각은 일찌감치 했지만, 내가 아무에게도 구애받지 않고 시체를 고르고 취급할 수 있는 전권을 성 류크 병원에서 얻을 수 있을 때까지는 실행할 수 없었지. 이기간 동안 나는 해부를 위해 필요한 모든 재료들을 계속 주의 깊게 살펴봤소.

루벤 경이 실종되기 일주일 전에야 비로소 나는 기회를 잡을 수 있었소. 첼시 구빈원의 의무관이 그날 아침 신원미상의 노숙자가 비계에서 떨어진 철재에 맞아 부상을 입고 아주 흥미로운 신경계 및 뇌 반응을 보인다는 말을 전해 왔지. 나는 거기 가서 환자를 진찰했소. 환자를 본 순간 이 남자의 대체적인 외모가 루벤 경과 비슷하다는 사실을 퍼뜩 깨달았지. 남자는 목 뒤를 강하게 얻어맞아 네 번째와 다섯 번째 경추가 부러져 있었고 척추에 심하게 멍이 들어 있었소. 남자가 정신적으로든 육체적으로든 회복하지 못할 것은 자명해 보였지. 그리고 어느 경우라도 세상에 별로 도움이 안 되는 이 존재를 계속 살려둘 이유는 없을 것 같았소. 이 남자는 최근까지 그럭저럭 생계를 이어 올 수 있었던지 비교적 영양 상태는 좋았지만 발이나 옷으로 보아 실업 상태라는 것을 알 수 있었소. 그리고 아마 현재 상태에서는 앞으로도 계속 그렇게 살게 되겠지. 나는 그가 내 목적에 부합한다는 결론을 내리고 벌써 마음속에 그려 놓은 대로 시티 지구에 가서 거래를 준비했소. 그동안, 구빈원 의사가 말한 환자의 반응이 흥미로웠기 때문에 그 증상을 상세하게 관찰한 후 준비를 완료해 놓고 환자를 병원으로 이동시키도록 했소.

그 주의 목요일과 금요일, 나는 몇몇 증권 브로커들과 개인적으로 약속을 해서 페루 유전의 주식을 좀 사 달라고 했소. 물론 이미 휴지 조각이 되어 버린 주식이었소. 실험에서 이 부분은 그렇게 돈이 많이 들진 않았지만, 어느 정도는 사람들이 호기심을 가지고 약간이나마 흥분할 수 있을 정도로 투자를 했지. 이 시점에서도 물론 나는 내 이름이 표면에 드러나지 않도록 주의를 기울였소. 토요일과 일요일에는 이 남자가 내가 준비를 마치기도 전에 죽어 버릴까 봐 약간 걱정이 되었소. 하지만 염수 주사를 놓아서 이 남자를 계속 살아 있게 할 수 있었지. 그리고 일요일 밤 늦게까지 그는 불안하게도 어느 정도는 부분적으로 회복 증상을 보였소.

월요일 아침이 되자, 페루 유전 시장이 활기차게 개장했지. 누군가 주식을 사들였다는 소문이 확실히 퍼졌는지 이날에는 나 말고 다른 사람들도 투자에 뛰어들었더군. 나도 내 이름으로 이백 주 정도를 더 구입했고 이 문제는 그냥 알아서 흘러가도록 놔뒀소. 점심시간에 런던 시장 관저 모퉁이에서 우연히 레비와 마주치도록 계획을 짰지. 그는 (내 예상대로) 런던의 이쪽 지역에서 나를 만나고 화들짝 놀라더군. 나도 놀란 척하면서 그에게 점심이나 같이 하자고 했소. 평소에 잘 가지 않는 식당으로 그를 끌고 가서는 좋은 와인을 주문해 놓고 뭔가 비밀스러운 얘기까지 털어놓을 수 있는 분위기가 마련될 정도로 와인을 마셨소. 나는 그에게 요새 거래소 사정은 어떠냐고 물었소. 그는 "아, 괜찮지"라고 대답했지만 뭔가 의심하는 눈치였소. 그러면서 내가 그쪽으로 뭔가 하고 있는지를 묻더군. 나는 가끔 소액이나마 도박을 걸기도 한다고 대답하고는, 사실 요새 약간 좋은 물건에 투자했다고 말했소. 나는 이 시점에서 불안하게 주위를 둘러보고는 의자를 그쪽으로 바짝 끌어당겨 앉았지.

"혹시 페루 유정에 대해서 뭐 아는 게 있나? 그런 거야?"

그가 물었소.

나는 깜짝 놀라 다시 한 번 주위를 둘러보고는 그쪽으로 몸을 숙이며 목소리를 낮췄소.

"음, 그래. 사실을 말하자면 이 소문이 퍼지는 건 원하지 않네. 내게도 상당한 이윤이 걸려 있는 일이거든."

"하지만 내 생각에는 허울만 좋은 것 같던데. 몇 년 동안 수익이 나지 않던 주식이라고."

"그랬지. 하지만 앞으로는 날 거야. 내부 정보를 받았거든."

레비는 약간 믿을 수 없다는 표정이었지만, 나는 내 잔을 비우고 그의 귀에 바짝 대고 말했소.

"이거 보게. 이런 정보를 아무에게나 말할 순 없지만 자네와 크리스틴이니까 알려주는 걸세. 자네도 알겠지만, 나는 옛날부터 항상 크리스틴에게는 약하지 않나. 그때는 자네가 나를 앞질렀지만, 이젠 내가 두 사람 머리 위에 숯불을 쌓아 놓을⁸ 차례지."

이 시점이 되자 나는 약간 흥분해 있었소. 하지만 레비는 내가 취했다고 생각했지.

"정말 친절하군. 하지만 자네도 알다시피 나는 조심성이 많지 않나. 항상 그랬지. 조금이라도 증거가 있으면 보고 싶네."

레비는 어깨를 으쓱했소. 마치 전당포 주인 같더군.

"증거를 주지. 하지만 여기는 안전하지 않아. 오늘 밤 저녁 식사 후에 우리 집으로 오게. 보고서를 보여 주겠네."

"자네는 어떻게 얻었나?"

"오늘 밤에 말해 주지. 저녁 식사 후에 들르게. 아홉 시 이후 아무 때나."

"할리 가 쪽으로?"

레비가 물었소. 그가 오려고 한다는 걸 알았지.

"아니. 배터시로 오게. 프린스오브웨일스 길 쪽으로. 병원에

---

⁸ 로마서 12장 20장을 인용한 것이다. "네 원수가 주리거든 먹이고 목마르거든 마시게 하라. 그러함으로 네가 그 숯불을 머리 위에 쌓아 놓으리라."

서 할 일이 좀 있거든. 그리고 이거 보게. 여기 온다는 사실을 누구에게도 말하면 안 되네. 나도 오늘 내 이름으로 이백 주 샀다네. 사람들이 분명 그 낌새를 챘을 거야. 우리가 함께 있다는 사실이 알려지면, 누가 냄새 맡을지도 몰라. 사실, 이곳에서 이런 얘기를 하는 것 자체가 안전하지 않지."

"알았네. 아무에게도 말하지 않겠어. 아홉 시경 들르겠네. 믿을 만한 얘기인 건 확실하지?"

"절대 잘못되지 않을 거야."

나는 그를 안심시켜 주었소. 게다가 진심이었지.

우리는 그 후에 헤어졌고 나는 구빈원에 들렀소. 내 환자는 열한 시경 죽었더군. 나는 아침 식사 직후에 그를 진찰했기 때문에 별로 놀라지는 않았소. 구빈원 사람들과 일상적인 절차를 마치고 일곱 시경 그를 병원으로 옮겨 달라고 했소.

그날 오후는 할리 가에서 진찰하는 날이 아니었기 때문에 하이드 파크 근처에 사는 옛날 친구를 방문했소. 가 보니 그가 무슨 출장인가 해서 브라이튼으로 간다더군. 나는 그와 차를 마시고 다섯 시 삼십오 분에 빅토리아 역에서 배웅했소. 역에서 나서자마자 석간 신문을 사야겠다는 생각이 들었소. 그래서 아무 생각 없이 발길을 돌려 가두판매대로 갔지. 평소처럼 사람들이 퇴근 열차를 타러 돌진하고 있었소. 나는 그 사람들에게서 멀어져서 반대쪽 지하철에서 올라오는 사람들과 배터시 공원과 완즈워스 커먼으로 가는 다섯 시 사십오 분 차를 타러 사

방에서 뛰어오는 사람들의 인파에 휩쓸려 버렸지. 나는 사람들을 헤치며 가까스로 빠져나와 택시를 타고 집으로 갔소. 안전하게 자리를 잡고서야 비로소 누군가의 금테 코안경이 내 아스트라칸 코트의 옷깃에 걸려 있는 걸 알게 되었다오. 여섯 시 십오 분부터 일곱 시까지는 루벤 경에게 보여줄 가짜 보고서를 꾸몄지.

일곱 시가 되자, 나는 병원으로 갔소. 구빈원 트럭이 막 내 시체를 옆문에 옮겨 놓고 있더군. 나는 시체를 곧장 시범 수술실로 데려가기로 하고 조수인 윌리엄 와츠에게 그날 밤 내가 거기서 근무할 거라고 일러두었소. 내가 직접 시체를 준비시켜 놓겠다고 말했지. 방부제를 잘못 주사했다간 일을 그르칠 수도 있으니까. 나는 와츠를 보내서 자기 일을 하게 해 놓고는 집에 가서 저녁을 먹었소. 하인에게는 그날 저녁 병원에서 일할 거라고 일러두고 일찍 올지 어떨지는 모르니 평소처럼 열 시 반에 잠자리에 들어도 좋다고 했소. 그는 내 기벽에 익숙해져 있으니. 나는 배터시 집에는 하인을 두 명밖에 두고 있지 않지. 아까 말한 남자 하인과 요리를 해 주는 그 부인. 힘든 집안일은 출퇴근하는 잡역부가 하지. 하인들의 침실은 프린스오브웨일스 길을 내려다볼 수 있는 집 꼭대기에 있었소.

저녁 식사를 하자마자, 나는 읽을거리를 들고 홀에 있었지. 하인이 여덟 시 십오 분까지 저녁 식탁 정리를 마치자, 나는 그에게 사이폰과 술병 진열대를 가지고 오라고 하면서 아래층으로 내려보냈지. 레비는 아홉 시 이십 분경에 초인종을 눌렀소. 내가 직접 문을 열었지. 하인이 홀의 반대쪽에 나왔지만, 내가 괜찮다고 했더니 곧 도로 물러났소. 레비는 이브닝드레스 위에 오버코트를 입고서 우산을 든 차림이더군. "이런, 자네 흠뻑 젖었군, 어떻게 왔나?" 내가 물으니까 그는 "버스로"라고 대답했소. "바보 같은 차장이 나를 길 끝에 내려 줘야 한다는 걸 깜빡 잊었지 뭔가. 비가 억수같이 쏟아지는 데다 칠흑같이 깜깜해서, 천지 분간을 할 수 없더군." 그가 택시를 타고 오지 않아 다행이라고 생각했지만 사실 원래부터 택시는 안 탈 거라고 예상하고 있었소. 난 "자네 그렇게 돈을 아끼다간 곧 죽을 거야."라고 말해 줬지. 그 말은 맞았지만, 그래서 나도 죽게 될지는 그땐 몰랐다오. 다시 한 번 말하지만, 그런 우연은 예상하지 못했으니까.

나는 그를 난롯가 옆에 앉게 하고 위스키 한 잔을 주었소. 그는 그 다음날 아르헨티나 관련 거래를 하기로 했다면서 기분이 아주 좋더군. 십오 분 정도 경제에 관한 얘기를 나누었을 무렵, 그가 물었소.

"그래, 페루 유정에 노다지가 있다고 하는 그 신기루 같은 얘기는 도대체 뭔가?"

"신기루가 아냐. 이리 와서 이것 보게."

나는 그를 위층 서재로 데리고 가서 중앙 조명과 책상 위에 있는 독서용 램프를 켰소. 그러고는 책상 옆, 벽난로를 등지고 앉은 쪽의 의자를 그에게 권하고 내가 위조한 문서를 금고에서 꺼내 가져다주었소. 그는 서류를 받아 들고 읽기 시작했지. 근시라서 고개를 푹 파묻고 읽더군. 그동안 나는 뒤에서 불을 쑤석였소. 그의 머리가 적당한 위치에 있는 걸 본 순간, 나는 부지깽이로 그의 머리를 세게 내리쳤소. 정확히 네 번째 경추를 향해서. 피부를 찢지 않고 죽일 만큼만 정확한 힘을 계산하는 건 아주 섬세한 작업이었지만, 전문적 경험이 아주 유용했지. 그는 숨을 한 번 크게 헉 내쉬더니 소리도 없이 책상 위로 쓰러졌소. 나는 부지깽이를 도로 놔두고 그 사람을 진찰했소. 목이 부러져서 한 번에 즉사했더군. 나는 그를 침대로 데리고 가서 옷을 벗겼소. 일을 다 마치니 열 시 십 분 전쯤 되었더군. 나는 시체를 이미 정돈이 끝난 침대 밑에 넣고서는 서재로 가서 서류를 치웠소. 그런 후 아래층으로 가서 레비의 우산을 들고 문으로 나가면서 아래층에 있는 하인들도 들을 수 있을 정도로 큰 소리로 "안녕히 계십시오!"라고 외쳤소. 그렇게 거리를 씩씩하게 내려가다가 병원 옆문으로 들어가서는 개인 통로를 통해 소리도 없이 집 안으로 돌아갔지. 그때 누군가 나를 목격했다면 꽤 당황스러웠겠지만, 뒤 계단 위로 몸을 숙이고 요리사와 남편이 아직도 부엌에서 얘기하는 소리를 들었소. 나는 복도로 슬쩍 돌아가 우산대 위에 다시 우산을 돌려놓고서는 거기 있던 읽을거리들을 치우고 다시 서재로 돌아가 벨을 울렸소. 하인이 오자, 나는 그에게 병원으로 통하는 문 말고는 다 잠그라고 했지. 하인이 일을 마칠 때까지 서재에서 기다리고 있노라니 열 시 삼십 분쯤 되니까 하인들이 침실로 올라가는 소리가 들리더군. 나는 십오 분 정도 더 기다린 후, 해부실로 갔소. 거기서 이동용 침대를 하나 가지고 와 집 문으로 통하는 통로에 끌어다놓고는, 레비를 옮기러 갔지. 시체를 아래층으로 끌고 내려오는 건 꽤나 성가신 일이었지만, 애당초 그 사람을 일층 방에서 처리하고 싶지는 않았소. 하인이 내가 집을 비우는 그 몇 분 동안이나 문단속을 하다가 침대 밑에 머리를 쑥 집어넣고 살펴볼지도 모르니까. 게다가 나중에 해야 하는 일에 비하면 이층에서 끌고 내려오는 일은 새발의 피였으니까. 나는 레비를 이동 침대에 누이고 밀어서 병원으로 데리고 간 후 내가 염두에 뒀던 거지와 바꿔치기했소. 거지의 뇌를 살펴볼 기회를 포기해야 하는게 좀 아쉬웠지만, 의심을 살 수는 없었으니. 아직도 꽤나 이른 시간이라, 레비를 해부할 수 있게 준비해 놓느라 몇 분 썼지. 그런 후 거지를 이동 침대에 눕히고 집 안으로 들들 밀고 갔소. 그때가 열한 시 오 분 전이었으니 이제 하인들은 다 잠자리에 들었을 거라 생각이 들더군. 나는 시체를 침실로 운반했소. 다소 무거웠지만 레비만큼은 아니었지. 게다가 나는 등산으로 단련된 터라 몸을 어떻게 다루어야 하는지 잘 알고 있었고, 그건 힘도 힘이지만 요령의 문제였고, 나는 내 키에 비해 힘이 센 사람이었으니까. 나는 시체를 침대 안에 올려놓았소. 내가 없는 동안 누가 들여다볼 거라 생각한 건 아니었지만, 혹시나 그렇게 했을 때 내가 침대에서 자고 있는 것처럼 보이게 하려던 것이었지. 나는 이불을 시체 머리 위까지 뒤집어씌우고서는 옷을 벗은 후, 레비의 옷을 입었소. 레비는 뭐든 나보다 치수가 커서 다행이더군. 그의 안경과 시계, 다른 장신구도 잊지 않았지. 열한 시 반이 되기 좀 전에, 나는 길로 나가 택시를 잡았소. 사람들이 막 극장에서 집으로 돌아가려던 참이었고, 다행히 프린스오브웨일스 모퉁이에서 한 대를 잡을 수 있었지. 나는 택시 기사에게 하이드 파크 모퉁이에서 세워 달라고 했소. 택시를 내리면서는 팁을 두둑하게 주고 한 시간 후 같은 장소에 다시 태우러 오라고 했고. 그는 잘 알겠다는 듯 싱긋 웃더군. 거기서 파크레인까지는 걸어갔소. 내 옷은 수트케이스 안에 넣어서 가지고 오고 내 오버코트와 레비의 우산을 손에 들었지. 9A번지에 도착했을 때 맨 꼭대기 창문 몇 개에만 불이 켜져 있더군. 너무 일찍 온 감도 있었는데, 레비가 하인들을 다 극장에 보내 준 탓이었소. 거기서 몇 분 기다렸더니 자정 넘어 십 오 분을 알리는 종소리가 들렸소. 그 직후, 불이 다 꺼졌고, 나는 레비의 열쇠로 문을 따고 들어갔지.

처음 살인 계획을 짤 때는 원래 레비가 서재나 식당에서 난롯가 앞 매트 위에 옷더미만 남겨 놓고 실종되게 할 생각이었소. 하지만 우연히도 레비 부인이 런던을 떠났다는 호기를 맞으니, 환상적인 재미는 덜하지만 좀 더 오해를 살 수 있는 방법을 쓸 수 있게 된 거요. 나는 현관 불을 켜고 레비의 젖은 오버코트를 걸어 놓고 우산은 우산대에 놓았소. 그리고 일부러 쿵쿵 소리를 내며 침실까지 걸어가면서 계단에 있는 이중 스위치로 불을 껐지. 물론 나는 이 집의 구조를 잘 알고 있었소. 남자 하인들과 마주칠 염려도 없었고. 레비는 아주 소박한 사람이라 웬만한 일은 스스로 했으니까. 그는 시종에게 별로 일을 시키지 않았고 밤에도 시중들라고 한 적이 없었지. 침실로 가서 나는 레비의 장갑을 벗고 정체가 발각될 수 있는 지문을 남기지 않도록 수술용 장갑을 꼈다오. 레비가 평소처럼 잠자리에 들었다는 인상을 주고 싶었기에 나도 일단 침대에 누웠소. 어떤 일이 일어난 것처럼 보이게 하는 가장 확실하고 간단한 방법은 실제로 그렇게 하는 것 아니겠소. 예를 들어서 손으로 헝클어 놓은 침대가 그 안에 누워서 잤던 침대와 똑같이 보이진 않겠지. 물론, 레비의 빗을 쓸 엄두는 내지 못했소. 내 머리색은 그 사람하고는 다르니. 하지만 다른 일은 다 했소. 레비같이 사려 깊은 남자라면 하인이 정리하기 편하게 부츠를 놔둘 거라고 생각했소. 그 사람이라면 옷가지도 개켜 둘 거라 생각했어야만 했는데. 그건 실수였지만, 뭐 중요한 건 아니지. 나는 벤틀리씨[8]의 꼼꼼한 작품을 기억해 내고는, 레비에게 의치가 있나 검사해 봤지만 하나도 없었소. 하지만 그의 칫솔을 적셔 놓는 것도 잊지 않았지.

---

[8] 《트렌트 최후의 사건》의 저자 에드먼드 클레리휴 벤틀리를 의미함.

한 시에 자리에서 일어나서 주머니 전등에 의지해서 옷을 입었지. 창문에는 블라인드가 쳐져 있는 터라 전등을 켤 엄두는 내지 못했소. 문 밖에 내놓았던 내 부츠를 신고, 그 위에 낡은 덧신을 다시 신었소. 계단과 홀 바닥에는 터키산 양탄자가 깔려 있어서 흔적을 남길 걱정은 없었소. 앞문을 그냥 쾅 닫고 나갈까 약간 망설였지만, 열쇠를 쓰는 게 더 안전하다는 결론을 내렸소(그 열쇠는 이제 템스 강바닥에 가라앉아 있소. 다음날 아침 배터시 다리 위에서 버렸으니). 나는 조용히 빠져나가 우편함에 귀를 대고 몇 분 동안 귀를 기울였소. 방범 경관이 걸어가는 소리가 들리더군. 발자국 소리가 저 멀리 멀어져 가자마자, 나는 밖으로 나가 문을 아주 조심스럽게 잡아당겼소. 문이 거의 소리도 없이 닫히자 나는 걸어가서 택시를 탔소. 내 오버코트는 레비의 코트와 거의 비슷한 모양이었고, 미리 준비한 오페라 모자를 가방 속에 싸 들고 왔지. 내가 이번에는 우산을 들고 있지 않다는 걸 택시기사가 모르기를 바랐지. 운 좋게도 그 순간 빗줄기가 약해져 있었던 터라, 뭘 봤을지는 몰라도 별말을 하지 않더군. 나는 그에게 오버스트랜드 맨션 단지 50번지에 내려 달라고 말했소. 요금을 치르고 나와서는 택시기사가 가 버릴 때까지 포치 아래 서 있었소. 그런 후 재빨리 돌아 옆문으로 와서는 슬쩍 들어왔다오. 그 때가 두 시 십오 분 전, 하지만 이 일에서 가장 힘든 부분이 아직 남아 있었소.

내가 가장 먼저 한 일은 내가 구해 온 시체에서 즉시 레비나 구빈원 노숙자와 직접적으로 연결시킬 수 있는 흔적을 지워 버리는 것이었소. 겉모양만 살짝 바꾸면 충분하리라고 생각했지. 어차피 거지 하나 없어졌다고 찾아다닐 사람은 없을 테니까. 거지의 사인은 명확했으며, 이미 대신할 시체가 즉시 쓸 수 있도록 준비되어 있는 상태였으니 말이오. 결국 레비가 내 집에 왔다 간 사실이 결국 추적이 되더라도, 실상 증거로 남은 시체가 그가 아님을 증명하는 것도 그다지 어려운 일일 것 같지 않았소. 깨끗하게 면도를 해서 머리에 약간 기름을 바르고 손톱 손질을 해 놓는 정도로도 내 말없는 공범자의 독특한 개성을 충분히 보여 줄 수 있을 것 같았지. 병원에서 시체의 손을 잘 씻어 놓은 터라 못이 박혀 있긴 했어도 때가 끼지는 않았으니. 시간이 자꾸 흘러가고 있어서 원하는 만큼 일을 철저히 할 수는 없었소. 이 시체를 처리하는 데 시간이 얼마나 걸릴지 몰랐고, 사후경직이 시작될까 봐 걱정도 되었지. 그렇게 되면 일이 더 어려워질 테니. 내가 만족할 만한 정도로 시체의 이발을 해 놓고 나서는 질긴 시트 한 장과 넓은 두루마리 붕대 두 개를 가져와서 시체를 조심스럽게 묶은 후, 붕대 때문에 쓸리거나 멍이 남을 수 있는 자리에 면 솜을 대주었지.

이제 이 일에서 정말로 가장 까다로운 일을 할 차례가 왔지. 나는 이 시체를 이 집에서 옮겨 갈 수 있는 유일한 방법은 지붕을 타고 가는 것이라고 이미 마음속에서 결정을 내렸소. 이렇게 축축한 날씨에 뒷마당을 지나가면 우리 뒤에 일을 다 망치고도 남을 흔적을 남기게 되겠지. 죽은 남자를 이 한밤중에 도시 근교 거리로 끌고 나간다는 건 실용적인 책략이라고 할 수 없소. 반면 지붕으로 간다고 하면 땅으로 갔을 때는 적군처럼 불리한 요소일 이 비가 오히려 아군으로 작용할 수 있었지.

지붕에 올라가기 위해서는 내 짐을 꼭대기 층까지 짊어지고 가서 하인들 방 앞을 지나야 했소. 그런 후 골방 뚜껑 문으로 시체를 지붕 위로 올려놓아야 했지. 거기까지 조용히 가는 게 문제라고 한다면, 하인들을 깨우지 않고 갈 자신이 있었소. 다만 무거운 시체를 메고 그렇게 해야 한다는 게 좀 어려울 따름이지. 하인과 그 아내가 깊이 잠들었다고 한다면 가능한 일이지만, 그렇지 않다고 하면 좁은 계단을 올라가는 발소리나 뚜껑 문을 여는 소란한 소리는 귀에 똑똑히 들릴 게 분명했지. 나는 섬세하게 발뒤꿈치를 들고 계단을 올라 하인 방문에 귀를 대고 엿들었소. 짜증나게도 하인이 침대에서 뒤척이면서 툴툴대고 웅얼대는 소리가 들리더군.

나는 시계를 들여다보았소. 예방조치를 하는 데 대략 한 시간이 걸렸고, 지붕 위에 올라가는 데 별로 지체하고 싶지 않았소. 나는 대담한 조치를 취하기로 하고, 소위 알리바이를 꾸며내기로 했지. 나는 일부러 조심하지 않고 소란스럽게 욕실로 들어가서 뜨거운 물과 찬 물을 끝까지 틀어 놓고 욕조 마개를 빼놓았지.

내 하인들은 종종 내가 규범에 맞지 않게 밤늦게 목욕을 한다고 불평을 하고는 했거든. 욕조로 콸콸 떨어지는 물소리는 어찌나 시끄러운지 이 집에서 프린스오브웨일스 길을 면한 방에서 자는 사람이라면 다 벌떡 일어날 정도였소. 우리 집 물탱크는 물이 요란하게 쿨렁쿨렁 빠지거나 쿵쿵대는 큰 소리를 냈고, 파이프로 물이 흐를 때는 신음 소리 같은 게 들릴 지경이었으니. 흡족하게도 특히 이 경우에는 물탱크가 아주 상태가 좋아서 기차역처럼 경적이나 기적 소리나 우르르 쏟아지는 소리가 나더군. 나는 이 소리가 오 분 정도 들리게 놓아둔 후, 자던 하인들이 내 욕을 할 만큼 한 다음 소리를 막기 위해서 이불 밑에 머리를 파묻고 들어갔을 때쯤 되어서 물이 졸졸 흐를 정도로만 줄여 놓고 욕실을 나가 불이 계속 타고 있도록 세심히 살펴보고는 문을 닫고 나갔소. 그런 후 거지를 데리고 가능한 한 살살 위층으로 옮겨 갔지.

골방은 하인들의 침실과 물탱크가 있는 방 건너편에 있는 층계 옆에 있는 다락방이오. 거기에는 짧은 나무 사다리로 올라갈 수 있는 뚜껑 문이 있소. 나는 이 문을 열고, 거지의 시체를 올려놓은 후, 나도 따라 올라갔소. 물이 여전히 물탱크 속으로 흐르고 있어서 마치 철 사슬도 삼켜 버릴 소음을 내고 있었고, 욕조 안으로 들어가는 물의 양이 줄어서, 파이프에서 나는 신음 소리는 거의 자동차 경적 소리에 가까울 정도로 커져 있었소. 다른 소리는 누가 듣는다고 해도 별로 무섭지 않았지. 나는 지붕 위로 올라간 후 사다리를 끌어올렸소.

우리 집과 퀸 캐롤라인 맨션의 마지막 집 사이의 공간은 몇 미터도 되지 않았소. 실제로, 이 맨션이 세워졌을 때 일조권 때문에 문제가 있었던 걸로 알고 있소만, 양측이 어떻게든 협의를 본 모양이더군. 대략 2미터 정도 되는 사다리가 너끈히 걸쳐질 정도였소. 나는 시체를 사다리에 꽉 묶고는 건너편 맨 끝으로 밀어 반대편 집의 난간에 걸쳤소. 그러고는 물탱크 방에서 골방까지 도움닫기를 해서 건너편에 안착했지. 난간이 낮고 좁은 게 다행이었소.

그 다음은 간단했소. 이야기에 나오는 꼽추처럼 나는 평평한 지붕을 따라 거지를 옮기면서 다른 사람 집의 계단참이나 굴뚝에 내려놓고 올 작정이었소. 그렇게 반쯤 가다가 문득 이런 생각이 들더군. "아, 그러면 팁스 네 집으로 해야겠군." 그의 멍청한 얼굴과 생체 해부에 대한 멍청한 수다가 기억났거든. 내 짐을 그 집에 갖다놓고 그 친구가 어떻게 하는지 보면 얼마나 재미있을까 하는 생각을 하니 기분이 유쾌해지더군. 나는 엎드려 난간 너머, 뒤쪽을 바라봤소. 칠흑같이 깜깜한데다가 이때쯤 되니까 비까지 쏟아지고 있어 위험을 무릅쓰고 내 전등을 이용할 수밖에 없었지. 이것이야말로 내가 유일하게 저지른 조심성 없는 행동이며, 반대편 집에 있는 사람들이 볼 가능성이 충분히 있는 일이었소. 불빛이 스치고 지나간 순간, 나는 감히 바랄 수도 없었던 행운을 볼 수 있었소. 바로 내 아래 열린 창문이 하나 있더란 것이지.

나는 이 아파트의 구조를 잘 알고 있었던 터라 이 창문이 욕실이나 부엌으로 연결되어 있으리라 생각했소. 나는 가지고 왔던 붕대 하나를 더 풀어 올가미를 만들어서 시체의 겨드랑이를 묶어 맸소. 그러고는 붕대를 꼬아 이중밧줄로 만들고 굴뚝의 철 기둥에다가 끝을 단단히 고정시켰지. 그러고는 내 친구를 그리로 내렸소. 그 다음 나도 배수관을 타고 내려가서는 시체를 팁스의 욕실 창문으로 잡아끌어 넣었다오.

그때쯤 되자 나는 우쭐해져서 시체를 예쁘게 배치해 놓고 정돈해 놓느라고 몇 분 허비했소. 그리고 갑작스레 빅토리아 역에서 주운 내 옷에 딸려 온 코안경을 걸쳐 놓아야겠다는 영감이 떠오르더군. 매듭을 풀려고 펜나이프를 찾다가 우연히 그 안경이 주머니에 있다는 것을 알았는데, 그 안경을 씌우면 수사의 방향을 돌릴 수 있을 뿐 아니라, 외모에 특이한 점을 더할 수 있겠다 싶었지. 나는 안경을 시체에 고정시키고 가능한 한 내가 있었다는 흔적을 다 지운 후, 들어온 대로 나갔소. 그러고는 밧줄과 배수관을 이용해서 쉽게 올라갔소.

나는 조용히 걸어서 돌아와 집과 집 사이가 벌어진 틈을 훌쩍 뛰어 넘어가서는 사다리와 시트를 가지고 내려왔소. 나의 점잖은 공범자는 여전히 콸콸, 쿵쿵거리는 소리로 나를 맞아주더군. 계단에서는 소리도 내지 않고 걸어갔소. 이제 사십오 분 정도 목욕을 한 셈이니 수도를 잠가 내 하인들이 편안한 잠을 잘 권리를 누릴 수 있게 해 주었지. 또 이제 나도 잠을 자야 하니까.

하지만 먼저, 나는 병원에 가서 거기 일을 다 안전하게 해 둬야만 했소. 난 레비의 머리를 떼어 내고 얼굴을 절개했소. 이십 분 후에는 그의 아내도 얼굴을 알아볼 수 없을 상태가 되어 있었지. 나는 젖은 덧신과 방수포를 정원 문 옆에 놔두고 돌아왔소. 바지는 침실 가스 스토브에 말려 놓고 진흙과 벽돌 먼지 흔적은 다 털어 냈지. 거지의 턱수염은 서재에서 태워 버렸소.

다섯 시부터 일곱 시까지 두 시간 동안 푹 자고 있노라니 평소처럼 하인이 나를 깨우더군. 나는 그에게 어젯밤 늦게까지 오랫동안 물을 틀어 놔서 미안하다고 사과하고는 물탱크를 좀 손보게 해야겠다고 했지.

아침 식사 때는 허기가 좀 심하게 졌다는 걸 재미삼아 말해 두지. 그건 밤새 내가 한 일 덕에 세포가 소모되었다는 것을 의미할 테니. 아침 식사 후에는 병원으로 도로 건너가서 해부를 재개했소. 오전에 특히 머리가 둔한 경위 한 명이 와서 시체 하나가 병원에서 없어지지 않느냐고 묻더군. 그를 작업하는 곳으로 데리고 와서 루벤 레비 경의 머리를 해부하는 작업을 보여 줬는데, 정말 기쁘더군. 그 후, 나는 그와 함께 팁스 씨의 집으로 가서 내 거지 시체가 아주 믿음직스럽게 놓여 있는 모습을 보고 만족했지.

주식시장이 열리자마자, 나는 주식 중개인 여럿에게 전화를 해서 약간 주의를 기울여서 일을 처리해 상승장에서 내 페루 유전 주식을 대부분 팔아 버릴 수 있었소. 그러나 그날 장이 파할 때쯤에는 레비가 죽었다는 소문 때문인지 매수자들이 다소 불안해하기 시작했지. 결국 나는 그 거래로 몇백 파운드밖에 못 벌었다오.

자, 이제 피터 경이 그동안 모호하다고 생각했던 부분을 내가 다 명확하게 설명했다고 믿고. 그리고 나를 물리칠 수 있었던 행운과 명민함에 축하드리오. 그리고 어머님께 인사 말씀 전해 주시기를.

진심을 담아,
줄리언 프레크

추신: 나는 이미 내 전 재산을 성 류크 병원에 기증하고 내 유해는 같은 병원에 해부를 위해 보내 달라고 유언장을 만들어 놓았소. 내 두뇌는 과학계의 관심사가 되리라 믿소. 나는 이제 내 손으로 목숨을 끊으니, 작은 어려움이 있을지도 모르겠군. 피터 경이 호의를 베풀어 심리를 맡은 사람들을 만나게 되면, 사후 해부 때 실력 없는 의사가 내 뇌를 손상하지 않게 해 주고 내 소원대로 유해가 처리되도록 해 줄 수 있겠소?

그건 그렇고, 오늘 오후 피터 경이 나를 찾아온 동기를 내가 짐작했다고 하면 재미있어하실지도 모르겠군. 경이 오시는 바람에 나는 바싹 경계했고, 섣불리 대처했다가는 오히려 파국적 결과를 불러올 수도 있다고 생각했지만 그래도 행동하려고 했소. 피터 경이 내 배짱과 지성을 과소평가하지 않고 주사를 거부했다는 걸 알고 기뻤소. 만약 그대로 순순히 따랐다면, 물론 살아서 집에 돌아가시진 못하셨겠지. 피터 경의 몸에는 주사의 흔적은 남지 않았을 거요. 그 주사는 무해한 스트리크닌에 거의 알려지지 않은 독약을 혼합한 것이었거든. 따라서 현재의 검사로는 검출할 수 없고, 응축된 용해액으로…….

여기서 편지는 끊겨 있었다.

"자, 그럼 이제 모두 확실해졌군."

파커가 말했다.

"기묘하지 않나? 그렇게 냉정하고, 그렇게 지적인 사람이…… 자기가 얼마나 영리했는지 자랑하는 자백서를 쓰고자 하는 유혹을 이길 수가 없었다니. 자백하지 않았다면 교수형은 면할 수 있었을지도 모르는데."

"우리에겐 아주 잘된 일이죠."

서그 경위가 말했다.

"하지만 말입니다, 경. 이런 범죄자들은 다 똑같습니다."

"프레크의 묘비명이 되겠군."

경위가 떠난 후에 파커가 말했다.

"다음은 뭔가, 피터?"

"이제 디너파티를 열 작정이네. 존 P. 밀리건 씨와 그의 비서, 무슈 크림플섬과 윅스를 초대해서. 그 사람들은 레비를 살해하지 않았으니 그만한 자격은 있겠지."

"그리고 팁스 모자도 잊지 말아야지."

파커 씨가 덧붙였다.

"당연하지, 무슨 일이 있어도 팁스 부인을 모시는 기쁨을 놓쳐서야 되겠나. 번터!"

"네, 주인님?"

"나폴레옹 브랜디를 가져오게."

옮긴이의 말

걸작 시리즈의 짜릿한 서막

먼저 섬세하고 점잖은 취향의 독자들에게는 심심한 사과의 말씀부터 드리고 시작해야 할 듯싶다. 책장을 처음 펼쳤을 때 맨 처음으로 보게 되는 문장이 다짜고짜 "젠장"이니 말이다. 그것도 이튼 학교, 옥스퍼드 출신의 현학적인 귀족의 입에서 나오는 욕설이라니, 꽤나 강렬한 시작이다. 추리소설 역사 상 길이 남을 피터 윔지 경은 이처럼 인상적인 방식으로 자신의 장편소설 첫 출현을 알린다.

1923년 출간된 도로시 L. 세이어즈의 《시체는 누구?*Whose Body*》는 그 후 장편 9권으로 이어지는 피터 윔지 시리즈의 첫 작품으로 중요하게 여겨지는 소설이다. 그리고 1913년부터 세계 2차 대전의 초기까지 이어졌던 추리소설의 황금기Golden Age의 한가운데서 탄생되어 고전 추리소설의 꽃봉오리가 된 작품이라고도 할 수 있겠다. 따라서 추리소설의 팬이라면 누구나 짚고 넘어가야 할 사적 의미가 충만한 소설인 셈이다.

그렇다고 해서 《시체는 누구?》가 단순히 역사적 의의에만 기댄 작품이라고 치부해 버릴 수는 없다. 이 소설에서는 아직 풋풋하기는 하지만 뛰어난 추리소설이 갖춰야 할 많은 요소가 엿보이고 있기 때문이다. 첫 번째로는 무엇보다도 추리소설을 매력적으로 만드는 인물들의 첫 등장이다. 현학적인 애서가 피터 경, 헌신적인 조수이지만 결코 하고 싶은 말을 감추는 법이 없는 충직한 집사 번터, 진실한 친구이자 유능한 경찰인 파커 등, 80년이 넘도록 독자들의 사랑을 받았던 인물들의 역사가 이 책에서부터 시작된다. 이들은 자신들의 개성을 마음껏 발산하며 이 길지 않은 소설을 재치 있는 농담과 지적인 토론으로 가득 채운다. 도로시 세이어즈의 페르소나와 같은 피터 경은 이 작품에서 몇 가지 상반된 특질들을 보이면서 입체적인 인물로서 구현된다. 자아도취적이지만 타인을 존중할 줄 알고, 자신만만하지만 전쟁의 발작에 시달리는 피터 경은 고전적인 영웅과 트라우마와 스트레스에 시달리는 현대인의 얼굴을 동시에 가진 탐정이다.

---

§   도로시 세이어즈가 완성하지 못한 작품은 제외하였다.

두 번째로 이 작품을 매력적으로 만드는 점은 흥미로운 사건 구성이다. 어느 날 아침, 평범한 건축가의 집 안 욕조에서 벌거벗은 시체가 나타났다. 오로지 황금 코안경만 하나 걸친 채. 이 자체로도 호기심을 한껏 끌어올리는 미스터리는 부유한 유태인 사업가의 실종과 얽히면서 피터 윔지 경과 독자들을 사건이 벌어졌던 런던의 밤거리로 안내한다. 그리고 그 길을 밟아가는 사람들은 이 평범하지 않은 사건이 실은 아주 보편적인 인간의 본성을 내포하고 있음을 깨닫게 된다.

《시체는 누구?》가 여타 추리소설과 대별되는 세 번째 강점은 무엇보다도 여기에 있다고 생각한다. 피터 경과 마찬가지로 옥스퍼드 출신으로 중세문학 연구자이자 신학자였던 세이어즈는 이 작품을 통해서 인간 행동의 깊은 이면을 탐구하려는 학자적 욕망을 드러낸다. 이 소설의 미스터리는 작품 중간에 다 풀려 버리지만 피터 경은 단지 '누구'에만 집착하지 않고 '어떻게'와 '왜'를 물으며 인간의 심연 속으로 뛰어든다. 실제로 피터 경이 의식과 무의식의 경계에서 사건의 전모에 대한 확신을 찾아낸 것도 이런 연유에서이다. 피터 경이 미스터리를 푸는 것과 독자들이 미스터리를 읽는 것은 서로 다른 동기가 아니다. 인간의 행동과 심리를 좀 더 체계적으로 이해하고 싶기 때문이다. 그리고 일상적 행동에서 벗어난 사건을 이해함으로써 오히려 일상적인 인간 행동의 패턴을 이해할 수 있다고 믿고 있기 때문이다. 세이어즈는 피터 경을 통해서 선과 악에 관한 사람의 본성을 끊임없이 고찰하며 읽는 이의 지적인 활동을 계속 자극한다.

이런 면에서 《시체는 누구?》가 끊임없이 다른 저작들을 언급하며 독자들이 가지고 있는 배경 지식과 인지적 자원을 다 활용할 것을 요구하는 소설이다. 미스터리의 밀도는 비교적 가볍지만, 세간에서 생각하는 것처럼 추리소설은 가벼운 읽을거리만은 아님을 이 소설은 여실히 증명한다. 20세기 초의 영국과 귀족, 당시 유행하던 사상적 흐름에 대한 경쾌한 스케치와 더불어 작가의 문학적 기교를 한껏 발휘한 이 작품은 세이어즈라는 거대한 세계에 내딛는 첫 발자국으로 전혀 손색이 없는, 데뷔작이다.

그리하여 옮긴이의 말을 쓸 때는 언제나 "이 작품을 작업하면서 참 즐거웠다."는 말을 구색을 맞추기 위해 덧붙이기 마련이지만, 《시체는 누구?》는 과장의 말없이도 기쁘게 작업한 소설이라고 솔직히 말할 수 있어 한층 더 의미가 있는 작업이었다. 어쩌면 이미 이 작품을 읽은 다른 사람들의 즐거움이 구체적인 실체가 되어 번역 작업에 도움을 주었던 덕이라고 할수도 있을 것이다. 이 작품을 우리말로 옮기기 위해 각종 세이어즈 관련 웹사이트, 오디오와 비디오 자료, 추리 사이트와 작가의 다른 소설 등 여러 가지를 참고하였지만 그 중에서도 Yahoo!의 The Lord Peter Wimsey Mailing List의 열띤 토론 목록과 그를 바탕으로 주석을 정리해놓은 Dan Drake의 홈페

이지 www.dandrake.com/wimsey/whos.html에 무엇보다도 깊이 감사를 드린다. 오랫동안 피터 윔지와 도로시 세이어즈를 사랑하고 적극적인 지지를 보여 준 이러한 독자층이 없었더라면 작업 자체가 한층 더 어려웠으리라. 작업을 한 판본은 하퍼콜린스의 페이퍼백 출간본이며 교정 시 도쿄쇼겐샤의 《誰の死体》를 교차 대조하였다.

이렇게 이 작품에 스며있는 여러 사람의 즐거움이 독자들께도 그대로 전해질 수 있길 바랄 뿐이다. 작품을 열었을 때는 "젠장!"으로 시작했지만 덮을 때는 여유로운 한 잔의 브랜디로 끝났듯이 이 책을 읽은 사람들도 처음의 당황스러운 욕설은 잊고 한없이 즐거운 마음만 남기를.

2008년 1월
박현주

옮긴이 **박현주**

고려대학교 영어영문학과와 동 대학원을 졸업하고 일리노이대학교 언어학 박사 과정을 졸업하였다. 옮긴 책으로 《살인의 해석》《레이먼드 챈들러 전집》《경계에 선 아이들》《잉글리시 페이션트》《이별 없는 아침》《인 콜드 블러드》《빌리 밀리건》《퍼스트 폴리오》《사토장이의 딸》《핑크 카네이션-비밀의 역사》《억만장자의 식초》《그림자 숲의 비밀》 등이 있다. 지은 책으로는 《로맨스 약국》이 있다.

시체는 누구?

2008년 1월 28일 초판 1쇄 발행
2010년 10월 9일 신판 1쇄 발행

지은이 | 도로시 L. 세이어즈
옮긴이 | 박현주
발행인 | 전재국

본부장 | 이광자
주간 | 이동은
책임편집 | 박윤희
마케팅실장 | 정유한
책임마케팅 | 정남익 조용호
외서기획 | 박지원 최아정

발행처 (주)시공사
출판등록 1989년 5월 10일(제3-248호)

주소 | 서울특별시 서초구 서초동 1628-1(우편번호 137-879)
전화 | 편집(02)2046-2852 · 영업(02)2046-2800
팩스 | 편집(02)585-1755 · 영업(02)585-0835
홈페이지 www.sigongsa.com

ISBN 978-89-527-5995-5 04840
     978-89-527-5819-4 (세트)